U0097432

古典詩歌研究彙刊

第十五輯

龔鵬程　主編

第 16 冊

清初詞人焦袁熹「論詞長短句」
及其詞研究（上）

唐 玉 鳳 著

國家圖書館出版品預行編目資料

清初詞人焦袁熹「論詞長短句」及其詞研究（上）／唐玉鳳
著 — 初版 — 新北市：花木蘭文化出版社，2014〔民103〕
目 6+180 面；17×24 公分
（古典詩歌研究彙刊 第十五輯；第 16 冊）
ISBN 978-986-322-604-8（精裝）
1.（清）焦袁熹 2.清代詞 3.詞論
820.91 103001204

ISBN-978-986-322-604-8

古典詩歌研究彙刊
第十五輯　第十六冊　　　　　　ISBN：978-986-322-604-8

清初詞人焦袁熹「論詞長短句」及其詞研究（上）

作　　者　唐玉鳳
主　　編　龔鵬程
總 編 輯　杜潔祥
副總編輯　楊嘉樂
編　　輯　許郁翎
出　　版　花木蘭文化出版社
社　　長　高小娟
聯絡地址　235 新北市中和區中安街七二號十三樓
　　　　　電話：02-2923-1455／傳真：02-2923-1452
網　　址　http://www.huamulan.tw 信箱 hml810518@gmail.com
印　　刷　普羅文化出版廣告事業
初　　版　2014 年 3 月
定　　價　第十五輯 20 冊（精裝）新台幣 30,000 元

清初詞人焦袁熹「論詞長短句」及其詞研究(上)

唐玉鳳 著

作者簡介

唐玉鳳，國立成功大學中國文學所碩士班畢業，現任國立嘉義女子高級中學國文科教師。

提　　要

　　「論詞長短句」，是清代詞學批評的形式之一，清人借鑒杜甫以來論詩絕句的傳統，以組詩、組詞的形式論詞，深抉詞心而又雋諧可喜，往往能將豐富的詞學宗旨濃縮於極小的篇幅之中，頗具批評價值和史料價值。從評論詞人褒貶到賞析詞句，從敘說本事到論述詞體特性與創作技法，並評析詞人與後世間的承繼關係，以確立詞人在詞壇的地位。

　　清初詞人焦袁熹（1661～1736）在康熙末年，便已經以大型「論詞長短句」的形式表達自己的詞體觀念和詞史觀念，可稱清代以長短句論詞之第一人。焦氏不喜用世，隱居南浦，鑽研經傳，並工詩文，一生刻苦清貧，而以讀書為志，勤於著述，於四部俱見撰作，卷帙豐盈，允為篤學文士。焦袁熹於清代學術界以經學為主，其成就當有足稱道者，其詞學雖為餘事，然影響則極為深遠，就詞史而言，焦袁熹之《此木軒詞集》，其中「論詞長短句」五十餘闋，所論詞人綜貫數代，最具有文學批評之功。就詞品而言，焦氏提倡雅正，尊崇南唐北宋，於當時以「論詞長短句」論詞人及其詞之開發宏大，無人可及。然清室已覆，詞學之命運已與之俱衰，總覽清初至清末兩百餘年中，焦氏引發清代以「論詞長短句」作為批評形式之興起，在詞壇不可謂非豪傑之士。

　　焦袁熹《采桑子・編纂〈樂府妙聲〉竟作》之「論詞長短句」五十五闋，其中八首表述焦袁熹對於詞體特徵之具體認識，另外四十七首則分論歷時唐、五代至南宋之詞人共四十五位，臚列於後：李白、李煜、和凝、韋莊、馮延巳、陶穀、趙佶、范仲淹、晏殊、晏幾道、宋祁、歐陽脩、張先、柳永、蘇軾、黃庭堅、秦觀、賀鑄、周邦彥、万俟詠、向子諲、張元幹、岳飛、康與之、辛棄疾、劉過、劉克莊、姜夔、陸游、戴復古、史達祖、張榘、吳文英、蔣捷、周密、王沂孫、張炎、盧祖皋、高觀國、張輯、李清照、朱淑真、朱敦儒、朱希真、蕭觀音等詞人。或一人而繫詞數首，或一詞合論多人，對於詞人之接受，可透過其論詞長短句所蘊藏的詞論觀點予以分析。另有〈鵲橋仙・自題直寄詞二首〉、〈解佩令・題江湖載酒集後〉等詞闡述其詞學觀念，並論及清人朱彝尊《江湖載酒集》，可與其「論詞長短句」相互印證發明。希冀本文能就焦袁熹論詞長短句之作品，梳理論點，考辨承啟，庶幾彰顯焦袁熹「論詞長短句」所寓之詞學觀念及其價值，進而推展清代論詞長短句之研究。至於焦氏之經學、制義之學亟為淹博，非筆者學力所能窺其全貌，故略而不述。

第一章 緒 論

第一節 研究動機與前人研究回顧

「論詞長短句」乃詞學批評形式之一種，與論詩絕句、論詞絕句之本質作用相同，均以格律詩、詞之形式進行批評與理論探索。葉維廉先生曾指出：「中國傳統的批評是屬於『點、悟』式的批評，以不破壞詩的『機心』爲理想，在結構上，用『言簡而意繁』及『點到而止』去激起讀者意識中詩的活動，使詩的意境重現，是一種近乎詩的結構。」〔註1〕古代文藝理論以詩性言說，以韻文形式論文藝，精練簡扼，直抉核心，可謂前人智慧之絕好體現。論詩絕句濫觴於唐・杜甫〈戲爲六絕句〉，而後金・元好問〈論詩絕句三十首〉繼軌揚波，最爲人矚目。至清・王士禛仿元好問作〈戲仿元遺山論詩絕句三十首〉，益帶動以絕句論詩，甚或其他藝術批評，如張伯偉所言：「除了『論詩』，古人還擴大到論詞、論曲、論賦、論書、論畫、論印，甚至論名勝、論藏書，舉凡文人雅事，幾乎無不可以詩論之。」〔註2〕遂成爲中國文學批評的方式之一。逮乎清代，論詞絕句蓬勃發展，並

〔註1〕葉維廉：《中國詩學》（北京：人民文學出版社，2006 年 7 月），頁 8。
〔註2〕張伯偉：《中國古代文學批評方法研究》（北京：中華書局，2002 年5 月），頁 387。

由此蔚然成風，爲有清一代詞論之重要材料，王師偉勇與趙福勇編輯出版《清代論詞絕句初編》〔註3〕一書，探討清代論詞絕句之整理、研究、價值以及前此學者彙編之貢獻得失，並自眾多載籍廣蒐博采，蒐集所得凡 133 家 1067 首，萃於一編，俾利學界取資研究與後續收錄，乃目前所見論詞絕句整理最爲完善周全者。清代「論詞絕句」之研究成果頗爲可觀，近年來有多篇論文發表，計有楊海明〈從厲鶚〈論詞絕句〉看浙派詞論之一斑〉等三十餘篇（參見本節附表〔註4〕），更有學位論文深入探討，如同門學長王曉雯《清代譚瑩「論詞絕句」研究》〔註5〕及趙福勇《清代「論詞絕句」論北宋詞人及其作品研究》〔註6〕，即是箇中力作。前者總述譚瑩詞學思想，全面詮評譚氏「論詞絕句」百餘首，後者則以北宋爲範疇，研究清代論詞絕句之相關評論，均以「論詞絕句」作爲探討之主題，洵有助於當今「以韻文形式論詞」之研究。

　　而詩性文化對於詞學領域之薰染，便是「論詞長短句」出現之契機。「論詞長短句」即以詞作爲論詩文之載體，於有清一代蓬勃發展，蔚然成風，可與其他詞話、詞集序跋、詞作評點等詞論，相互闡幽抉微、會通發明。至論其內容，論詞長短句與論詩絕句、論詞絕句等均涵括歷代詞人及詞作之評騭，反映作者之詞學主張及論詞特點，其批評與史料價值，實不容忽視。

　　大陸地區，以陳水雲較早關注論詞長短句，並進行有意識地整理研究，其《清代詞學發展史論》即曾對「論詞詞」下定義：「論詞詞主要指專題性論詞或詞集題詠，它或是以詞之形式談文學見解，或是

〔註3〕王師偉勇著：《清代論詞絕句初編》（臺北：里仁書局，2010 年 9 月）

〔註4〕此整理資料錄自趙福勇：《清代「論詞絕句」論北宋詞人及其作品研究》（彰化：國立彰化師範大學國文研究所博士論文，2010 年 12 月），頁 7～12。

〔註5〕王曉雯：《清代譚瑩「論詞絕句」研究》（臺北：東吳大學中文系博士論文，2008 年 7 月），頁 1～403。

〔註6〕趙福勇：《清代「論詞絕句」論北宋詞人及其作品研究》（彰化：國立彰化師範大學國文研究所，2010 年 12 月），頁 1～474。

通過詞集題評就詞的問題發表意見。」〔註7〕同時進行蒐羅工作，梳理「論詞長短句」之文獻線索，有披荊斬棘之功。

臺灣地區，王師偉勇出版《清代論詞絕句初編》後，持續上述之系列蒐輯及研究，帶領學生團隊蒐集、整理「論詞長短句」，所蒐明、清兩代之數量已蔚為大觀，並逐次發表單篇論文，以示此等資料之研究門徑與詞學價值，對「論詞絕句」、「論詞長短句」等研究之推廣，可謂功不可沒。

關於「論詞長短句」（或稱「論詞詞」）之文獻，除孫克強〈詞學理論的重要載體——簡論清代論詞詩詞的價值〉、王師偉勇〈兩宋「論詞詩」及「論詞長短句」之價值〉兩文總述其價值外，復考現今研究成果，最早通篇研究「論詞長短句」之論文發表於 2009 年，直至 2011 年 6 月，亦僅六篇論文發表，茲列表介紹如次：

作　者	篇　名	出　處
孫克強	〈詞學理論的重要載體——簡論清代論詞詩詞的價值〉	《廣州大學學報》（社會科學版）第 7 卷第 1 期（2008 年 1 月），頁 44～49。
張仲謀	〈明代論詞詞九首解讀〉	《南京師範大學文學院學報》第 3 期（2009 年 9 月），頁 10～15。
王小英、祝東	〈論詞詞及其詮釋方法——以朱祖謀〈望江南・雜題我朝諸名家詞集後〉為中心〉	《學術論壇》第 9 期（2009 年），頁 141～145。
林宏達	〈宋翔鳳論詞長短句評《絕妙好詞》三首探析〉	《雲漢學刊》（台南：成功大學，2010 年 6 月），頁 91～102。
裴喆	〈清初詞人焦袁熹及其論詞詞〉	陝西師範大學主辦「2010 西安・詞學國際學術研討會」會議論文，西安，2010 年 10 月，頁 1～9。

〔註7〕陳水雲：《清代詞學發展史論》（北京：學苑出版社，2005 年），頁 46。

王偉勇	〈兩宋「論詞詩」及「論詞長短句」之價值〉	國立嘉義大學中國文學系主辦「第三屆宋代學術國際研討會論文」會議論文，嘉義，2011年6月3、4日，頁1～18。

1. 孫克強〈詞學理論的重要載體──簡論清代論詞詩詞的價值〉一文，指出清代一些批評家以詩或詞之形式表達詞學思想或進行詞學批評，一些著名的論詞詩和論詞詞成為詞論家的代表性的詞論文獻，成為詞學理論的載體，或表達對詞體特徵、詞史發展、詞壇利弊之看法，或評議了歷代詞人、詞作風格特點、淵源等問題，頗具理論色彩。

2. 張仲謀〈明代論詞詞九首解讀〉一文，係針對明人所作九首論詞詞加以考證或解讀，藉以展示明代詞學之側翼，並認為此種獨特之詞論形式為明人所創，尤其將晚明時期的論詞詞作為邏輯之起點，對於清代論詞詞之興盛及普及有重要啓發與影響。

3. 王小英、祝東〈論詞詞及其詮釋方法──以朱祖謀〈望江南・雜題我朝諸名家詞集後〉為中心〉認為論詞詞於清代較盛，尤以晚清民國為最。晚清朱祖謀〈望江南・雜題我朝諸名家詞集後〉更集中體現此種詞論形式的發展與成熟，因此透過考察朱氏之論詞詞，非但喜用知人論世、尋章摘句的傳統文學批評方法，更將他人論詞序跋及詩詞移花接木化入論詞詞中，巧妙地達到論詞之目的。

4. 林宏達〈宋翔鳳論詞長短句評《絕妙好詞》三首探析〉，則聚焦在《絕妙好詞》當中，可以從三闋長短句中，觀察出宋翔鳳所要表達的兩種不同面向的看法：其一，由〈醉落魄・題絕妙好詞〉一首，一開始便標舉了周密選詞的用心，更推舉《絕妙好詞》所選的詞作當中所含藏的寄託，可以和屈原所撰寫的〈離騷〉等量齊觀，互相媲美，足見宋翔鳳對這本詞選的抬愛。其二，針對厲鶚、查為仁所注解的《絕妙好詞》有深刻之批評，用兩闋〈浣溪沙〉（不費黃金共翠裘）以及（黃絹題來卷未多）討論厲鶚、查為仁兩人注解該書的得失。其中更針對厲鶚注本的版本問題，以及箋注問題提出批評，說明厲鶚注解未

能深究詞中的寄託，只重表面的字工句雅，無法切重作品的要旨，爲此深感遺憾。然而部分原因是緣自屬鶚與宋翔鳳所屬的詞派不同，而導致各持己見的現象。

5. 裴喆〈清初詞人焦袁熹及其論詞詞〉，透過對原始資料之發掘，指出清初詞人焦袁熹早在康熙末年，便以大型論詞論詞組詞之形式系統地表達自己的詞體觀念和詞史觀念，且於浙西詞派風靡詞壇之際，其論詞之主張能不隨時趨，獨標一幟。該篇章爲本論文研究之基礎與借鏡，洵有助於焦氏「論詞長短句」之解讀與研究，然受限於篇幅，僅作重點式之提示，對於焦氏所作諸闋長短句未有詳細解讀、箋注，且立說之優劣良窳仍有賴評騭，職是之故，焦氏論詞長短句尚亟待研究者董理論點以闡幽探微。

6. 王師偉勇〈兩宋「論詞詩」及「論詞長短句」之價值〉，該論文係以兩宋文人所作之詩、詞中，涉及論詞之文字，予以彙錄整理。舉蔡襄、周紫芝、范成大、劉克莊、毛珝、程正同、黃昇、王沂孫、張炎等人所作之詩、詞，並歸納爲三方面，論述其價值如次：一、擴大詞學批評之視野；二、提供輯佚考辨之線索；三、輔助建構論詞之觀點。

研究「論詞長短句」之單篇論文甚少，至於學位論文更尚未得見，與清代論詞長短句創作風氣之盛，殊不相稱。綜觀上舉當代「論詞長短句」之研究，多將論詞長短句視爲詞學批評史料，而研究面向，約有如下二端：一曰綜論，以宋代、清代爲範疇，論述「論詞長短句」之發展脈絡、詮釋手法及研究價值。二曰專家論詞長短句之疏證分析，詮評某一作者之全部或部分論詞長短句，目前僅有朱祖謀、宋翔鳳、焦袁熹等人受到關注。

「論詞長短句」與論詞絕句相同，均具言簡意賅，雋短可喜之妙，然囿於格律與篇幅，難如散體批評形式面面俱到、暢所欲言；而且作者又喜尋章摘句，用典櫽括，以致文義隱晦難解，因此研究者須條分縷析，方能得其真意。第二種研究面向，以專家論詞長短句作探討，可得作者創作完整之概念及主張，架構其完整詞學觀；部分作者透過

自序、附加註語等方式，直指論述之對象及核心，更利於研究者俐落直觀地掌握詞論宗旨，如焦袁熹〈采桑子・編纂《樂府妙聲》竟作〉均於每首詞牌下標註所論詞人，誠有心為之，以彰其詞學思想。焦氏詞學觀點既有承先之處亦有創發之見，其詞說足以影響後繼論者觀點，在詞學史上當佔有一席之地，但其詞論湮沒不明，而在詞壇之立身處地亦難已辨識，實為可惜。惟目前研究涉及焦氏「論詞長短句」者僅止一篇，但其文章內容屬於重點式之采介，對於部分議題要點則述而不作，幾筆略過，相較於焦袁熹詞學之全豹，頗有片面零星之憾，在系統結構上仍有加強補實之空間，殊值學界持續發揚。職是之故，筆者擬以焦袁熹所作論詞長短句為範疇，研究焦氏詞學觀點之相關評論，立基並借鑒前人研究成果，並將其置於詞史脈絡之中，以窺清代前期論詞長短句之發展情況，並彌補詞學史料之相關評論。復因焦氏除「論詞長短句」寓其詞學觀念外，尚有諸多創作實踐相呼應，遂將其他詞作以類相從，系統地呈現其論述觀點及詞作梗概，以證論述清代詞論史實不可忽略焦袁熹之說。希冀本文能就清初詞人焦袁熹論詞長短句所論詞人及其作品，梳理論點，分析詞意，構築焦袁熹詞學全貌，檢視焦氏在清代詞學發展過程中所代表的意義及貢獻，並藉此對清初詞學理論史有所微補；同時關注論詞長短句之樞要地位，俾彰顯清代論詞長短句之價值，以啓後學研究清代論詞長短句之面向。

附表：當代研究清代論詞絕句之單篇論文 [註8]

作　者	篇　名	出　處
楊海明	〈從厲鶚〈論詞絕句〉看浙派詞論之一斑〉	《明清詩文研究叢刊》2 輯（蘇州：江蘇師範學院中文系，1982 年 7 月），頁 52～56；又收入楊海明：《唐宋詞論稿》（杭州：浙江古籍出版社，1088 年），頁 294～303。

〔註 8〕此整理資料錄自趙福勇：《清代「論詞絕句」論北宋詞人及其作品研究》（彰化：國立彰化師範大學國文研究所博士論文，2010 年 12 月），頁 7～12。

宋邦珍	〈厲鶚〈論詞絕句〉的傳承與創新〉	《輔英學報》，11 期（1991 年 12 月），頁 200～206。
范道濟	〈從〈論詞絕句〉看厲鶚論詞「雅正」說〉	《黃岡師專學報》，14 卷 2 期（1994 年 4 月），頁 45～49。
范三畏	〈試談厲鶚論詞絕句〉	《社科縱橫》，1995 年 1 期，頁 48～52。
陶然	〈論清代孫爾準、周之琦兩家論詞絕句〉	《文學遺產》，1996 年 1 期，頁 74～82。
陶然、劉琦	〈清人七家論詞絕句述評〉	《廈門教育學院學報》，7 卷 1 期（2005 年 3 月），頁 15～19。
王偉勇	〈馮煦〈論詞絕句〉論南宋詞探析〉	中國宋代文學學會主辦，浙江工業大學承辦「第四屆宋代文學國際研討會」會議論文，杭州，2005 年 9 月；收入沈松勤編：《第四屆宋代文學國際研討會論文集》（杭州：浙江大學出版社，2006 年），頁 486～498。
王偉勇、王曉雯	〈馮煦〈論詞絕句〉十六首探析〉	成功大學文學院主辦「中國近世文學國際學術研討會」會議論文，臺南，2005 年 10 月；收入張高評編：《清代文學與學術——近世文學國際學術研討會論文集之三》（臺北：新文豐出版股份有限公司，2007 年），頁 223～266；又收入王偉勇：《詩詞越界研究》（臺北：里仁書局，2009 年），頁 253～297。
王偉勇	〈清代「論詞絕句」論溫庭筠詞探析〉	江西財經大學藝術與傳播學院主辦「詞學國際學術研討會」會議論文，南昌，2006 年 8 月；收入王兆鵬、龍建國編：《2006 詞學國際學術研討會論文集》（二）（南昌：百花洲文藝出版社，2007 年），頁 597～614；又載《文與哲》，9 期（2006 年 12 月），頁 337。

趙福勇	〈清代「論詞絕句」論賀鑄〈橫塘路〉詞探析〉	江西財經大學藝術與傳播學院主辦「詞學國際學術研討會」會議論文，南昌，2006 年 8 月；收入王兆鵬、龍建國編：《2006 詞學國際學術研討會論文集》（二）（南昌：百花洲文藝出版社，2007 年），頁 615～639；又載《臺北大學中文學報》，4 期（2008 年 3 月），頁 193～224；又收入王偉勇：《清代論詞絕句初編》（臺北：里仁書局，2010 年），頁 423～458。
王偉勇、鄭綉文	〈清・江昱〈論詞十八首〉探析〉	北京大學中國古文獻研究中心主辦「中國古文獻學與文學國際學術研討會」會議論文，北京，2006 年 11 月；收入北京大學中國古文獻研究中心編：《北京大學中國古文獻研究中心集刊第七輯——中國古文獻學與文學國際學術研討會論文集》（北京：北京大學出版社，2008 年），頁 736～762；又載《國文學報》，5 期（2006 年 12 月），頁 1～34。
王偉勇	〈清代「論詞絕句」論李白詞探析〉	國科會人文及社會科學發展處主辦，彰化師範大學文學院國文系、臺灣文學研究所承辦「國科會中文學門 90～94 研究成果發表會」會議論文，彰化，2006 年 11 月；收入林明德、黃文吉總策劃《臺灣學術新視野—中國文學之部（二）》（臺北：五南圖書出版股份有限公司，2007 年），頁 632～654；又收人王偉勇：《詩詞越界研究》（臺北：里仁書局，2009 年），頁 197～228。
陶子珍	〈清代張祥何〈論詞絕句〉十首探析〉	《成大中文學報》，15 期（2006 年 12 月），頁 89～106。
曹明升	〈清人論宋詞絕句脞說〉	《貴州社會科學》，2007 年 2 期，頁 97～101。

王偉勇、林淑華	〈陳澧〈論詞絕句〉六首探析〉	《政大中文學報》，7 期（2007 年 6 月），頁 83～114；又收入王偉勇：《詩詞越界研究》（臺北：里仁書局，2009 年），頁 299～339。
陶子珍	〈清詩論宋代女性詞人探析一以汪芑、方熊、潘際雲之作品爲例〉	《花大中文學報》，2 期（2007 年 12 月），頁 169～190。
王曉雯	〈宋翔鳳〈論詞絕句二十首〉宋詞探析〉	中國宋代文學學會主辦，暨南大學承辦「第五屆宋代文學國際研討會」會議論文，廣州，2007 年 12 月；收入鄧喬彬編：《第五屆宋代文學國際研討會論文集》（廣州：暨南大學出版社，2009 年），頁 490～511。
趙福勇	〈江筠〈讀詞綜書後〉論北宋詞人探析〉	中國宋代文學學會主辦，暨南大學承辦「第五屆宋代文學國際研討會」會議論文，廣州，2007 年 12 月；收入鄧喬彬編：《第五屆宋代文學國際研討會論文集》（廣州：暨南大學出版社，2009 年），頁 476～489；又收入王偉勇：《清代論詞絕句初編》（臺北：里仁書局，2010 年），頁 459～493。
孫克強	〈詞學理論的重要載體一簡論清代論詞詩詞的價值〉	《廣州大學學報（社會科學版）》，7 卷 1 期（2008 年 1 月），頁 44～49。
王偉勇、鄭綉文	〈高旭論（十大家詞）絕句探析〉	中山大學中文系主辦「第四屆國際暨第九屆全國清代學術研討會」會議論文，高雄，2008 年 6 月；收入王偉勇：《詩詞越界研究》（臺北：里仁書局，2009 年），頁 341～400。
邱美瓊、胡建次	〈論詞絕句在清代的運用與發展〉	《重慶社會科學》，2008 年 7 期，頁 105～110。
陳尤欣、朱小桂	〈馮煦〈論詞絕句十六首之三〉略論〉	《作家雜誌》，2008 年 8 期，頁 120～121。

胡建次	〈清代論詞絕句的運用類型〉	《廣西社會科學》，2009 年 2 期，頁 88～95。
謝永芳	〈譚瑩的〈論詞絕句〉及其學術價值〉	《圖書館論壇》，29 卷 2 期（2009 年 4 月），頁 172～175。
陸有富	〈從文廷式一首論詞詩看其對常州詞派的批評〉	《語文學刊》，2009 年 4 期，頁 69～70。
王偉勇	〈清代論詞絕句之整理、研究及價值〉	世新大學中文系主辦「第二屆兩岸韻文學學術研討會」會議論文，臺北，2009 年 5 月；收入郭鶴鳴總編輯：《第二屆兩岸韻文學學術研討會論文集一韻文的欣賞與研究》（臺北：世新大學，2010 年），頁 269～299。
王偉勇、林宏達	〈清代「論詞絕句」論李煜及其作品探析〉	中山大學中文系主辦「第五屆國際暨第十屆全國清代學術研討會」會議論文，高雄，2009 年 6 月；又收入王偉勇：《清代論詞絕句初編》（臺北：里仁書局，2010 年），頁 339～389。
趙福勇	〈清代「論詞絕句」論晏殊詞探析〉	《成大中文學報》，25 期（2009 年 7 月），頁 153～178 ；又收入王偉勇：《清代論詞絕句初編》（臺北：里仁書局，2010 年），頁 391～421。
孫克強、楊傳慶	〈清代論詞絕句的詞史觀念及價值〉	《學術研究》，2009 年 11 期，頁 136～144。
王偉勇	〈搜輯清代論詞絕句應有之認知〉	澳門大學社會科學及人文學院主辦「第二屆中華詞學國際學術研討會」會議論文，澳門，2009 年 12 月。
王淑蕙	〈清代「論詞絕句」論張炎詞舉隅探析〉	《雲漢學刊》，20 期（2009 年 12 月），頁 1～23。
詹杭倫	〈潘飛聲〈論粵東詞絕句〉說略〉	澳門大學社會科學及人文學院主辦「第二屆中華詞學國際學術研討會」會議論文，澳門，2009 年 12 月；又載《西南師範大學

		學報（哲學社會科學版）》，2010年1期，頁1～8。
陳水雲	〈論詞絕句的歷史發展〉	《國文天地》，26卷6期（2010年11月），頁41～44。

第二節　研究範圍與方法、步驟

　　本文研究範圍，係以焦袁熹「論詞長短句」及其詞作為範疇。由於南京大學中國語言文學系全清詞編纂研究室編纂《全清詞·順康卷》（北京：中華書局，2002年）冊十八所錄焦袁熹《此木軒直寄詞》，共兩百五十九首，係根據清乾隆間李枝桂所刻二卷本印行，然而此二卷本實非《此木軒直寄詞》之全豹。當以《焦南浦先生年譜》所附《此木軒全集總目》，「《此木軒》三卷又附舊作一卷」才是原貌，而目前藏於南開大學圖書館所見題為《此木軒全集》中所收之《此木軒直寄詞》四卷，即是「附舊作一卷」之版本，兩相比較，焦袁熹舊作一卷八十一首於二卷本中完全未收，前三卷亦有部分詞作未見於二卷本，如本論文所欲討論〈采桑子·編纂《樂府妙聲竟作》〉諸首「論詞長短句」，在二卷本中為四十七首，而在四卷本中則為五十五首〔註9〕；其他詞作在卷四則有七十九首，《全清詞·順康卷》及《補編》並未參照此本，故所錄時見舛漏，有待校訂增補。惟二卷本刊行於焦袁熹去世後十餘年後，其詞作之去取並非出自焦袁熹之意，文字亦有改易，因此本論文對於焦詞之整理和研究即以四卷本為主，參校二卷本。《此木軒全集》迄今尚未有刻本出版，故其內容散見於中國國家圖書館古籍室、上海圖書館古籍室及南開大學圖書館古籍室等，本文

〔註9〕關於焦袁熹《此木軒直寄詞》研究底本之分析，於裴喆〈清初詞人焦袁熹及其論詞詞〉一文中即詳加交代，並附錄二卷本所未見之九首詞，然其中一首雖以〈采桑子〉為詞牌，但其詞題為「見諸詠梅之作什九說著和羹，故有此解」，非屬「論詞長短句」之範疇，故所缺諸詞實為八首，於論文論述中一一揭示，不另作附錄。詳見裴喆：〈清初詞人焦袁熹及其論詞詞〉，西安詞學國際會議論文，2010年10月，頁2。

所掌握之古籍均引自此三處。同時與焦氏《此木軒全集》中所存之詩鈔、文集，及其著作序跋相互對照充實，焦氏詞學觀念也因此更加顯朗明豁。惟焦袁熹所編詞選《樂府妙聲》有其一定的選擇意圖和編選標準，卻未見流傳，據《焦南浦先生年譜》記載，僅知所選詞作以柳永為最，其餘均未能知曉，甚為可惜！

至於研究方法與步驟，說明如次：

一、首先，探究焦袁熹其人其事，先對焦袁熹所處大時代政治、社會與文學背景三面，以全景式宏觀之；再就作者生平經歷、交遊著述，及思想概說等進行敘說；之後總述焦氏詞學思想，借深入全面的爬羅剔抉，逐首分析「論詞長短句」之內涵與立論，歸納出其評賞旨趣，以明其詞學主張。

二、其次，材料之處理，擬採歸納之方式予以分期，亦即以時代為次，論唐宋詞五十餘首，分立唐五代、北宋前期、北宋中後期、南宋前期、南宋中期、南宋後期，依詞史發展概況，區分各期詞家歸屬，以清眉目；論焦氏《此木軒直寄詞》詞作則專立一章，依其性質概分為四類，得見焦袁熹詞學觀對於創作實踐之影響。

三、對於內容之解讀，著重結合作者生平經歷，學識淵源等諸方面來理解詩句意涵之詮釋。朱熹《孟子章句集注》道：「論其世，論其當世行事之迹也。言既觀其言，則不可以不知其為人之實，是以又考其行也。」〔註10〕因此先簡述詞人生平、字號、籍貫等，主要參考《舊唐書》、《新唐書》以及《宋史》之記載，若詞人無史傳，主要參考《唐宋詞彙評・唐五代卷》、《唐宋詞彙評・兩宋卷》所附詞人「小傳」，另輔以先賢所探析詞人年譜考證等相關文獻，以訂正說明；爾後則徵引焦袁熹「論詞長短句」詞文逐句詮釋分析，非但解說字詞字義、用事用典以詮釋其文義，更引詞作、詞話、序跋、評點、詩話、筆記、詩文、史傳、方志等資料參伍較論，從而彰顯出焦氏論詞主張

〔註10〕〔宋〕朱熹：《四書章句集注》（北京：中華書局，1983 年 10 月），頁 324。

與創作意圖。

　　四、藉由詩句詮釋，進一步分析焦氏之評述立場，並參照歷來詞評家諸多觀點，通過比較，取其立場相同或相近者以印證其說；至若立場相反或對立者，亦可相互參酌，證明論點，依此建構作者對各詞家之評賞角度。

　　五、本文基於時代之演進、詞壇之嬗遞，概依詞人主要活動年代將其劃歸適當期別，既有分論亦有合論，將「論詞長短句」置於詞史發展脈絡予以批評論述，期使更全面把握詞學思想之相關議題，並於各章各節之後總結作者主要觀點，末章則總結研究成果。

　　至於研究單一詞人之基本工夫，從業師王偉勇先生指示，必先就詞人作品逐闋予以箋注。因此本論文於研究之初，係就焦袁熹「論詞長短句」，逐闋予以箋注，並附錄文後，俾供學者閱讀之資。

第二章　清初詞人焦袁熹之
生平與時代背景

　　焦袁熹（1661～1736），字廣期，號南浦，學者稱「南浦先生」。
〔註1〕江蘇金山（今上海市）人。生於順治十八年辛丑（1661），卒於
乾隆元年丙辰（1736），年七十六。〔註2〕門人私諡孝文。康熙三十五
年丙子（1696）登鄉薦，念祖母、鞠母春秋高矣，且自忖非用世材，
遂絕意進取。康熙五十二年癸巳（1713），朝廷詔求實學之士，李光
地、王頊齡並上奏舉薦，奉旨召見，亦以親老固辭。後銓授陝西山陽
縣教諭〔註3〕，乞終養，仍不赴。焦氏性純孝，好揚人善、獎後進；
無心仕宦，退以著述為志，於四部俱見撰作，卷帙豐盈，允為篤學文

〔註1〕關於焦氏生平可參見〔清〕焦以敬、焦以恕編：《焦南浦先生年譜》
　　　所引《金山縣志・徵君南浦焦先生小傳》，收錄於北京圖書館編：《北
　　　京圖書館珍本年譜叢刊》（北京：北京圖書館出版社，1999年，清光
　　　緒三十年木活字本），冊八，頁303～304。錢仲聯主編：《中國文學
　　　家大辭典・清代卷》誤作「字南浦，號廣期」，（北京：中華書局，
　　　1996年10月），頁806。
〔註2〕此據〔清〕焦以敬、焦以恕編：《焦南浦先生年譜》，北京圖書館編：
　　　《北京圖書館藏珍本年譜叢刊》（北京：北京圖書館出版社，1999年
　　　4月，據清光緒二十三年木活字本）所記，柯愈春：《清人詩文集總
　　　目提要》（北京：北京古籍出版社，2002年2月），頁393同。《清史
　　　列傳》載「雍正十三年卒，年七十六」，誤矣。
〔註3〕錢仲聯主編：《中國文學家大辭典・清代卷》誤作「山陰縣」，頁806。

士；尤以《春秋闕如編》收入《四庫全書》，獲「近代說《春秋》者，當以此書爲最」〔註4〕之讚譽，可謂備極肯定。沈德潛論曰：「穿穴經學，工制義，詩亦子又獨造，不儕流俗。」〔註5〕是知其人其學當有足稱道者，惜乏人聞問，殊爲可惜。本節據蒐羅文獻，以時間爲經，事件爲緯，略述焦氏生平、交遊及著作梗概，並特立專節介紹焦氏思想概說及其所處時代背景。

第一節　清初之環境背景

清初本是清廷休養生息之階段，但因以異族入關，於是鎮壓各種反清勢力，箝制各種反清思想，遂成其首要工作。順治年間至康熙初年，異族入侵和地方動亂的兵戈騷擾及異代鼎革的政治巨變，使文人士子一反明代慣寫淫靡香弱之綺豔語句，而改以急管繁絃反映時代之動亂和政局之板蕩，同時刺激詞壇積弱已久之創作風氣爲之一變，此乃清代詞學由衰轉盛之一大契機。研究清代詞學思想，必須了解其政治情勢、社會背景及文化政策等外部因素，它是清代詞學思想形成之現實基礎，決定清代詞學思想發展之走向，也影響焦袁熹創作與評論之審美評論、詞學觀點。

一、政治局勢

焦袁熹生於順治十八年（1661），卒於乾隆元年（1736），經過順治、康熙、雍正三朝代，主要活動之時期爲康熙、雍正年間，爲時七十六年。清王朝立國之初，雖已建都北京，但尚未實現全國統一，清軍鐵騎所及，燒殺劫掠，血腥屠戮，漢族知識分子認爲明亡清立乃「乾坤反覆，中原陸沉」，江浙恢復之師屢起抗拒，「仗節死義者踵相接」

〔註4〕〔清〕永瑢、紀昀編纂：《四庫全書總目・經部・春秋類》（北京：中華書局，1965年6月），卷二九，頁238。

〔註5〕〔清〕沈德潛編：《清詩別裁集》（上海：上海古籍出版社，1992年7月），下冊，卷十八，頁716。

（梁啓超語），個個恥事異族。清廷爲遏止反清排滿之情勢，故採軟硬兼施、剛柔並濟之政策。表現在學術上則是一面大興文字獄，箝制思想，一面提倡文學，表彰儒術。

（一）屢興大獄　箝制思想

清人以異族入主中原，時存疑忌之心，對知識分子進行打擊；江南文人薈萃之地，尤廣興「文字獄」。只要詩文等文字著作，或某些言論，流露出對現狀不滿情緒，或觸及到對當朝忌諱之人或事，則根據其思想傾向捕風捉影而予以治罪。〔註6〕此牽連入獄之舉，激起江南人民之義憤，從順治二年至十八年，江南地區出現了不少義士民眾抗清、浴血奮戰的壯烈景象。順治十四年（1657），以南北兩闈科場案爲藉口，又迭興大獄。據《研堂見聞雜錄》記載：「是役也，師生牽連就逮，或救立械，或於數千里外鎯鐺提鎖，家業化爲灰塵，妻子流離。更波及二三大臣，皆居間者，血肉狼藉，長流萬里。」〔註7〕順治十六年（1659）以後，清王朝又連續以哭廟案、通海案、奏銷案爲由，斬決、革黜紳士學子數千人，頻興文字獄以立威，經歷種種案件之殘酷打擊，使當時江南學校爲之一空，而造成「蘇松詞林甚少」〔註8〕的狀況。朱彝尊於〈書花間集後〉文中：

> 《花間集》十卷，蜀衛尉少尉趙崇祚編。作者凡一十七人（按：應爲十八家），蜀之士大夫外，有仕石晉者，有仕南唐者、南漢者。方兵戈倥傯之會，道路梗塞，而詞章乃得遠播。選者不以境外爲嫌。人亦不之罪，可見當日文網之疎矣。〔註9〕

〔註6〕皮錫瑞：《經學歷史》（臺北：藝文印書館，1959年11月），頁64。

〔註7〕〔清〕無名氏：《研堂見聞雜錄》，中國古籍整理研究會：《明清筆記史料·清》（北京：中國書店，2000年），冊一〇六，頁12。

〔註8〕〔清〕王士禛：《香祖筆記》，《景印文淵閣四庫全書》，冊八七〇，卷七，頁472。

〔註9〕〔清〕朱彝尊：〈書花間集後〉，施蟄存主編：《詞籍序跋萃編》，頁636。

朱彝尊（1629～1709）所處時代略早於焦袁熹，以「可見當日文網之疏矣」一語，反映出當時文網之密。焦袁熹主要活動於康熙、雍正時期，康熙年間駭人聽聞之文字獄爲數不多，然而作品中若流露出對前朝之留戀，隨即遭遇不測，仍然使讀書人寒心；至雍正朝文字獄更遠過康熙，文字獄案頻頻舉發，作詩、選文、論史、注經，文字間若有擇詞不當，或抑鬱牢騷之辭，一經告訴，輒多獲罪，其箝制言論，束縛士林，實無以復加。在復明無望、壓迫與欺凌交相而至又不得賦詩作文之情況下，更將當時學者、大家推向隱逸之路，終身不願出仕；而敏銳善感之文人學子噤若寒蟬，其聰明才智無所抒發，不得已乃趨向古典學之研求，以爲自遣藏身之具。王易《詞曲史》云：

> 史館詞科，士悉歸於羈縶；文獄書禁，氣則被其摧殘。由是好學者入於鑿險縋幽；而能文者逃於吟風弄月。成績雖異，避患則同。〔註10〕

在文字獄壓制之下，大多數人俯首帖耳，或埋首於訂史考經，或消磨於雕詞繪句，以詩詞歌詠太平，若是內心有所感觸，也只能透過詠物、詠史、懷古，以寓個人身世之感。因爲詞既有的「豔科」、「小道」之形象，含蓄委婉表達方式，使文人得以在尊前侑觴，偎紅倚翠進行書懷言志之實。在此動亂之時局中，清初陽羨詞人陳維崧不僅寫作慷慨激昂之詞篇，更把詞推至與經史同尊之位，由於清廷在肅清反清份子之際，不少陽羨詞人受到牽連；再加上故國遺老、忠烈後裔等參與其中，當陳維崧強調以詞寄託家國之感與諷諫之意，隨即引起清初陽羨（江蘇宜興）一處士人之熱烈應和。然至康熙中期之時，詞壇上則興起迥異於陽羨詞人激昂之詞風，崇尚典雅莊重、適合太平盛世氣象的雅正之音代之而起，成爲詞壇主流，除取決於統治階級之好尚外，亦受其「懷柔右文」之策略影響。

〔註10〕王易：《詞曲史·振衰第九》（臺北：廣文書局，1988 年 8 月），頁443。

（二）懷柔右文　籠絡士子

　　順治時期仍是戰火不息的動盪年代，其用意主要在消除江南人民反清復明思想。直到康熙親政，隨著南明永曆之覆亡，清王朝統治地位日趨鞏固，海內外一片昇平晏安的盛世景象。此時便藉由提倡文學，表彰儒術，以收牢籠士子之功。

　　爲確立封建倫理秩序，康、雍、乾幾代皇帝均把建立封建綱紀作爲首要政策，康熙即云：

> 自古一代之典，必有博學鴻儒，振起文運，闡發經史，潤色詞章，以備顧問著作之選。朕萬機餘暇，游心文翰，思得博學之士，用資典學。我朝定鼎以來，崇儒重道，培養人材，四海之廣，豈無奇才碩彥，學問淵通，文藻瑰麗，可以追蹤前哲者！〔註11〕

由於君王大加表彰儒術，故舉世嚮風。此外，康熙初年初定，名室遺臣多有存者，士大夫或以逸民自居。爲消除遺民對清室的反抗情緒，康熙十二年（1673）頒詔薦舉山林隱逸。康熙十七年（1678）又詔舉博學鴻儒，備顧問著作之選，次年又開明史館，對明忠烈之士也予以表揚。在康熙十七年的鴻博之試中，一時名士如彭孫遹、陳維崧、朱彝尊、尤侗、毛奇齡皆在其列。〔註12〕當時焦袁熹方十八歲，於鄉試已連掇第一，足見當時士子用心功名，文風鼎盛之況。劉廷璣《在園雜志》描述當時情景：

> 掄才之典，於斯爲盛。其中人材德業，理學政治，文章詞翰，品行事功，無不悉備。洵足表章廊廟，袗式後儒，可以無慚鴻博，不負聖明之鑒拔，誠一代偉觀也。〔註13〕

當時僅就詞學而言，康熙皇帝之漢學素養極深，又雅好詞章，編撰《欽

〔註11〕〔清〕覺羅勒德洪等奉敕修：《大清聖祖仁皇帝實錄》（臺北：華聯出版社，1964年1月），卷七十一，頁11。

〔註12〕陳水雲：《清代前中期詞學思想》（武漢：武漢大學出版社1999年10月），頁1～4。

〔註13〕〔清〕劉廷璣：《在園雜志》，《叢書集成續編》，冊二一五，卷一，頁39。

定詞譜》，御選《歷代詩餘》，已足開清詞之先，由是士有所勵，不敢自輕，奮而益勤，詞的創作風氣得以持續不墜。而康熙皇帝所推崇之詞作乃「有關政教而裨益身心者」，即是符合「溫柔敦厚」之雅正之章，朱彝尊爲首之浙西詞派遂成爲康、雍、乾最具影響力之詞派，然焦袁熹對於清政府之籠絡目的十分清楚，故其作品中針對浙西詞派僵化之弊病，提出駁斥及檢討。

二、社會風氣

（一）清代詞學盛興

明代詞學在理論上有所成就，但在創作上卻呈衰象，清人吳衡照《蓮子居詞話》云：「論詞於明，並不逮金元，遑言兩宋哉。蓋明詞無專門名家，一二才人如楊用修、王元美、湯義仍輩，皆以傳奇手爲之，宜乎詞之不振也。其患在好盡，而字面往往混入曲子。」〔註14〕認爲明詞不振，去兩宋蘊藉之旨遠矣。逮到崇禎年間，江南地區出現了不少致力革新於詞風的人，其中最爲傑出者當推以陳子龍爲代表的雲間詞派，比較活躍的詞派有柳洲詞派、西泠詞派、毗陵詞派、廣陵詞派，一時詞壇呈現出繁榮復甦的景象。康熙年間顧貞觀回憶當時情形：

> 唯時戴笠故交，擔簦才子，並與讌遊之席，各傳酬唱之篇。而吳越操觚家聞風競起，選者作者，妍媸雜陳。〔註15〕

發展到康熙年間，倚聲填詞以蔚成風氣，李漁《耐歌詞・自序》云：

> 今十年以來，因詩人太繁，不覺其貴，好勝之家，又不重詩而重詩之餘矣。一唱百和，未幾成風。無論一切詩人皆變詞客，即閨人稚子，估客村農，凡能讀數卷書，識里巷歌謠之體者，盡解作長短句。〔註16〕

〔註14〕〔清〕吳衡照：《蓮子居詞話》，唐圭璋主編：《詞話叢編》，冊三，卷三，頁2461。

〔註15〕〔清〕顧貞觀：〈答秋田求詞序書〉，錄自〔清〕謝章鋌：《賭棋山莊詞話續編三》，唐圭璋主編：《詞話叢編》，冊四，頁3530。

〔註16〕〔清〕李漁：《李漁全集》，（浙江：浙江古籍出版社，1992年），頁377。

清代的詞學趨於復興，於理論與創作兩方面都取得超越前人之成就。
康、雍、乾年間，浙西詞派作爲最有影響力之詞學流派，雖然在創作方
面因過於追求清空雅正而若入形式典雅、內容空虛之狹境，但是浙派於
清代前中期所起之影響力極爲深遠，更是促進清代詞學盛行之推力。因
此道光時期杜文瀾《憩園詞話》卷一曾爲清代前中期詞壇下結語：

> 我朝振興詞學，國初諸老輩，能矯明詞委靡之失，鑄爲偉
> 詞。如朱竹垞、陳迦陵、厲樊謝諸先生，均卓然大雅，自
> 成一家。〔註17〕

清代詞學緊接著明代發展而來，透過明末清初諸詞人反思、革新，奠
定詞學中興之基礎。

（二）地域觀念濃厚

　　清人地域觀念極濃厚，以詞爲例，文人喜好結社，於詞曲流連
之際，難免互相標榜，且念念不忘同鄉、同盟、同行、同年之情誼。
〔註18〕王士禛《花草蒙拾》：「僕謂婉約以易安爲宗，豪放惟幼安稱
首，皆吾濟南人。」〔註19〕厲鶚〈吳尺鳧玲瓏簾詞序〉云：「南宗詞
派，推吾鄉周清眞。」〔註20〕又如朱彝尊〈孟彥林詞序〉云：「宋以
詞名家者，浙東西爲多，錢唐之周邦彥，孫惟信、張炎、仇遠、秀
州之呂渭老，吳興之張先，此浙西之最著者也；三衢之毛滂、天台
之左譽、永嘉之盧祖皋，東陽之黃機，四明之吳文英、陳允平，皆
以詞名浙東。而越州才尤盛，陸游、高觀國、尹煥倚聲於前，王沂
孫輩繼和於後，今所傳《樂府補題》，大都越人製作也。」〔註21〕

〔註17〕〔清〕杜文瀾：《憩園詞話》，唐圭璋主編：《詞話叢編》，冊三，卷
　　　　一，頁 2852。
〔註18〕蘇淑芬：《朱彝尊之詞與詞學研究》（臺北：文史哲出版社，1986 年
　　　　3 月），頁 8。
〔註19〕〔清〕王士禛：《花草蒙拾》，唐圭璋主編：《詞話叢編》，冊一，頁 685。
〔註20〕〔清〕厲鶚著，董兆熊注、陳九思標校：〈吳尺鳧玲瓏簾詞序〉，《樊
　　　　榭山房集》（上海：上海古籍出版社，1992 年 6 月），頁 754。
〔註21〕〔清〕朱彝尊：《曝書亭集・孟彥林詞序》，《景印文淵閣四庫全書》，
　　　　冊一三一八，卷四十，頁 107。

江浙地區，文風鼎盛，根據陳鐵凡〈清代學者地理分佈概述〉云：

> 清代學者之眾，首推江蘇省，幾占全國三分之一，第二為
> 浙江省，第三為安徽省。〔註22〕

李兆洛〈許桐山小湖詩鈔序〉云：

> 余每憶三十年前吾鄉風俗之美、物力之豐，家有中人產以
> 上，則蔚然向學，子弟之才美可造者，必延名師而教之。
>
> 〔註23〕

文人創作有鮮明的家族特點、地域特色及流派意識。此外，晚明以來，出現了眾多文社，聚集望族士子研習制義舉業，砥礪文章，並在合適時間刊刻社稿。明末清初江南出現許多地域性詞派，即是在當時江南地區望族繁多、文社隆盛以及科舉文化發達的背景下勃然興起的。焦袁熹所處上海地區，根據明末清初人葉夢珠《閱世編》卷五《門祚》記載，當時僅僅是古稱「雲間」松江府一郡的名門望族即達 67 家之多，至於一般望族自當更多。雲間派文學主要與雲間望族結緣，其成員大都來自望族，可以說，雲間望族乃雲間派文學之淵藪。明末崇禎二年（1629 年），文人更於松江一地組成「幾社」，初多以切磋古文時藝，埋首讀書，隔離朝政得失為宗旨；逮明末遭遇嚴峻時勢，使幾社文人轉而熱衷政治、關心國勢，但讀書科舉始終為幾社成員不易之宗旨。〔註24〕雲間一地文人之唱和多依賴於幾社的社集活動，此種風氣成為詞學發展之絕佳契機，幾社諸子「建豪穎，振雄藻，立期赴約，動盈卷素」〔註25〕，透過社集進行詩文唱和活動，同時琢磨詞之創作

〔註22〕陳鐵凡：〈清代學者地理分佈概述〉，《東海大學圖書館學報》第 8 期。
　　　　此引文錄自於吳宏一：《清代詞學四論》，（臺北：聯經出版社，1990
　　　　年 7 月），頁 92。

〔註23〕〔清〕李兆洛：《養一齋文集‧許桐山小湖詩鈔序》，《續修四庫全書》
　　　　（上海：上海古籍出版社，2002 年，據山東省圖書館藏清道光二十
　　　　三年活字印二十四年（1844）增修本影印），冊一四九五，卷四，頁 65。

〔註24〕朱麗霞：〈明清之際松江幾社的文學命運與文學史意義〉，《學術月刊》
　　　　第三十八卷，2006 年 7 月，頁 105～106。

〔註25〕〔明〕杜麟徵：〈幾社壬申合稿序〉，陳子龍著，施蟄存、馬祖熙標
　　　　校：《陳子龍詩集》（上海：上海古籍出版社，1983 年），頁 756。

也自然順理成章。雲間詞人與幾社成員並非完全等同，但兩者相互影響、滲透之現象確乎存在，地處松江之雲間詞派於能從一隅之地走出來，蜚聲文林，左右時代風會，成為當時的文學主潮，與幾社之間的互動關係可謂起了極大作用。

　　清初禁止結社，於順治九年（1652 年）、十七年（1660 年）兩年各下禁社之詔，直到清康熙前期，幾社逐漸消歇，然其餘響不絕。至焦袁熹時，其郡中有春藻、大雅二堂，皆文會所也，實悉由幾社分化而來〔註26〕，大雅特盛，焦袁熹亦參與其中。〔註27〕清廷雖禁止結社，但對於純粹習制藝、以文會友之社盟，是不加干涉的，文人擇於良辰美景之時賦詩酬唱，或主酒論詞，或圍爐談藝，一時也傳為佳話，更促進清代詞學之發展。焦袁熹交游中，時多以詩歌相和，焦氏亦積極參與文酒之會，其唱和之作保存至今，乃見當時結社促進詞章創作之發達。

（三）江南傳刻發達

　　南宋時期唐宋詞集曾廣為傳刻，當時杭州、長沙、建陽等地形成出版印刷中心，繁榮發達之印刷術為唐宋詞之傳播提供了方便之條件。但是，「明自永樂以後，兩宋諸名家詞集有的已不顯於世，有的甚至湮沒無聞」〔註28〕，明初以來宋版詞集逐漸失傳，朱彝尊認為原

〔註26〕順治十一年（1654 年），杜登春、張淵懿、施授樟等十人上紹「西南得朋會」而立松江「原社」，於是有《原社初集》之刻。是時，早已身仕清廷的宋征輿、李素心皆居家丁憂。宋征輿作為幾社元老，率子弟從游，宋楚鴻、宋泰淵、宋祖年等與原社諸子錢寶汾、張守來等堅持三六九講藝不輟。因此，鼎革後的雲間社（按：雲間乃松江別稱，又稱華亭，故幾社又稱雲間社）實悉由直方、嗇齋主壇坫。宋征輿仍然熱衷於社事，成為新一代社事的首領。原社士子唱和之作結集為《振幾集》，取「重振幾社往日雄風」之義。不久，有《原社二集》之刻。其後，林古度等又從「原社」分化出「恒社」。後「原社」又再次分化出「春藻堂社」、「大雅堂社」。詳見朱麗霞：〈明清之際松江幾社的文學命運與文學史意義〉，《學術月刊》第 7 期，第 38 卷，2006 年 7 月，頁 107。
〔註27〕〔清〕焦以敬、焦以恕編：《焦南浦先生年譜》，頁 313。
〔註28〕方智範：《中國詞學批評史》（中國社會科學出版社，1994 年），頁 151。

因在於前後七子「宗唐黜宋」之主張,「自李獻吉論詩謂:『唐以後詩可勿讀,唐以後事可勿使。』學者篤信其說,見宋人詩集輒屏置不觀。詩既屏置,詞亦在所勿道。」〔註29〕明代文人對於詞之體性之認識不清,對詞之價值認定有誤,故以詞作為應酬之工具、遊戲之手段,「託體不尊,難言大雅」〔註30〕造成唐宋詞集於明代失傳,遂至明末,便逐漸出現以宋版書為貴之文化現象。

明末清初,由於財富聚集和人文條件之結合,浙江、江蘇等地造紙業和印刷工藝之發達,更直接帶動江南地區藏書業之發展,促使江南抄校唐宋詞之風氣鼎盛。明末之際,首開詞集匯刻之風者,當推虞山毛晉(1598~1659,原名鳳苞,字子九,後改為晉,字子晉,別號潛在,晚號隱湖),明人陳繼儒〈隱湖題跋敘〉稱毛氏「負妮古之癖,凡人有未見書,百方購訪,如縋海鑿山,以求寶藏。得,即手自鈔寫,糾訛謬,補遺亡,即蛛絲鼠壞,風雨潤濕之所靡敗者,一一整頓之。」〔註31〕毛晉在許多唐宋詞籍長期失傳、舉世只知《花》、《草》之背景下,廣搜唐宋詞籍,並刊印了《詞苑英華》及《宋六十名家詞》,於後者各家詞集後多有題跋後記,開拓人們審美視野,「實有宋詞苑之功臣也」(朱居易〈毛刻宋六十家詞勘誤序〉)。

而明末清初,在蒐集唐宋詞籍方面不遺餘力者當推朱彝尊,其《詞綜》從康熙十一年開始編選,廣輯唐宋元明詞抄刻、校對,至康熙十七年完成付梓,到康熙三十年才最終完稿。〔註32〕洪有豐〈清代藏書家考〉:

> 清代江浙二省,有千頃、天一……汲古,絳雲等開其端,

〔註29〕〔清〕朱彝尊:《曝書亭集·柯寓匏振雅堂詞序》,《景印文淵閣四庫全書》,冊一三一八,卷四十,頁107。

〔註30〕〔清〕吳梅:《詞學通論》,王雲五:《國學小叢書》(臺北:臺灣商務印書館,1988年4月),頁142。

〔註31〕〔明〕毛晉:《隱湖題跋》,《叢書集成續編》(臺北:新文豐出版有限公司,1989年7月),冊五,頁635。

〔註32〕陳水雲:《唐宋詞在明末清初的傳播與接受》(北京:中國社會科學出版社,2010年10月),頁21~34。

惟藏書之風，尤冠他處，亦一時風會所趨也。〔註33〕

清初詞學在清初盛世繁盛而多方面發展，經過具有文化傳承感之明清詞學家及四庫館臣對於詞集及詞譜、詞律之蒐集和整理，促使唐宋詞籍在明初中葉大量失傳之頹勢得以遏制。周密所編《絕妙好詞》歷經元明二朝四百年間，從未有人提起，詞壇文人甚至發出「皆軼不傳」之慨嘆；而焦袁熹不僅得以見之，甚以「論詞長短句」之形式評論該書，當歸功於清代廣搜唐宋詞集、詞選，抄錄校對、整理刊刻之傳播。

三、文學背景

清代詞學思想的形成，除了受政治文化等外部因素影響外，亦受其自身發展規律的制約與支配，也就是說清代詞學思想是明代詞學的繼承與發展。明清之際，詞壇大抵經過了由崇尚五代、北宋到崇尚南宋，由俗到雅，再到比興寄託，以復古為革新到新的詞學思潮之崛起的曲折過程。

（一）清初流派紛呈

詞學發展至清代，已在前人基礎上作一總結，從中發揚可觀之論。宋詞輝煌之成就，導致元、明二朝詞壇呈現中衰之狀態，詞甚至在民間文學浸染下失去原本面貌，終遭鄙視。直至明末雲間詞派興起，雖依延晚明之餘緒，但淒怨啼鵑之調已與前者大相逕庭，其首陳子龍反思明詞日漸走向歧途之弊，主張復古，力圖恢復南唐、北宋時期自然、蘊藉、宏麗之詞風，使詞重歸原音之正道。誠如龍榆生言：「詞學衰於明代，至子龍出，宗風大振，遂開三百年來詞學中興之盛。」（《近三百年名家詞選》）有其開創之意義。詞體在清初的全面復興，雲間詞派功勞卓異。吳綺《湘瑟詞・序》云：「昔天下歷三百載，此道幾屬荊榛，迨雲間有一二公，斯世重知花草。」說明雲間派力闢榛莽、重振詞體的貢獻。

〔註33〕洪有豐：〈清代藏書家考〉，中華民國圖書館協會編輯：《圖書館學季刊》第 1 卷第 1 期，1926 年 1 月，頁 42。

　　概括崛起於清初之詞派，主要有陽羨、浙西，再加上不歸屬詞派，但自成一調之詞家，如納蘭性德等。詞至清代再創高峰。清初雲間詞派帶動詞學發展，後有陽羨、浙西兩派相互崛起，以至浙西詞派獨霸詞壇，其鮮明的特色便是都接受明末雲間詞派之影響。清初各詞派承先啓後，相繼推出新論，以成爲詞壇一方，雲間詞派可謂開肇其端。

1、陳子龍與雲間詞派

　　雲間，清屬江蘇松江府，設華亭、婁縣二邑，即今上海市松江區之古稱。此地明末文風鼎盛，著名復社、幾社等大型文人社團，皆以此地爲中心，向外擴張至各地，清初詞壇仍繼明末遺風，有多個詞派都有雲間詞派支流之稱，雲間詞派可謂係啓清代詞學之先路者，其中尤以雲間宗主陳子龍（明萬曆三十六年，1608-清順治四年，1647）之影響最爲深遠。其〈幽蘭草題詞〉　提出雲間詞派論詞綱領：

> 自金陵二主以至靖康，代有作者：或穠纖婉麗，極哀豔之
> 情；或流暢淡逸，窮盼倩之趣。然皆境由情生，辭隨意啓，
> 天機偶發，元音自成，繁促之中尚存高渾，斯爲最盛也。
> 南渡以還，此聲遂渺。寄慨者亢率而近乎傖武，諧俗者鄙
> 淺而入於優伶，以視周、李諸君，即有彼都人士之嘆。元
> 濫塡詞，茲無論焉。〔註34〕

　　其一，婉約爲正，豪放爲變。

　　陳子龍主張詞應以豔科綺語爲主流，以婉約爲正宗，且須含蓄蘊藉，忌諱淺率塵俗，對於「寄慨者亢率而近乎傖武」之豪放詞風，和「諧俗者鄙淺而入於優伶」之俚俗詞風加以否定。明亡之後，雲間後期詞人雖作婉豔之詞，但以隱含家國及身世之憂，使詞掙脫小道框架，寄寓詞人心志。宋徵璧題〈唱和詩餘序〉〔註35〕指出宋代各家優劣，所討論之詞家雖以婉約爲宗，但對於蘇、辛等豪放詞家以能予以

〔註34〕〔清〕陳子龍：〈幽蘭草詞序〉，《安雅堂稿》（臺北：偉文圖書出版公司，1977年9月），上冊，卷五，頁280。

〔註35〕〔明〕宋存標等撰，陳立效點：《唱和詩餘》（瀋陽：遼寧出版社，2000年1月），頁2。

重視，是突破雲間詞派之處。

其二，反思明詞，接續詞統。

雲間詞派總結明詞衰蔽因由，對明詞之委靡進行反思。陳子龍認為詞體創作的最高成就，當在南唐、北宋，「南渡以還，此聲逐渺」，以為南宋詞俱無足觀。推崇南唐二主、李清照、秦觀、柳永為最盛期之典範，是為雲間詞人追隨之名家，力圖挽救南渡以後詞壇衰敗之局面，恢復五代北宋時期自然、蘊藉、宏麗的詞風，接續詞統、重歸元音。雲間後期甚至「屏去宋調」，專尚五代，雖已趨於窄化，但前、後期摒棄南宋詞而不論，是一致之觀點。

其三，重視言情，追求自然。

陳子龍推崇南唐北宋詞，在於南唐北宋詞能表達人「歡愉愁怨之致」，其〈王介人詩餘序〉：

> 宋人不知詩而強作詩，其為詩也，言理而不言情，故終宋之世無詩焉。然宋人亦不免於有情也，顧凡其歡愉愁怨之致，動於中而不能抑者，類發於詩餘。故其所造獨工，非後世可及。〔註36〕

在宋代，人們是嚴格需分詩詞畛畦，宋人論詩重視《詩》、《騷》美刺精神，強調詩歌應肩負厚人倫、美教化、遺風俗的任務；而論詞則多以小道末技，僅供文人聊佐清歡，謔浪遊戲，娛賓遣興，故填詞能直抒性情，表現其歡樂與憂愁的多種情緒。明代，統治者為鞏固政權之需，大力提倡理學，嚴重束縛人之性情抒發，明末萬曆時期湯顯祖即反對理學對人心之束縛，強調文學應傳達出人之本心的真情實感，清初雲間詞派更主張詞應重視自然情感之流露。

2、陳維崧與陽羨詞派

繼雲間詞派之後，陽羨詞派與浙西詞派最有勢力，清代前中期之詞學幾乎都籠罩在兩派勢力之下。陽羨，即今江蘇宜興縣，陽羨詞派

〔註36〕〔明〕陳子龍：〈王介人詩餘序〉，《安雅堂稿》（臺北：偉文圖書出版公司，1977年9月），上冊，卷三，頁194。

以陳維崧（1625～1681）為首要人物，早年學詞即從「雲間」入手，其所效法者「在雲間陳、李賢門昆季」〔註37〕，後承繼蘇、辛詞風，以雄渾豪宕為詞作特色，故有清初豪放詞派之稱。《清史列傳》言陳維崧之性格落拓；朱彝尊〈邁陂塘‧題其年填詞圖〉云：「擅詞場、飛揚跋扈、前身可是青兕。」（《全清詞》，冊九，頁5273）朱祖謀品題清詞之〈望江南〉：「迦陵韻，哀樂過人多。跋扈頗參青兕氣，清揚恰稱紫雲歌」〔註38〕，可見陳氏之豪放性格，其詞論主要有三：

其一，推尊詞體，存經存史。

陳維崧〈詞選序〉可說陽羨派的詞學宣言。陳維崧先指出不滿當代詞壇崇尚香弱、清真之現象，並表明「選詞所以存詞，其即所以存經存史」，用以推尊詞體，序云：

> 今之不屑為詞者，固亡論；其學為詞者，又復極意《花間》，學步《蘭畹》，矜香弱為當家，以清真為本色；神瞽審聲，斥為鄭衛，甚或囊弄俚詞，閨禧冶習，音如濕鼓，色若死灰。……嗟乎！鴻都價賤，甲帳書亡，空讀西晉之陽秋，莫問蕭梁之文武。文章流極，巧曆難推，即如詞之一道，而餘分閏位，所在成編，義例凡將，闕如不作，僅效漆園馬非馬之談，遑恤宣尼觚不觚之嘆。非徒文事，患在人心。然則余與兩吳子、潘子僅僅選詞云爾乎？選詞所以存詞，其即所以存經存史也夫。〔註39〕

當時文學風尚以詞為小道，陳維崧此文對此加以抨擊，提出文體無尊卑之論，認為各種文學體裁實無優劣高下之別、正宗偏格之分，極力提高詞體之地位。陳氏於其序評更直接駁斥：

> 僕本恨人，詞非小道。〔註40〕

〔註37〕〔清〕陳維崧：《陳迦陵文集‧與宋尚木論詩書》，王雲五主編：《四部叢刊正編》（臺北：商務印書館，1979年），冊八二，卷四，頁51。

〔註38〕朱祖謀輯校：《彊村語業》（臺北：世界書局，1956年），頁75。

〔註39〕〔清〕陳維崧：《陳迦陵文集‧詞選序》，王雲五主編：《四部叢刊正編》（臺北：商務印書館，1979年），冊八二，卷二，頁31～32。

〔註40〕〔清〕陳維崧：《陳迦陵文集‧今詞選序》，王雲五主編：《四部叢刊正編》（臺北：商務印書館，1979年），冊八二，卷七，頁190。

僕每怪夫時人，詞則呵爲小道。倘非傑作，疇雪斯言。〔註41〕

今夫美人香草，屬於君王，比興閨幃，奚妨染指。彼夫以
香奩、西崑之體目文反者，是豈知吾文友者乎？離亂之人，
聊寓意焉。〔註42〕

更認爲將塡詞視爲小技者，「皆下士蒼蠅聲耳」（曹貞吉《珂雪詞》），
是見陳維崧以「存詞所以存經存史」之論推尊詞體，目的在於顛覆「詞
爲小道」之說。

其二，言爲心聲，情貴乎眞。

陳維崧〈蝶庵詞序〉言：

夫作者非有國風美人、離騷香草之志意，以優柔而涵濡之，
則其入也不微，而其出也不厚。人或者以淫褻之音亂之，
以清佻之習沿之，非俚則誣。則吾之爲此也，悄乎其有爲
也。〔註43〕

陳維崧強調詞中之寄託。陽羨詞派氣盛筆重，「氣魄之壯，古今殆無
敵手」，但其間不無粗率之處，若其胸未能先有一段眞氣，則其詞不
能沉厚，且易致粗疏叫囂。

其三，不主一格，兼收並蓄。

歷來詞論均以「婉約」爲詞之本色、當行，陽羨詞派特指出「不
廢豪放」之觀點，選詞者當兼容並蓄，不主一格。陳維崧不滿當時詞
壇「極意《花間》，學步《蘭畹》，衿香弱爲當家，以清眞爲本色」的
靡豔之風，於〈和荔裳先生韻亦得十有二首〉之六：「辛柳門庭別，
溫韋格調殊。煩君鐵綽板，一爲洗蓁蕪。」陳氏欲以稼軒、東坡的豪
放剛雄之氣滌蕩靡豔香弱之風，用心洞然可見。陽羨詞人徐喈鳳言：
「婉約自是本色，豪放亦未嘗非本色也」（《蔭綠軒詞證》），鄒祗謨：

〔註41〕〔清〕陳維崧：《陳迦陵文集・曹實庵詠物詞序》，王雲五主編：《四
部叢刊正編》（臺北：商務印書館，1979年），冊八二，卷七，頁178。

〔註42〕〔清〕陳維崧：《陳迦陵文集・董文有文集序》，王雲五主編：《四部
叢刊正編》（臺北：商務印書館，1979年），冊八二，卷二，頁25。

〔註43〕〔清〕陳維崧：《陳迦陵文集・蝶庵詞序》，王雲五主編：《四部叢刊
正編》（臺北：商務印書館，1979年），冊八二，卷二，頁29。

「稼軒雄深雅健，自是本色……觀其得意處，眞有壓倒古人之意。」
〔註44〕認爲豪放詞風亦是本色，意謂豪放與婉約同爲正宗，並無高下
之分。

3、朱彝尊與前期浙西詞派

浙西詞派之興起稍晚於陽羨詞派，肇始於曹溶，樹立於朱彝尊，
而集大成於厲鶚。龔翔麟選朱彝尊、李良年、李符、沈皞日、沈岸登
及其本人詞爲《浙西六家詞》，遂有「浙西詞派」之名。其勢力籠罩
了康熙、雍正、乾隆三朝百餘年之詞壇。焦袁熹所在之清前期則以
朱彝尊爲代表，甚至獨霸詞壇。其詞論爲：

其一，師法姜張，推崇醇雅。

雲間詞派自有騷雅一面，雖不甚明朗，但也爲朱彝尊創浙西詞派
理論創下基礎。朱彝尊其詞宗南宋，推崇姜夔、張炎之詞，「崇爾雅、
斥淫哇」爲浙派之宗旨，朱彝尊編選《詞綜》一書及此爲宗旨，更有
意取代明代《草堂詩餘》之委靡風氣。浙西詞派在清代前中期的影響
歷久不衰，主要原因與清代逐漸穩定的社會政治風氣有關，並且浙西
詞派內部對其詞學理論不斷修正補充，成爲當時詞壇的主流。不過浙
西詞派演變最後也逐漸出現弊病，其末流拘泥於雕飾文辭，使得詞作
流於晦澀模糊，埋沒了作品眞實情感。

其二，推尊詞體，發爲元音

詞之傳統主題爲傷春悲秋、兒女之情，朱彝尊則繼陳子龍、鄒祇
謨等之後提出，詞應注入作者意志，有所寄託，將言情之詞與傳統詩
教作結合，反映現實。朱彝尊嘗稱：「念倚聲雖小道，當其爲之，必
崇爾雅，斥淫哇，極其能事，則亦足以宣昭六義，鼓吹元音」〔註45〕，
「鼓吹元音」，即樂而不淫、怨而不怒、中正醇和，於此，亦足略窺

〔註44〕〔清〕鄒祇謨：《遠志齋詞衷》，唐圭璋主編：《詞話叢編》，冊一，
　　　　頁 652。
〔註45〕〔清〕朱彝尊：〈靜惕堂詞序〉，見〔清〕曹溶：《靜惕堂詞》，見《清
　　　　辭別集百三十四種》（臺北：鼎文書局，1976 年 8 月），冊一，頁 75。

其宗旨，主要是透過比興寄託，將詞上推於詩教之地位。此外，朱彝尊闡述詞與詩之功能相同：「南風之詩，五子之歌，此長短句之所由昉也。漢〈鐃歌〉、〈郊祀〉之章，其體尚質；迨晉、宋、齊、梁，〈江南〉、〈采菱〉諸調，去填詞一間爾。詩不即變為詞，殆時未至焉。既而萌於唐，流演於十國，盛於宋。」〔註46〕將詞與詩歌相提並論，強調詞的詩教功能，推尊詞體之地位。

4、納蘭性德

清詞前中期除了陽羨、浙西兩大詞派頗具是例外，納蘭性得亦為清前中期詞壇一大特色。納蘭性德（1655～1685），本名成德，為避太子諱改性德，字容若，為「清代第一詞人」，著有《通志堂集》、《飲水詞》等。

其一，專宗後主，哀感婉豔。

納蘭性德年少富才氣，其氣質才性亦近於李煜，於詞專宗南唐後主，詞風側重哀感，情致極深。嘗言：

> 花間之詞，如古玉器貴重而不適用，宋詞適用而少貴重，
> 李後主兼具其美，更饒烟水迷離之致。〔註47〕

顧貞觀云：「容若詞，一種淒婉處，令人不能卒讀，人言愁我始欲愁。」〔註48〕陳維崧云：「飲水詞，哀感頑豔，得南唐二主之遺。」〔註49〕周之琦云：「容若長調多不協律，小令則格高韻遠，極纏綿婉約之致，能使殘唐墜緒絕而復緒，第其品格，殆叔原方回之亞乎。」〔註50〕況

〔註46〕〔清〕朱彝尊：《曝書亭集·水村琴趣序》，《景印文淵閣四庫全書》，冊一三一八，卷四十，頁108。

〔註47〕〔清〕納蘭性德：《淥水亭雜識》，中國古籍整理研究會：《明清筆記史料叢刊·清》，冊二五，卷四，頁398。

〔註48〕〔清〕馮金伯：《詞苑萃編》，唐圭璋主編：《詞話叢編》，冊二，卷八，頁1937。

〔註49〕〔清〕馮金伯：《詞苑萃編》，唐圭璋主編：《詞話叢編》，冊二，卷八，頁1937。

〔註50〕〔清〕唐獻纂錄：《篋中詞》引周之琦語，《叢書集成續編》，冊二○五，頁500。

周頤云：「容若爲國初第一詞人」，「其所爲詞，純任性靈，纖塵不染、甘受和，白受采，進於沈著渾至何難矣。」〔註51〕納蘭性德更被視爲「南唐李重光」之後身。

其二，清詞冠冕，別樹一幟。

納蘭性德在清初洵是別具一副手筆，其《飲水詞》以小令爲佳，淒豔而眞摰自然，曾有清詞冠冕之譽。清代學人楊芳燦在〈納蘭詞序〉中分析：

> 倚聲之學，唯國朝爲盛。文人才子，磊落間起。詞壇月旦，咸推朱、陳二家爲最。同時能與之角立者，其惟成容若先生乎？……先生貂珥朱輪，生長華腴。其詞則哀怨騷屑，類憔悴失職者之所爲。蓋其三生慧業，不耐浮塵；寄思無端，抑鬱不釋。韻澹疑仙，思幽近鬼。……嘗謂桃葉、團扇，豔而不悲；防露、桑間，悲而不雅。詞殆兼之，洵極詣矣。今其詞具在，騷情古調，俠腸俊骨，隱隱奕奕，流露于毫楮間，斯豈它人所能摹擬乎？且先生所與交游，皆詞場名宿，刻羽調商，人人有集，亦正少此一種筆墨也。
> 〔註52〕

清初，竹垞、其年、容若鼎足詞壇。「陳天才豔發，辭鋒橫溢。朱嚴密精審，超詣高秀。容若《飲水》一卷，《側帽》數章，爲詞家正聲。」〔註53〕王國維《人間詞話》：「納蘭容若以自然之眼觀物，以自然之舌言情。此由初入中原，未染漢人風氣，故能眞切如此。北宋以來，一人而已。」〔註54〕納蘭性德獨立於陽羨、浙西兩大詞派之外，而獨樹一幟，誠無愧爲滿州第一大詞人也。

〔註51〕〔清〕況周頤：《蕙風詞話》，唐圭璋主編：《詞話叢編》，冊五，頁4520。

〔註52〕〔清〕楊芳燦：〈納蘭詞序〉，施蟄存主編：《詞籍序跋萃編》（北京：中國社會科學出版社，1994年），頁549～550。

〔註53〕〔清〕胡薇元：《歲寒居詞話》，唐圭璋主編：《詞話叢編》，冊五，頁4038。

〔註54〕〔清〕王國維：《人間詞話》，唐圭璋主編：《詞話叢編》，冊五，頁4251。

　　「清代詞學的重大轉變，無論從哪一方面來說，都不是突如其來的，除了當代的社會文化要求，以及文學取向之外，與前代的文化遺產也有非常密切的關係」〔註55〕，焦袁熹所處康熙、雍正詞壇，宗派迭興，作者競起，篇章豐富，倚聲填詞之學有中興之象，無論前人遺風或是時人開拓都影響其詞學接受（或批評）；且詞選徧出，名家選詞自然別具手眼，從該詞壇風氣，足見清人自塑典型之氣象，亦可從中鳥瞰自晚明以來，清代前中期詞壇之盛如是。

（二）憑藉詩詞論說

　　焦袁熹以「論詞長短句」之形式建構詞學主張，殊有其價值。「論詞絕句」及「論詞長短句」爲清代常見之論詞形式。清人借鑒唐代杜甫以來論詩絕句的傳統，以組詩、組詞的形式論詞，深抉詞心而又雋諧可喜，往往能將豐富的詞學宗旨濃縮於極小的篇幅之中，頗具批評價值和史料價值。從評論詞人褒貶到賞析詞句，從敘說本事到論述詞體特性與創作技法，並評析詞人與後世間的承繼關係，以確立詞人在詞壇的地位。

　　「論詩絕句」由唐代杜甫〈戲爲六絕句〉、〈解悶十二首〉之四至八首開其先始，嗣後作者不絕，如金‧元好問〈論詩三十首〉、〈論詩三首〉與王士禛〈戲仿元遺山論詩絕句三十二首〉、趙翼〈論詩〉四首等，均爲享譽壇坫之名篇。而論詞絕句之濫觴，歷來眾說紛紜，或以清人厲鶚（1692～1752，字太鴻）〈論詞絕句十二首〉開論詞絕句之先河，或謂論詞絕句創於清代初年前後。謂論詞絕句創於元末明初，殆以瞿佑〈易安樂府〉爲起源。〔註56〕然根據趙福勇《清代「論

〔註55〕張宏生：《清詞探微》，《清詞研究叢書》（上海：上海古籍出版社，2008 年 5 月），頁 130～131。

〔註56〕清代錢大昕《十駕齋養新錄》曰：「元遺山論詩絕句效少陵『庚信文章老更成』諸篇而作也，王貽上仿其體，一時爭效之。厥後宋牧仲、朱錫鬯之論畫，屬太鴻之論詞、論印，遞相祖述，而七絕中又別啓一戶牖矣」，見〔清〕錢大昕：《十駕齋養新錄》（上海：上海古籍出版社，2002 年，《續修四庫全書》冊 1151），卷 16〈論詩絕句〉，頁

詞絕句」論北宋詞人及其作品研究》〔註57〕整理爬疏，稍晚於杜甫之中唐時期，白居易已憑藉絕句以論詞，其〈聽歌六絕句〉論〈何滿子〉一首曰：

> 世傳滿子是人名，臨就刑時曲始成：一曲四調（一作詞）
> 歌八疊，從頭便是斷腸聲。〔註58〕

抒聽歌之感發，而所言殆爲詞調〈何滿子〉之起源、體製與聲情；論其體裁，〈何滿子〉確乎絕句，當可視爲論詞絕句之權輿。於焉論詞絕句始於唐代，亦可視爲定論。

至於「論詞長短句」，據陳水雲〈清代詞學發展史論〉：「論詞詞

306。楊海明〈從厲鶚〈論詞絕句〉看浙派詞論之一斑〉亦曰：「論
　　詞絕句，前代罕見；有之，則似從厲鶚〈論詞絕句〉十二首始」。楊
　　海明：〈從厲鶚〈論詞絕句〉看浙派詞論之一斑〉，見《唐宋詞論稿》
　　（杭州：浙江古籍出版社，1988 年），頁 294。嚴迪昌《清詞史》曰：
　　「以絕句形式論詞，在清代是新創，從此『論詞絕句』與『論詩絕
　　句』等並駕齊驅，成爲古代詩論詞論的一種獨特形式。清人『論詞
　　絕句』並非自厲鶚始，如常州的陳轟恒就早於厲鶚作有 6 首，但影
　　響遠不如後者」，見嚴迪昌：《清詞史》（南京：江蘇古籍出版社，2001
　　年），頁 351。馬興榮、吳熊和、曹濟平主編之《中國詞學大辭典》
　　則謂論詞絕句起於清初，曰：「論詞絕句出現較晚，約起於清代初年
　　前後。厲鶚〈論詞絕句〉十二首，是今傳作品中較早的一種。……
　　論詞絕句乃是在論詩絕句已經較爲發達和成熟的背景下興起的，實
　　際上屬於論詩絕句的一個分支旁屬」，見馬興榮、吳熊和、曹濟平主
　　編：《中國詞學大辭典》（杭州：浙江教育出版社，1996 年），頁 33。
　　陳水雲〈論詞絕句的歷史發展〉則將論詞絕句之起源上溯元末明初，
　　曰：「據現存文獻可知，論詞絕句最晚在元末明初就出現了，……論
　　詞絕句的出現較論詩絕句晚了整整八百年，……在元末明初，以絕
　　句的形式論詞的有瞿佑的〈易安樂府〉（《香台集》卷下），這是筆者
　　目前所知最早出現的論詞絕句」。見陳水雲：〈論詞絕句的歷史發
　　展〉，《國文天地》，26 卷 6 期（2010 年 11 月），頁 41～42。詳參趙
　　福勇：《清代「論詞絕句」論北宋詞人及其作品研究》，國立彰化師
　　範大學國文研究所博士論文，2010 年 12 月，頁 39～40。
〔註57〕趙福勇：《清代「論詞絕句」論北宋詞人及其作品研究》，國立彰化
　　師範大學國文研究所博士論文，2010 年 12 月，頁 40～41。
〔註58〕〔唐〕白居易：〈聽歌六絕句〉之〈何滿子〉，〔清〕聖祖御定：《全
　　唐詩》，冊十四，卷四五八，頁 5213。案：詩題下有註曰：「開元中，
　　滄洲有歌者何滿子，臨刑，進此曲以贖死，上竟不免。」

主要指專題性論詞詞或詞集題詠，它或是以詞的形式談文學見解，或通過詞集題評就詞的問題發表意見。」〔註59〕論詞長短句係以長短句之形式論詞，有關論詞長短句之濫觴，王小英、祝東〈論詞詞及其詮釋方法──以朱祖謀《望江南・雜題我朝諸名家詞集後》爲中心〉一文曰：「以詞作爲論詩文的載體，據筆者目前所見，當推宋代戴復古的幾闋（按：應作「闋」）〈望江南〉。」〔註60〕戴氏〈望江南・僕既爲宋壺山說其自說未盡處，壺山必有答語，僕自嘲三解〉其一：

　　　石屏老，家住海東雲。本是尋常田舍子，如何呼喚作詩人。
　　　無益費精神。千首富，不救一生貧。賈島形模元自瘦，杜
　　　陵言語不妨村。誰解學西昆。（《全宋詞》，冊四，頁 2309）

惟戴氏此闋對西昆詩人浮靡詩風提出批評，然而其內容爲論詩長短句，而非論詞長短句。但此闋雖屬「論詩長短句」，但亦非其起源，略早於戴復古的辛棄疾即以「長短句」體裁論陶淵明詩，其〈鷓鴣天・讀淵明詩不能去手，戲作小詞以送之〉：

　　　晚歲躬耕不怨貧。隻雞斗酒聚比鄰。都無晉宋之間事，自
　　　是羲皇以上人。　　千載後，百篇存。更無一字不清眞。
　　　若教王謝諸郎在，未抵柴桑陌上塵。（《全宋詞》，冊三，頁 1963）

是證戴復古所作亦非「論詩長短句」之起源，當以辛稼軒此首爲是。而宋代「論詞長短句」之濫觴，則源於石孝友〈漁家傲・送李惠言、徐元集赴試南宮〉：

　　　夜半潮聲來枕上。擊殘夢破驚魂蕩。見說錢塘雄氣象。披
　　　衣望。碧波堆裡排銀浪。　　月影徘徊天滉漾。金戈鐵馬
　　　森相向。洗盡塵根磨業障。增豪放。從公筆力詩詞壯。（《全
　　　宋詞》，冊三，頁 2035）

石孝友之生平實無定論，唐圭璋先生於《兩宋詞人時代先後考》及《全宋詞》中均將石孝友列於張孝祥、樓鑰（樓鑰生於紹興七年，1137

〔註59〕陳水雲：《清代詞學發展史論》（北京：學苑出版社，2005 年），頁 46。
〔註60〕王小英、祝東：〈論詞詞及其詮釋方法──以朱祖謀《望江南・雜題我朝諸名家詞集後》爲中心〉，《學術論壇》第 9 期，2009 年，頁 141。

年，隆興元年，1163 年進士）等人之後，依唐圭璋考定之原則，「初
以詞人生卒爲主，生卒不可考，則以科第爲主。」〔註61〕在石孝友生
卒年不及考之情況下，若以科第定其生活時代，則自然應在張、樓之
後。然據石孝友〈水調歌頭〉（清霜洗空闊）及〈寶鼎現〉（雪梅清瘦）
二詞所提供之有關線索，可知石孝友在北宋時期即已開始作詞。另據
其〈滿庭芳・上張紫微〉詞，可知晚年才登進士第。據此，石孝友之
生年應是北宋晚期，卒於南宋中期，是跨北、南兩宋之詞人。〔註62〕
因此「論詞長短句」之濫觴可提前至北宋晚期。

　　其實於中唐、晚唐時期即出現以〈楊柳枝〉爲詞牌論詞，但論其
體裁，究爲絕句抑或屬詞，容有爭議，故在此僅作略述，聊備一說。
白居易〈楊柳枝詞八首〉之一曰：

　　　　六么水調家家唱，白雪梅花處處吹。

　　　　古歌舊曲君休聽，聽取新翻楊柳枝。〔註63〕

此作論及詞調〈楊柳枝〉係翻新之樂曲，異於〈六么〉、〈水調〉、〈白
雪〉、〈梅花〉等廣爲演唱、吹奏之陳舊曲調。而劉禹錫〈楊柳枝詞九
首〉之一曰：

　　　　塞北梅花羌笛吹，淮南桂樹小山詞。

　　　　請君莫奏前朝曲，聽唱新翻楊柳枝。〔註64〕

此作彰顯〈楊柳枝〉係新製曲詞，曲調既非笛曲〈梅花〉之舊腔，歌
詞亦異淮南小山〈招隱士〉「桂樹叢生兮山之幽，偃蹇連蜷兮枝相繚」
〔註65〕之陳詞。至於晚唐薛能〈柳枝詞五首〉有序曰：「乾符五年，
許州刺史薛能於郡閣與幕中談賓酣飲酡酊，因令部妓少女作〈楊柳枝〉

〔註61〕唐圭璋：《兩宋詞人時代先後考・例言》
〔註62〕張再林：〈石孝友生卒年考〉，《廣西師院學報》（哲學社會科學版）
　　　　第22卷，第1期，2001年1月，頁112～1142。
〔註63〕〔唐〕白居易：〈楊柳枝詞八首〉之一，〔清〕聖祖御定：《全唐詩》，
　　　　冊十四，卷四五四，頁5149。
〔註64〕〔唐〕劉禹錫：〈楊柳枝詞九首〉之一，〔清〕聖祖御定：《全唐詩》，
　　　　冊十一，卷三六五，頁4113。
〔註65〕〔漢〕淮南小山：〈招隱士〉，〔宋〕洪興祖補注，卞岐整理：《楚辭
　　　　補注》（南京：鳳凰出版社，2007年），卷十二，頁208。

健舞，復歌其詞，無可聽者，自以五絕爲楊柳新聲」，而此五首絕句之末首曰：

> 劉白蘇臺總近時，當初章句是誰推。
>
> 纖腰舞盡春楊柳，未有儂家一首詩。
>
> （自注：劉、白二尚書繼爲蘇州刺史，皆賦〈楊柳枝〉詞，
> 世多傳唱，雖有才語，但文字太僻、宮商不高，如可者，
> 豈斯人徒歟！洋洋乎唐風，其令虙虑。）〔註66〕

此絕旨在訾議劉禹錫與白居易所作之〈楊柳枝〉，於歌詞、樂律皆未盡善，只因二人名聲甚高，以致世人推賞、傳唱。上述白居易〈楊柳枝詞八首〉之一、劉禹錫〈楊柳枝詞九首〉之一與薛能〈柳枝詞五首〉之五，論其體裁，究爲絕句抑或屬詞，容有爭議，若以詞調觀之，乃當作論詞長短句之起源，於焉「論詞長短句」之濫觴更可提前至唐代。

「論詞長短句」係以長短句之形式論詞，考其源起，當受論詩絕句、論詞絕句之啓發。宋、元、明亦有論詞長短句之批評形式出現，然其數量仍屬少數。洎乎清代，清人繼承以韻文論詞之傳統，以詩或詞之形式論詞之現象更爲普遍。清人閱讀歷代詞作，或編纂詞籍，有所感觸，提筆用詩詞寫下心得。〔註67〕論詞長短句作者輩出，作品滋繁，無論質與量均遠邁前代，成爲有清詞論之重要形式。清代之後較爲著名的論詞長短句作者，歷來學者均以晚清朱祖謀和民國盧前爲代表，朱祖謀組詞〈望江南‧雜題我朝諸名家詞集後〉二十六闋，盧前〈望江南‧飲虹簃論清詞百家〉一百闋，歷評清代各時期、各流派著名之詞人，同時也表現對於詞體之認識。但是，若細究清代論詞長短句之濫觴，實於清初康熙年間已出現，卻未被發掘，清初詞人焦袁熹（1661～1736）早在康熙末年，便已經以大型「論詞長短句」的形式表達自己的詞體觀念和詞史觀念，可稱清代以長短句論詞之第一人。

〔註66〕〔唐〕薛能：〈柳枝詞五首〉之五，〔清〕聖祖御定：《全唐詩》，冊十七，卷五六一，頁6519。

〔註67〕孫克強：〈詞學理論的重要載體——簡論清代論詞詩詞的價值〉，《廣州大學學報》（社會科學版），第7卷第1期，2008年1月，頁45。

焦袁熹於清代學術界以經學爲主，其成就當有足稱道者，其詞學雖爲餘事，然影響則極微深遠。就詞史而言，焦袁熹之《此木軒詞集》，其中「論詞長短句」五十餘闋，所論詞人綜貫數代，最具有文學批評之功。就詞品而言，焦氏提倡雅正，尊崇南唐北宋，於當時以「論詞長短句」論詞人及其詞之開發宏大，無人可及。然清室已覆，詞學之命運以與之俱衰，總覽清初至清末兩百餘年中，焦氏引發清代以「論詞長短句」作爲批評形式之興起，在詞壇不可謂非豪傑之士。

焦袁熹《采桑子·編纂〈樂府妙聲〉竟作》之「論詞長短句」五十五闋，其中八首表述焦袁熹對於詞體特徵之具體認識，另外四十七首則分論歷時唐、五代至南宋之詞人共四十五位，臚列於後：李白、李煜、和凝、韋莊、馮延巳、陶穀、趙佶、范仲淹、晏殊、晏幾道、宋祁、歐陽脩、張先、柳永、蘇軾、黃庭堅、秦觀、賀鑄、周邦彥、万俟詠、向子諲、張元幹、岳飛、康與之、辛棄疾、劉過、劉克莊、姜夔、陸游、戴復古、史達祖、張榘、吳文英、蔣捷、周密、王沂孫、張炎、盧祖皋、高觀國、張輯、李清照、朱淑眞、朱敦儒、朱希眞、蕭觀音等詞人。或一人而繫詞數首，或一詞合論多人，對於詞人之接受，可透過其論詞長短句所蘊藏的詞論觀點予以分析。另有〈鵲橋仙·自題直寄詞二首〉、〈解佩令·題江湖載酒集後〉等詞闡述其詞學觀念，並論及清人朱彝尊《江湖載酒集》，可與其「論詞長短句」相互印證發明。在批評方式上，焦袁熹使用了傳統知人論世與尋章摘句法，同時爲了照應詞體文學的獨特體式，博采旁收，廣泛化用他人論詞序跋、詩詞、詞話入論詞長短句中，鎔鑄藝術性與應用性於一體。據王偉勇老師〈兩宋「論詞詩」及「論詞長短句」之價值〉一文所列以詩、詞形式論詞，實有三大面之價值：其一，擴大詞學批評之視野；其二，提供輯佚考辨之線索；其三，補助建構論詞之觀點。〔註68〕尤其焦袁

〔註68〕參王師偉勇：〈兩宋「論詞詩」及「論詞長短句」之價值〉，國立嘉義大學中國文學系主辦「第三屆宋代學術國際研討會」會議論文，2011 年 6 月 3、4 日，頁 1～18。

熹於清人之中領先關注，更以一組「論詞長短句」完整架構其論詞觀，殊有其價值，自當持續探究與發揚。

　　要之，論詞長短句最早蓋起源於唐，最晚亦當出現在北宋晚期。而後由宋迄明，遞相祖述，推波助瀾，遂成洋洋大觀。從篇幅而言，既有單首數句，也有鴻篇巨製；從創作情形來看，有來往應酬信手而作，也有精心結構、細密安排；從評論對象而言，有專論某人、某題，也有分論諸人、諸題，總題而成結構，焦袁熹有自覺作詞以評論兩宋詞人，繼承用韻文論詞之傳統，揭示論詞長短句於詞學理論批評中重要作用，對當代乃至於後世均產生巨大的影響。

第二節　焦袁熹生平及其交遊、著述

一、生平概述

　　焦袁熹享壽七十又六，觀其持養與生平經歷，可概分爲「立志讀書，聲稱南北」、「會試落第，隱居南浦」兩個時期。

（一）立志讀書　聲稱南北（清順治十八年 1661～清康熙三十五年 1696）

　　焦袁熹自幼活動於家鄉南浦，是其人格養成、學問啓蒙之主要時期。先世相傳南渡來松江，由天馬分支，一居上元、一居南浦而譜不傳，蓋至明初乃可考焉。松江古稱「雲間」〔註69〕，又舊名「華亭」〔註70〕，焦氏世居黃浦南，焦家濱爲華亭人，後分縣爲婁人，今又分

〔註69〕西晉時陸雲自稱「雲間陸士龍」，松江古稱雲間，首見於此處。見〔唐〕房玄齡等著，〔清〕錢大昕等考異：《晉書斠注・陸雲傳》，《二十五史》（臺北：新文豐出版公司，1975 年 4 月），冊八，卷五十四，頁985。

〔註70〕「華亭」一名與陸遜有關。東漢末建安二十四年（219）吳陸遜以從呂蒙克蜀公安、南郡之功，徑進宜都太守，封華亭侯，華亭始進入史志。〔晉〕陳壽撰，〔宋〕裴松之注，〔明〕盧弼解，〔清〕錢大昕考異：《三國志集解・吳書・陸遜傳》，《二十五史》，冊七，卷五十八，頁 1087。

為婁為金山人（今屬上海市人）。早在東漢，在今上海地區即出現了陸氏、顧氏兩大姓之「雲間望族」，「其在江左，世多顯人，或以相業，或以儒術，或以德義，或以文詞，已著於舊志矣。」〔註71〕清代雲間文人彭賓〈朱皂服遷居序〉云：

> 江東著姓，吾郡為多。其有門第尚存，風流既邈；菟裘不改，圭履無傳。雖蒙安襲慶，固有天幸；揆厥終始，僅云存錄矣。〔註72〕

明代中葉以後，隨著江南經濟的蓬勃發展，松江（今屬上海）地區如雨後春筍般地形成了許多由科甲入仕起家的雲間望族，焦袁熹所屬金山縣浦南焦正藩家族，赫然在列。〔註73〕焦氏世為儒家，而隱德不曜，先高祖焦正藩，字彥紘，明萬曆四十六年（1618）戊午副貢生。天稟異才，讀書過目不忘，尤善鑒拔。〔註74〕當前明萬曆之季，試冠軍者一十有七，一時持衡諸公，皆當代文章宗匠；熊廷弼、駱駸曾，尤以國士奇才見許。同社名碩如：張侗初、馮五玉、陳繡林、唐尹季、黃贊伯、汪無際、杜仁趾、唐名必諸先生皆極推重，侗初先生有「書生中安得此人」之歎。〔註75〕焦氏高祖為當代宗匠，於學無所遺，受宿儒欣賞，家風如此，影響焦袁熹一生。

〔註71〕〔宋〕朱長文：《吳郡圖經續記・人物》，《景印文淵閣四庫全書》（臺北：臺灣商務印書館，1983年7月），冊四八四，卷上，頁13。

〔註72〕〔清〕彭賓：《彭燕又先生文集》，《四庫全書存目叢書》（臺南：莊嚴文化事業有限公司，1997年，據上海圖書館藏清康熙六十一年彭士超刻本影印），冊一九七，卷一，頁331。

〔註73〕今人吳仁安刻意爬梳明清時期上海地區的家乘、年譜、宗譜、族牒等譜牒資料及相關方志，指出明清上海著姓望族逾三百家。詳見吳仁安：《明清時期上海地區的著姓望族・明代上海地區的望族》（上海：上海人民出版社，1997年9月）一書。

〔註74〕〔清〕龔寶琦修，黃厚本纂：《江蘇省金山縣志》，《中國方志叢書》（臺北：成文出版社，1974年12月，據清光緒四年刊本影印），冊一四〇，卷二十一，頁900～901。

〔註75〕有關焦袁熹其祖之行誼，可見〔清〕焦以敬、焦以恕編：《焦南浦先生年譜》，收錄於北京圖書館編：《北京圖書館珍本年譜叢刊》（北京：北京圖書館出版社，1999年，清光緒三十年木活字本），冊八，頁305～306。

　　焦袁熹於順治十八年（1661）辛丑生，始就塾，爲學難人所易，易人所難，眾人皆稱異之，父授以字，識之艱難，頗遜常童，然更授四子書，即誦如流水，及後授他書，則又更加敏速焉。平日常記數千言，凡持書就焦父膝前求背，或焦父有事不暇顧，則哓而牽衣，背已乃止；好學不倦，一以讀書爲事矣。焦以敬於《焦南浦先生年譜》記載一事：

　　　　歲除日，府君獨坐南樓咿唔自若，一老僕曰：「官人尚讀書。」

　　　　府君應曰：「汝畏吾腹滿耶？」〔註76〕

足證焦氏生而穎悟絕人，好學乃出於天性。康熙十二年（1673），韓菼（1637～1704），長洲（今蘇州）人，連中會元、狀元，康熙帝後稱賞其「文章古雅、曠古少見」，「篤志經學、潤色鴻業」。是時韓菼稿始出，眾方怪駭，然焦袁熹年僅十一，取其稿盡讀之，自後「出入經史，氾濫百家」，始授制舉義不數篇，試爲文即爛然成章，逐日益奇，眾人所稱，每脫稿輒爲人取去。康熙十五年（1676），焦袁熹年十六，始赴應郡縣考試，每中前列，其先輩見識藝評云：「此吾家神駿也，絕似余同籍韓、彭兩年兄手筆。」韓竹、彭定求，兩公皆以弱冠舉南榜者，彭定求（1645～1719）亦爲康熙十五年狀元，焦氏先輩以此作比，顯目焦袁熹爲「後來之秀」。焦袁熹所作文，爲焦父所讚賞，以爲「文已升堂，當於入室不遠，吾望之以大成。」又云：「他日文入妙來，未易量其所至也。」〔註77〕焦袁熹自小勤於爲學、著文，以讀書爲志，奠定其深厚之文學基礎。

　　曹諤廷說：「嘗考古人大有成就者，皆自弱冠左右即了科舉一事。故志欲早得志於場屋，然後一意讀書，爲古人之所爲，以償其夙願。」〔註78〕故生值科舉取士之朝代，焦袁熹早年也以中舉爲目標，故研讀八股文甚深。康熙十八年（1679），焦袁熹年十九，試金山衛、上海縣果皆第一，未冠即補博士弟子員，所構制舉業已有聲大江南北。松

〔註76〕〔清〕焦以敬、焦以恕編：《焦南浦先生年譜》，頁309。

〔註77〕〔清〕焦以敬、焦以恕編：《焦南浦先生年譜》，頁310。

〔註78〕〔清〕焦袁熹：《此木軒文集》，卷一〈答曹諤廷書〉引。

故一縣地，相沿通考以為常，是時泮額方嚴，少俊林立，其間又多宿學，以遘賦被斥復起者，入學之難幾如發解；文宗劉果（1627～1699）又方以前大家文轉移風氣，去取之方違其素習，一時之人惴惴以不得當為懼，而焦袁熹連掇第一，聲名遂大噪。文既出，鉅公碩彥莫不傾服，劉公至覆試日頻召問語且掣稿觀之，再三賞愛逾常，甚為激賞。評云：「醇而後肆，絕似陶菴先生。」又云：「曲照題之竅會，無微不入。」〔註79〕張參如嘗語人曰：

> 人但訝試卷之奇，縱不知此其斂才就法時也。先生年十五
> 六時，予與同業每一文成，混漾恣肆，讀者驚猶河漢，而
> 先生猶曰「思方未半也。」〔註80〕

是年，有傳焦文二篇呈陸清獻，先生評其文曰：「浩瀚如江河，犀利如干將，未易才也。」焦氏特記之，以志不忘。翰林姜萬青，時為諸生，負才氣少許，獨好焦文，時時索觀，嗜之彌加，甚至盛讚為「十年之後，本朝第一手也。」給諫王原亦曰：

> 數年之後，天下仰望，泰華麟鳳，為一世楷模者，其在斯
> 人乎？知言者，必不以余為阿好也。〔註81〕

蓋一時名流之早見如此。此外，張淵，字常茝，號起田。博學有大才，為詩賦皆立就而出不窮，於制舉義用功尤深，所著不下萬餘首，焦袁熹與張淵每相聚則劇論文章不休，然張淵顧獨賞焦袁熹文，以為非凡世所有，嘗曰：

> 清都九館大夫之都，癡龍方睡，得其驪珠；他人縱涉異境，
> 不過仇池小景等耳。

又曰：

> 抱日納月，積景萬千，頃刻轉移，譎詭莫狀，此真天下之
> 奧區神皋也。〔註82〕

〔註79〕〔清〕焦以敬、焦以恕編：《焦南浦先生年譜》，頁311。
〔註80〕〔清〕焦以敬、焦以恕編：《焦南浦先生年譜》，頁311～312。
〔註81〕〔清〕焦以敬、焦以恕編：《焦南浦先生年譜》，頁312。
〔註82〕〔清〕焦以敬、焦以恕編：《焦南浦先生年譜》，頁314～315。

其跋語皆此類，不勝錄，僅舉一二以見；然皆稱賞先生之言云。

　　焦袁熹於康熙二十一年（1682），就婚顧玉簡之女。顧玉簡，字舜同，金山衛庠生，自此交友日廣。焦袁熹交友日廣，與周彝、姚詮、張昺、俞麟徵、周鼎定交，氣誼之篤，終始如一。其中，焦袁熹尤欣賞張昺之穎悟，非今世所有。張昺，字長史，江南金山（今上海金山）人，康熙三十年（1691）進士，性恬淡，研究理學，爲陸清獻弟子，焦氏嘗言與張昺「一見即相親，善如兄弟然。與公語輒連日夜不倦，謂以語他人多甚解，而張公亦以爲然。後張公歿，每論文輒恨不復得公與共語云。」〔註83〕張昺，爲張淵之姪孫，與張淵弟子數人皆從焦袁熹學。

　　康熙二十三年（1684），魯超以三場試士，焦氏亦應之，試後數日以札致焦氏云：

> 得一卷，奇如李賀，怪若盧仝，被閱卷者塗乙殆盡。某揣知是君作而前三名已定，只可作第四人矣，已而案發竟第一。〔註84〕

當時清代取士制度不公，錮蔽人才，焦袁熹亦受其弊所害。而此處除以李賀、盧仝喻之，是知焦文風格甚奇，其文名日噪，海內名流多有讚賞，家戶絃誦者，率是時筆也。或謂：「有超致、有古骨之理境，尤非耳目恆覯者。」或謂：「譚理至此，熟精蔑以加矣。」甚謂：「有神龍蜿蜒不可方物之褒」〔註85〕。史騏尤推服之，亟歎爲「本朝之震川」，云：

> 先生於濂洛關閩之書，究析精微，更搜元明諸儒所著凡百種徧觀之，著《修業錄》三卷，又著《太極圖說》一卷。〔註86〕

康熙二十八年（1689），陸清獻公講學於靈壽，以道學提倡東南，焦袁熹慕尚其人其學而師法之，鑽仰程朱默契絕學，所著各經說、《太

〔註83〕〔清〕焦以敬、焦以恕編：《焦南浦先生年譜》，頁313～314。
〔註84〕〔清〕焦以敬、焦以恕編：《焦南浦先生年譜》，頁317。
〔註85〕〔清〕焦以敬、焦以恕編：《焦南浦先生年譜》，頁325、318、317。
〔註86〕〔清〕焦以敬、焦以恕編：《焦南浦先生年譜·行狀》，頁392。

極圖說述》等書數十卷,皆與宋儒脗合,間出己意;其評刻《當湖陸
清獻公稼書先生制義・序》,云:

> 某幼無知識,稍長習爲詞章之學,愚昧鈍拙,卒無成就,
> 年來深自愧悔,思欲從事於性理大全,近思錄或問語類諸
> 書,而苦於不得其階梯,恐終無以窺其堂奧。嘗伏誦先生
> 之制義,竊自念曰;欲窺程朱之堂奧者,茲其階梯乎?不
> 自揣量,妄爲論次,而二三同志昔從先生遊者,道先生之
> 學行甚詳,且共出所藏未刻本授,某彙爲一編,某因是益
> 得以知先生之爲人,果不愧於程朱,而其文亦非能言之士
> 所能及也。由先生之制義以求先生之學,而盡心焉,則於
> 程朱之道,亦庶幾得其門而入矣。〔註87〕

焦氏宗仰陸清獻,認爲「當湖陸稼書先生,固今日之程朱也,其爲學
悉本先儒無別建宗旨,自立門戶之習,故觀程朱則可以知先生矣」,
因而尊崇如師,每謂「人至」,陸先生雖善毀者不能置一辭,此所謂
天下歸仁者也。焦袁熹於內室書櫥黏一紙帖云:「學至變化氣質,方
是進境。」蓋亦本之陸清獻自警銘。

　　康熙三十二年,焦袁熹弟歿,傷悼不已,秋至省不與試,有〈述
志賦〉曰:

> 嗟余生之坎軻兮,廓獨處而退思啓,陳編以坐誦兮,覺前
> 修之可追。昔顏氏之屢空兮,夫子乃稱其庶幾,固得聖者
> 爲之依歸兮。亦由嗜學而弗衰,苟鑽養之憚勞兮。孰時雨
> 之能施,享簞食若鍾鼎兮。甘一瓢其如飴,居陋巷之恢恢
> 兮。恆彈琴而詠詩,豈飽食之多得兮。蓋味道以忘飢,何
> 退之之失言兮。謂細事之易爲,惟憤發於中情兮。違權衡
> 之所宜,輕世俗爲不可與語兮。己亦近誣而蹈欺,彼有唐
> 之豪傑兮。詎志趨之猶卑,伊時勢之不同兮。歷艱辛而無
> 辭,信顏樂之難尋兮。儻孔卓之未窺,後死者誠有志兮。
> 懼斯理之爲疵,循先喆之遺軌兮。庶無惑於多岐,日孳孳
> 於博約兮。固樂此而非疲,諒吾道之未喪兮。雖困阨其奚

〔註87〕　〔清〕焦以敬、焦以恕編:《焦南浦先生年譜》,頁322～323。

悲，感玉汝之厚意兮。愧無德以堪之，甘顇廢以自薄兮。
迺傾覆而勿疑，譬嚴霜之冬零兮。百草同時而畢萎，惟眾
庶之不才兮。胥皇天之不慈，竊怨尤之無庸兮。〔註88〕

撰賦以述其志向，以「嗟余生之坎軻」起，又以聖者爲自勉。焦氏平
生一本眞實，苟非意所實然，必不宣之於口；苟非心所實見，必不筆
之於書。凡所爲文與詩以至尋常一告語、一應答，無有少分不以其情
者，以是見者傾心，聞者傾耳，固不獨是文爲然，其詩亦然。門人儲
敷錫稱焦袁熹學獨成一家，云：

> 先夫子湛深經術，所著經書解詁悉宗考亭，譬若子姓之於
> 祖禰，弟子之於先師，篤信謹守不敢違異，觀諸著述較然
> 可見。至其所作詩、古文類非一體，大約文尚韓蘇，論者
> 謂可嗣震川，詩則早歲學李昌谷，中年學元微之，後乃類
> 杜工部，至於晚歲咀茹百氏，讀者罕得其來處，蓋獨成一
> 家不爲優孟衣冠者也。〔註89〕

吳錫麒序《此木軒詩鈔》亦言：

> 余幼讀南浦先生制舉文，見其析理至精，其行文夭矯變化，
> 動中得趣，竊歎哉，技至此乎。既又得觀其說經諸書，知
> 於濂洛關閩之儒皆能洞其底蘊所在，而折衷以歸於一，以
> 爲先生能爲聖賢之學，故立言有本也。〔註90〕

焦袁熹以讀書爲志，其學獨成一家，終於康熙三十五年（1696），以
詩經中鄉試舉人，史千里嘆曰：「子丑得南浦，西溟不負制科矣。」
〔註91〕是年焦氏年三十六，名聲遠播廣爲眾知，「時則名流翕集，論
交往在師友之間；善類爭趨，托契在雲霞之表。莫不飲醇自醉，傾蓋
相親」〔註92〕，可謂「聲稱南北」！

〔註88〕〔清〕焦以敬、焦以恕編：《焦南浦先生年譜》，頁 326～328。
〔註89〕〔清〕儲敷錫：〈此木軒詩鈔跋〉，〔清〕焦袁熹：《此木軒詩鈔》，清
　　　　嘉慶十年（1805年）刻本，藏於中國國家圖書館古籍室。
〔註90〕〔清〕吳錫麒：〈此木軒詩鈔序〉，〔清〕焦袁熹：《此木軒詩鈔》，清
　　　　嘉慶十年（1805年）刻本，藏於中國國家圖書館古籍室。
〔註91〕〔清〕焦以敬、焦以恕：《焦南浦先生年譜》，頁 330～331。
〔註92〕〔清〕焦以敬、焦以恕：《焦南浦先生年譜》，頁 422。

（二）會試落第　隱居南浦（清康熙三十六年 1697～清乾隆元年 1736）

　　焦氏於科場拚搏三十餘年，始中舉人，舉世之莫知，何憾乎？惟屢應會試不中，康熙三十六年（1697），焦袁熹年三十七，會試下第。初入都見王鴻緒（1645～1723，原名度心，字季友，號儼齋，又號橫雲山人。江南華亭人）〔註93〕。王鴻緒與焦氏同為松郡金山縣雲間之名門，「一家父子四登科，三入詞林，亦吾郡近來科名最盛者」〔註94〕，是清初松江府新興而享有盛名之望族。王氏對於焦袁熹會試落第甚惜，特別為焦氏言大宗伯張英閱江南卷之際，因磨勘閱之，稱於人曰：「三場工美，無遺憾者，惟君一人」，足見同表遺憾之意。康熙三十八年（1699），焦袁熹年三十九，再赴公車；翌年，歲四十，焦氏又應會試，會試下第，每計偕以焦父夙有胃疾，望雲之思不釋，故常試畢遄行，是年焦父捐館，焦袁熹遂哀毀之至，幾成心疾。焦氏其性純孝，會試又屢不中第，遂銳於求志而恬於仕進。

　　康熙四十一年（1702），當時焦袁熹年四十二。焦氏祖母年逾八十，鞠母亦六十餘，念兩世慈闈春秋高，焦袁熹朝夕伺候起居，不敢離左右；晏寢早興，不違晷刻，家居之日半焉。次年，焦氏遂不赴公車，其母強之乃行，抵維揚夜不成寐，遂還，自後不復計偕。家居勤色養，絕意進取，撫季弟遺孤以長、以教，暇則枕圖藉史、鍵戶著書，如是者十餘年。康熙四十三年（1704），焦妻去世。焦袁熹與妻子感情一向甚好，其妻「恭慎溫懿，一生無疾言遽色」，「獨持內政，電勉有無，愁苦備極」，終於「積勞成瘵，遂至不起」，焦袁熹悲痛難忍，

〔註93〕王鴻緒，張堰（今屬上海金山）人。為王廣心子，王頊齡弟，王九齡兄。康熙十二年（1673）癸丑中進士第二榜眼及第。授編修，晉侍講，轉侍讀，充《明史》總裁，官終戶部尚書。精鑑賞、富收藏，書法米芾、董其昌。著有《橫雲山人集》。生平事蹟見《清史稿》卷二七一、《清史列傳》卷十。

〔註94〕〔清〕葉夢珠輯：《閱世編·門祚一》，《叢書集成續編》，冊一二，卷五，頁130。

嘗書舊錄文後：

> 憶余內人初見余所抄文字，即憮然云：『君字畫略無神氣，
> 恐關年壽，此後寫字幸勿如此。』凡所以憂余者，無所不
> 用其極，二十年如一日也，孰意內人竟先得病而死，余猶
> 踽踽然存於此世耶！〔註95〕

感慨世事無常，人生短促，遂於是年作《舊雨錄》，一名《泉下錄》，
自進士唐公依在下凡二十九人，雜錄亡友、交誼及其言行。康熙五十
年辛卯，焦氏少時亦爲詞，久不作矣，葉園西偪許園珠巖張維煦在焉，
遂相應和浸以成秩曰：「直寄詞」，爲其詞集定名，其詞中多有寄寓時
移事往、無限滄桑之感觸。此外，焦氏更於五十五年（1716）選定《樂
府妙聲》詞選，以北宋詞人柳永爲第一。該詞選或未及刊，或藏於私
人處，難以得見。

　　康熙五十二年（1713），聖祖仁皇帝諭九卿保舉實學之士，可承
顧問者。華亭相國大司空王頊齡，以焦袁熹之名奏署云：「閉戶讀書，
安貧奉母，留心經史，詩文俱優。」李光地復保薦奏人，焦袁熹以母
親年高固辭。翌年，中丞儀封張公諱伯行開紫陽書院於滄浪亭，敦請
焦袁熹主院，焦氏又不赴。是年，夏大司農公王鴻緒邀焦袁熹於賜金
園分纂明史〔註96〕，因意見不合，中途退出，月餘歸，別著《此木軒
紀年略》五卷，自後鄉居駸尋，不復至城市。康熙五十四年（1715），
聖祖仁皇帝特召來京引見，焦袁熹以母唐孺人年七十有八，獨子難違
膝下，具呈辭。七月原任豐縣知縣石渠、進士申瑋以學士揆公敘之意，
邀先生至京與纂修詩經之役，辭不赴。康熙五十七年（1718）部選淮
安府山陽縣學教諭檄至，先生仍乞終養遂辭。透過種種推辭，可具見
焦袁熹以獨子親奉其母，其性至孝，同時表明其人淡於名利，安於隱

〔註95〕〔清〕焦以敬、焦以恕編：《焦南浦先生年譜》，頁339。
〔註96〕早於順治年間便倡議修《明史》，惜因戰事未休，人才難尋，卒未竟
　　　　功。遲至康熙十七年始修《明史》，歷時四十年，至康熙去世年方完
　　　　稿。康熙視此事爲國之大政，滿漢碩儒皆參與，焦袁熹亦在受邀之
　　　　列。

居。康熙五十九年（1720），焦袁熹年屆六十，仍不受祝壽，其詩曰：

> 吾生原有涯，身非金石質。跳丸苦奔忙，激箭驚迅疾。雖
> 懷懸弧志，竟無麾戈術。冉冉半百年，肅肅九秋日。知命
> 孰可期，學易誰能卒；憤懑無時平，感慨固難述。端憂豈
> 多暇，所憂不但一。四十九年非，自知猶未必。刻楮與雕
> 蟲，巧拙如一律。辛勤事鉛槧，未死不得佚。豹皮何用存，
> 龍骨空欲出。掘聞噬蜉蝣，局趣傷蟋蟀。涼飆吹木葉，念
> 至徒戰栗。戰栗亦奚為，大塊一蟻垤。不如學無生，聰明
> 自隳絀。後生誠可畏，無聞甘歲聿。剝啄稀到門，日昳猶
> 抱膝。蓬蒿滿三逕，虛白在吾室。鬢髮任星星，累月廢梳
> 櫛。本無壽者相，爾爾聊復畢。作詩示同袍，慁謝不能悉。
> 〔註97〕

焦氏在此重申堅不受祝壽，所稱「知命孰可期，學易誰能卒，憤懑無時平，感慨固難述」，實乃寄託歲月流逝，其志無成之慨嘆。

　　焦袁熹為人刻勵清苦，素安於儉，香茗之類，亦無所嗜，一衣數年，敝甚無易。所居室不蔽風雨，一日水流成窪，學子請稍移，危坐不動，夫縕袍陋巷，惡衣惡食，苟非真正學人鮮不為所變易，而焦袁熹處之裕如。雍正元年（1722），周鏕元慕焦袁熹之名，造盧請見，見先生環堵蕭然，不勝欽歎。時世宗憲皇帝恩詔，命郡縣訪舉孝廉方正以備敘用，諸公皆舉應詔，焦袁熹意不欲。雍正四年（1725）正月，焦袁熹丁母憂。其母臥病時，焦氏「躬自扶掖進食，飲視湯藥必在側，夜假寐輒起，積三四月不少怠，及歿哀毀甚，勺水不入口者，十日僅進茶飲者，又五日舉家惶擾不知所為，媳輩至持粥糜跪懇不已，半月後始進粥糜，枕苫茹素者三年。」〔註98〕當時焦袁熹年六十六，體素羸弱，又遭大故，勞疚非常人所堪，而至性卒不可奪，可謂純孝矣！

　　焦氏澹於仕進，雖家居言不及朝廷事，而經世之猷，安民之略，未嘗一日不經於心：

〔註97〕〔清〕焦以敬、焦以恕編：《焦南浦先生年譜》，頁366～367。
〔註98〕〔清〕焦以敬、焦以恕編：《焦南浦先生年譜・行狀》，頁403～404。

敬嘗問：「治民何先？」曰：「富之而已矣。」問行政問人
之道曰：「未有外於正君心者。」也問君道以何爲要曰：「重
民命。」已而歎曰：「用刑之慎未有過於本朝者也，國祚靈
長終必賴之。」又嘗問何謂實學？曰：「天文、地理、禮樂、
兵農、刑政皆實學也，天文須異稟，地理須身歷，禮樂未
易言，必擇一事而學之，其水利乎？律例乎？兵事乎？救
荒乎？然要以實心爲本，居恆每聞邑里有水旱疫癘及風俗
薄惡之事，輒愀然若不可以終日，蓋不啻疾痛痾養之在一
身也。」〔註99〕

錄中所列多平日所常言，對於治民之道、正君之法，仍有其見解。雍
正十一年（1733），其子焦以敬受欽賜進士，焦袁熹色喜，寄詩示敬：

百年敢忘承家學，兩世虛存報國心。〔註100〕

由此句，可覘見焦袁熹之志矣，雖素不求名，晚歲愈自韜晦而名愈遠。
焦氏以制義文著稱，自言：「弟自幼不曾讀書，雖本經正文未必字字
看到，無言熟也。用功稍多者惟八股耳」，論制科之裨益云：

以今人之識，求昔人之意，不必賢士君子也，謂昔人什或得
二三，乃今以文士之心，推明聖賢之遺意，什可得六七焉。
蓋由前世大儒，擇之精而說之詳，因而求之，故得之爲易，
不特事半功倍也，雖不能見諸躬行，而心慮之入於邪僻者亦
少矣，制科之不廢，其裨益于世道，豈淺小哉？〔註101〕

對於科舉制義之反省，則可見於〈答曹諤廷書〉：

經學之所以日益荒陋者，場屋之制爲之也，雖有下帷刻苦
之士，凡制科之文所不必及者，則不復留心，以爲如是已
足也，其優游涵泳，求得其義味於章句之外者，千百而無
一二焉，何況理身心窮性命，將以於世用者哉。然場屋不
用諸經則不可，欲更其制，則又恐徒事紛紜，而其敝了不
異也。〔註102〕

〔註99〕〔清〕焦以敬、焦以恕編：《焦南浦先生年譜》，頁376。
〔註100〕〔清〕焦以敬、焦以恕編：《焦南浦先生年譜》，頁382。
〔註101〕〔清〕焦袁熹撰，徐達照輯：《此木軒食木贅語・贅語》，卷一。
〔註102〕〔清〕焦袁熹撰，徐達照輯：《此木軒食木贅語・贅語》，卷一。

焦氏「近科大小題時文題辭」云：

> 吾家一切什物不能備，其最多而無用者，獨近人所爲制舉
> 文字耳。以與人，人無欲者。……噫！此誠何所用哉？北
> 齊時有義陽朱詹者，累日不爨，常吞紙以實腹。不幸遭值
> 荒歲，此几上纍纍者，幾可備數月之糧乎？〔註103〕

八股試題雖出自經書，但八股文卻排斥經學本身，導致經學日益荒
陋，焦氏絕意仕進之原因，其一即是不滿當時科舉制義之害。

焦袁熹一生書卷之外，無嗜好，七十餘病臥不能起，至是猶諸孫
誦書於側以自怡悅，自少至老，未嘗衰止，曾自言：

> 每年讀未見書必及丈許，先後六十年如一，觀書極敏，每
> 得一書不數日已畢，而他日言及，較若列眉。」敬嘗以請
> 曰：「吾所未曉者諦視之，已曉者不觀也。」

又嘗言：

> 讀書須全本，若纂輯刪選者，不可觀，以剪截薈萃多失作者
> 本意耳，至明人孫月峰、鍾伯敬、陳明卿輩批評，尤不可以
> 暫寓目，少年偶見一二，如蠱毒入心，不可救藥也。〔註104〕

雍正十三年時，焦袁熹病，至乾隆元年（1736）正月中病稍安，五
月十五日病劇，神氣泰然語不及私，至戌時遂卒，年七十有六歲。

王寶序〈此木軒雜著敘〉云：「先生讀書浦南，不近名，無所求
於世，闇然於荒江寂寞之濱，至老而不倦，凡有涉獵輒有論說，以自
攄其所見，至細大不遺，可不謂勤歟。」〈公舉崇祀鄉賢呈〉又稱焦
袁熹「人如伏鵠，深藏谷水之濱；望重景星，宛在春江之上。守簞瓢
而樂道，百世可師；量著作而等身，千秋在是。是則登諸泮璧，允爲
士類之楷模；袝在黌宗，洵係士林之圭臬。」〔註105〕晚清高燮〈鄉
土雜詠〉詩組其一，即詠焦袁熹：

〔註103〕〔清〕焦袁熹撰：《此木軒雜著》，《續修四庫全書》（上海：上海古
　　　籍出版社，2002年，據嘉慶九年（1804）此木軒刊本影印），卷三，
　　　頁500。
〔註104〕〔清〕焦以敬、焦以恕編：《焦南浦先生年譜》，頁388～389。
〔註105〕〔清〕焦以敬、焦以恕編：《焦南浦先生年譜》，頁418。

帆影潮聲直到門，焦村村裏水流渾。

草堂南浦無人識，舊額猶存此木軒。〔註106〕

於詩末注：「焦村在黃浦濱，爲南浦先生袁熹故里。」南浦先生絕意仕進後，隱居浦南，刻苦清貧；一生以讀書爲志，鑽研經傳，並工詩文；勤於著述，所著豐盈，凡所自爲與所評騭者，頗受時人推重。〔註107〕墓誌銘言焦袁熹「志顏樂者，著述等身」〔註108〕，非文人標榜之詞，「門承十世之清德，身爲一代之名儒」〔註109〕，洵爲篤論。今人雖泰半未能識其名，然其遺風餘韻猶如「此木軒」之舊額，歷久不衰！

二、交遊

焦袁熹秉持「以文章道誼相師友」之原則，嘗於康熙三十二年作〈交友箴〉云：

匪道奚修，匪仁奚務。輔仁者友，不扶則仆。曾是弱植，
顚而弗顧。便佞易親，正直易忤。與便佞居，如入重霧。
東西易向，曷由遵路。正直之人，視我矩步。有失必歸，

〔註106〕〔清〕高燮：《吹萬樓詩稿・鄉土雜詠七十首》，見王師偉勇主編：《民國詩集叢刊》（臺中：文听閣圖書公司，2009 年，據民國三十六年袖海堂鉛印本影印），第一編，卷七，頁 289～290。高燮（1877～1958），江蘇金山縣（今上海金山區）人，清朝末年民國時期詩人，散文家，革命民主人士，報人。爲南社骨幹筆墨，與常州錢名山、崑山胡石亭齊名「江南三名士」。高燮以字吹萬行世，別署寒隱、老攘、黃天、葩翁、慈石、時若等。高吹萬與南社幹將柳亞子友情深厚。與名士高旭（高天梅），高增等均出於金山高氏。

〔註107〕關於焦氏生平可參見〔清〕焦以敬、焦以恕編：《焦南浦先生年譜》所引《金山縣志・徵君南浦焦先生小傳》，收錄於北京圖書館編：《北京圖書館珍本年譜叢刊》（北京：北京圖書館出版社，1999 年，清光緒三十年木活字本），冊八，頁 303～304。

〔註108〕「峰九泖三，實鐘靈淑，扶世翼教，金晶玉璞，修於門內，懿行孔彰，道充爲綏，德積爲糧，伊洛一燈，志顏樂者，著述等身，亦視後覺，書藏石室，名寄盤阿，蘭梃蕭艾，松偃煙蘿，有道之什，佳城鬱鬱，子孫宜之，永綏貞吉。」參見〔清〕焦以敬、焦以恕編：《焦南浦先生年譜》附錄，頁 418。

〔註109〕〔清〕焦以敬、焦以恕編：《焦南浦先生年譜》，頁 420。

　　無所回護。由汝愚頑，既多迷誤。百爾君子，豈無誠愫。
　　宜有苦言，鍼其深痼。曷爲捫舌，三緘逾固。非人不忠，
　　惟汝驕故。望汝顏容，不言而怒。君子所遺，小人所附。
　　淪胥以亡，如壑斯赴。誰拯汝溺，汝何勿寐。汝樂其災，
　　亦己焉哉。〔註110〕

焦氏「處友朋、無疏戚，苟可以齒牙餘論，沾丐寒畯，無不極口推
許，以發其光」〔註111〕，故「氣誼之篤，終始如一」。逮晚年道友
朋間事，必及張昺、俞麟徵等諸公；同時多與林令旭、張維煦等人
於西園唱和，贈答詞作；此外，其交遊中多同屬雲間詞人，或親炙
焦袁熹之門人。焦袁熹嘗曰：「中年事多不記，所往來於心者，率友
朋間情事也」，足見友誼往來對於焦袁熹影響甚大，是焦氏建構其詞
學觀點之開端。耙梳文獻，特就詞壇與焦袁熹有師承或往來者臚列
簡述如下：

（一）焦村三鳳：繆謨、張梁、張照

　　張梁（1657～1739）、繆謨（1667～？）與張照（1691～1745），
並稱「焦村三鳳」〔註112〕。張梁，字大木，一字奕山，號幻花，江
南婁縣人。康熙五十二年進士，在都時曾與友人結詞社，名噪一時，
並善鼓琴，指法入古，晚年戒殺斷肉，日誦佛號，工詩詞，著有《幻
花庵詞鈔》。〔註113〕清・馮金伯《詞苑叢編》所引「幻花老人詞」條
下言：

　　幻花老人詩，旨趣在王、孟間，而暇爲長短句，又能宗尚
　　石帚、玉田，刊落凡豔。宋之色香味之外，而獨領其妙。
　　平生專修淨土，去來如意，凡有所作，皆從靜境流出，故

〔註110〕〔清〕焦以敬、焦以恕編：《焦南浦先生年譜》，頁326～328。
〔註111〕〔清〕焦以敬、焦以恕編：《焦南浦先生年譜・墓誌銘》，頁416。
〔註112〕劉勇剛：《雲間派文學研究・附錄一明清之際雲間派作家小傳》，（北
　　　　京：中華書局，2008年2月），頁393。
〔註113〕〔清〕謝庭薰修，陸錫熊纂：《江蘇省婁縣志》，《中國方志叢書》（臺
　　　　北：成文出版社，1974年6月，據清乾隆五十三年刊本影印），冊
　　　　一三七，卷二六，頁1111～1112。

不假思維，自然各臻其妙。柯南陔。〔註114〕

可知張梁詩師法王維、孟浩然，其詞則淵源於姜夔、張炎，皆由靜澹之境界而來，各臻其妙。焦袁熹亦嘗作〈題幻花居士澹吟樓詩卷〉詩：

> 幻從眞際起，根柢性靈深。憂旱還喜雨，皇天亦鑒臨。無思非默照，有感一長吟。澹爾忘言處，幽然恣意尋。〔註115〕

「澹爾忘言處，幽然恣意尋」，論其詩語恬淡卻蘊意無窮，耐人尋味。

張照，初名默字，得天，號涇南、長卿、天瓶居士，室名法華盦，諡文敏，上海松江人。康熙四十八年（1709）進士，乾隆七年歷官刑部尚書，供奉內廷。心地高明，深通釋典，詩多禪語。工書法，初從董其昌，擅長行楷書，精於「館閣體」，繼乃出入顏、米；天骨開張，氣魄渾厚。性穎敏，博學多識，通法律，精音律，工詩文、性書法，兼能畫蘭，間寫墨梅，疏花細蕊，極其秀雅。張照家族爲華亭望族，與王鴻緒家族有姻親之誼，爲王鴻緒的外孫輩。

繆謨，生於清康熙六年（1667），字丕文，又字虞皋，號雪莊。江南華亭人（一作婁縣，今上海松江人），歲貢生。早年家貧，無力讀書。後從焦袁熹遊。被張照（1691～1745）推薦入《律呂正義》館，不久辭官歸家。其詩文清麗，尤工填詞，亦善畫山水，著有《雪莊樂府》等著作傳世，爲清朝著名詞人、詩畫家。與此三人中，繆謨與焦氏之詞作往來亟爲頻繁。

繆謨詩、文、詞、曲均妙絕一時，少師事焦袁熹，焦氏嘗歎曰：「如虞皋者，不愧才子之目矣。」其少時家貧無力讀書，幾乎廢學，焦袁熹好獎掖後進，偶見所爲小詞，力聳其尊，後受先生提攜游揚而成名。彼此往來多以詞會友，各出新詞，相互切磋，如〈八聲甘州〉詞序載：「虞皋、夢原雨中過訪，各出新詞，相與賞激，別去，阻風

〔註114〕〔清〕馮金伯輯：《詞苑叢編》，唐圭璋主編：《詞話叢編》，冊二，卷八，頁1948。

〔註115〕〔清〕焦袁熹：〈題幻花居士澹吟樓詩卷〉，《此木軒詩鈔》，卷六，頁18～19。

宿浦淑，賦此詞寄之」，其詞云：

> 正村煙不斷雨廉纖，柴門草萋萋。聽枝頭鵲噪，翩然二妙，
> 未怕衝泥。近日詩愁幾許，斑管和新題。細認蠅頭字。愛
> 煞金鎞。　　一餉小窗情話，甚匆匆作別，雙袖重攜。待
> 春潮綠漲，風飽一帆飛。想天公、留君且住，繫蘭橈、垂
> 柳萬絲齊。荒江畔、醉簪騰處，咫尺天西。(《全清詞‧順康
> 卷》，冊十八，頁 10607)

首二句描述景色，以「正村煙不斷雨廉纖」交代傍晚炊煙裊裊，細雨
朦朧，由遠而近，描寫柴門前草色茂盛，構成一幅早春圖。「聽枝頭
鵲噪，翩然二妙，未怕衝泥」交代虞皋、夢原二人雨中過訪，進而描
寫友朋聚首各出新詞、相與激賞之歡快情景。下片以「一餉小窗情話，
甚匆匆作別，雙袖重攜」，描述相逢僅一餉，在經過短暫歡晤之後，
終得面臨分別之景況，詞人以「匆匆」二字喻相聚時光短暫，亦透露
詞人心中不捨。但詞人並非讓自己沉溺於此種情緒中，反而筆鋒一
轉，以「待春潮綠漲，風飽一帆飛」之辭，表面寫景，實則冀望友人
得以遂成其志，發揮所長。最後「想天公、留君且住，繫蘭橈、垂柳
萬絲齊」，戲將虞皋、夢原因風阻而夜宿浦淑，解釋為天公刻意留君
之詞，實則表達自己對於朋友不得不暫留之欣喜。然而，相距咫尺，
卻不能從遊，詞人遂生「荒江畔、醉簪騰處，咫尺天西」之感慨，並
填詞以寄之，時相贈與，往來密切。此外，焦袁熹以「清才」譽謬謨
〔註116〕，其〈風流子‧寄虞皋〉一詞云：

> 溶溶新波暖，搖烟縷、滿眼舊風流。想吟魂醉魄，過從蝶
> 夢，清詞麗句，分付鶯喉。問誰似，月襟千種恨，花骨一
> 場愁。書帷軟語，憎他社燕，水亭閑倚，羨殺沙鷗。　　飛
> 光乘風馬，輕衫漬痕在，寂寞糟邱。一輂喝盧呼雉，回首
> 都休。奈鳳渴鶯縲，自憐成病，燭灰香炧，何計銷憂。莫

〔註116〕「雍正十一年，朝廷開博學鴻詞科，或問焦氏吾郡之足當是選者，
誰耶？曰：『其虞皋、文五乎。虞皋清才，文五大才也。』」〔清〕焦
以敬、焦以恕編：《焦南浦先生年譜》，頁 383。

使帶圍寬盡，羞澀驪裘。(《全清詞·順康卷》，冊十八，頁 10610)

焦氏以「清詞麗句」稱譽謬謨詞，足見兩人在審美標準追求一致，其詞學實踐上亦有相應之處。焦氏於下片抒情，由於情感若寄於詞，往往束心斂手，婉轉心曲，以致莫可端倪。然該詞以「寂寞」、「回首都休」、「自憐成病」等句，逕表明詞人所憂，且其憂無計可銷，此種情懷無處傾訴，惟有知己者謬謨矣。該詞用字上泛起情緒漣漪，情感真誠率出於其心。焦袁熹曾言：

> 凡人中有所懷，輒向人申訴者，誠亦由衷，然非沉痛積心髓之物也，正復密親暱友，昏燈苦雨，相對黯然，不能出一語者，斯沉痛之物也，人之相知，貴相知心，嗟乎難言之矣。〔註117〕

「人之相知，貴相知心」，焦氏與謬謨可謂知己！

(二)雲間諸子：吳騏、王澐

吳騏，字日千，生於明萬曆四十八年（1620），卒於清康熙三十四年（1695）。幼有「神童」之稱，讀書過目成誦，明季諸生，頗有盛名。「家徒四壁，取與不苟，留客一飯，即與妻食粥一日以補之，其苦節如此」〔註118〕，處境可謂至困矣，然砥礪氣節，「侮之不怒，周之不受」〔註119〕，古稱石隱。以詩文親炙陳子龍、夏允彝，為幾、復兩社翹楚。明亡，棄諸生服遁跡山中，絕意仕進，仍舊不廢弦歌，保持了雲間詞派宗風，自號九峰遺黎，以遺民終老。長於詩詞、戲曲，著有《顲頷集》。焦袁熹曾作〈題吳日千先生《顲頷集》〉一詩：

> 自向籬邊餐落英，不知塵世有浮名。側身天地空遺恨，越俗詩篇在一清。自鄶不勞施月旦，反騷多恐避風聲。諸公

〔註117〕〔清〕焦袁熹：《此木軒食木贅語》，卷一。
〔註118〕〔清〕宋如林等修，孫星衍等纂：《江蘇省松江府志》，《中國方志叢書》，冊十，卷五六，頁 1277。
〔註119〕〔清〕龔寶琦修，黃厚本纂：《江蘇省金山縣志》，《中國方志叢書》，冊一四○，卷二十五，頁 1002。〔清〕謝庭薰修，陸錫熊纂：《江蘇省婁縣志》，《中國方志叢書》（臺北：成文出版社，1974 年 6 月，據清乾隆五十三年刊本影印），冊一三七，卷二五，頁 1060。

廊廟鑲金石，未識當年箕潁情。〔註120〕

「顑頷」是因饑餓而憔悴貌，此語當出自《離騷》：「苟余情其信姱以
練要兮，長顑頷亦何傷。」吳騏以「顑頷」名其集，乃與其寒士潦倒
生涯相關。其〈留窮詞〉（莊天申作送窮詞，日千反之）：

> 俗事因君蕩滌，俗人賴爾驅除。相依五六十年餘，並沒一
> 言半句。　　爾我永為膠漆，莫因待慢生疏。縱然慢爾爾
> 無如，捨我諒無去處。（《全清詞・順康卷》，冊四，頁1979）

窮困乃為實情，而詞以戲謔口吻寫成，便另有一番情致。汪端《明三
十家詩選》二集評吳騏詩云：「《顑頷集》詩于蒼涼古直之中，極沉鬱
頓之致，蓋親炙大樽而不盡沿其派者」，其詞亦然！吳騏絕意仕進，
堅守苦節，與焦袁熹之經歷頗相似，其詩詞中多含有「傳恨」之語，
故焦氏以「側身天地空遺恨，越俗詩篇在一清」稱賞之其人其詞之脫
俗，頗有惺惺相惜之感！

王澐（1619～1693），字勝時，原名溥，幼為陳子龍弟子，處師
生患難時，卓然有東漢節義，子龍殉節，收遺骸，束芻為首葬之。縱
遊齊梁楚粵，晚乃歸老所居之康園，著《輞川稿》、《雲間第宅志》。
〔註121〕焦袁熹於《此木軒泉下錄》記載王澐：

> 勝時王先生諱澐，晚號僧士，幼與先祖同補博士弟子員，
> 先生早登大樽先生之堂，文章氣節，不愧師門。足跡半天
> 下，晚得目疾，杜門里居。丙子歲余與雲垂讀書康園，因
> 得侍先生，先生少時所觀覽，或偶道及，即背誦不遺一字，
> 余偶作女吳偏呈先生，中用姜女河魴同穴云云，先生曰沈
> 休文禪文中語也。文選非僻書，在先生誠何足道，而余輩
> 之懶不竟讀，又多遺忘者，對之能無愧服，自先生卒，而
> 所謂老成人可為典型者，復何人哉？〔註122〕

王澐與焦氏先祖同補博士弟子員，兩家可謂相識甚久，王澐早年師事

〔註120〕〔清〕焦袁熹：《此木軒論詩彙編》，卷二。

〔註121〕〔清〕龔寶琦修，黃厚本纂：《江蘇省金山縣志》，《中國方志叢書》，
　　　　冊一四○，卷二十四，頁980。

〔註122〕〔清〕焦袁熹：《此木軒泉下錄》，未編版項、頁次。

陳子龍，焦氏稱其「文章氣節，不愧師門」，誠可爲後世典範，推崇
備至。此外，焦氏嘗與張淵來往，學使者目張淵爲雲間一寶〔註123〕，
其子張昺更從焦袁熹游。焦袁熹從未言明自身與雲間詞派之關係，然
由其相往來之對象，推崇之言辭，以及於雍正二年，更選評《雲間人
文》一集，雖其文大都隱而未耀，然足見其倚聲塡詞當應對雲間詞派
有所接受。

（三）故里友人：林令旭、張維煦

　　林令旭（1678～1743）字豫中，一作豫仲，一字晴江，婁縣（今
松江屬上海市）人。爲明代進士林景暘（1530～1604，字紹熙，號宏
齋）五世孫，其父林企俊有隱德，而林令旭循其先人遺風，「器勢宏遠，
抱經濟才」〔註124〕，擅經濟文學，敦氣誼，所著詩、古文醇肆有法，皆
可傳。生平好經史，長於詩歌兼善繪事，興至揮毫得天然神趣。〔註125〕
於雍正八年（1730）中舉進士，官至太常寺卿。寫花鳥如生，善墨梅。
乾隆六年（1741）作墨梅圖，著有《墨花樓集》、《錦城記》。

　　焦袁熹〈答曹諤廷書〉常謂：「用功稍多者惟八股耳」〔註126〕，
於八股之文用功至深，嘗論：

> 明人一代之作，其足與唐人之詩相抵敵才，皆眞才學，皆
> 實學，無毫髮讓者，八股而已。〔註127〕

與焦袁熹同，林令旭於制義文著力甚深，《清代朱卷集成》載批閱之
語：「雄才健筆籠蓋一時」、「理蘊精深，更饒異采」、「昌明博大中饒
有流轉之致」、「氣體高華，聲實並茂」、「入理精深，鑄詞雄偉，而中

〔註123〕〔清〕宋如林等修，孫星衍等纂：《江蘇省松江府志》，《中國方志叢
　　　　書》，冊十，卷五十七，頁1293。
〔註124〕〔清〕馮金伯：《國朝畫識》，見周駿富輯：《清代傳記叢刊》（臺北：
　　　　明文書局，1986年1月），冊七十一，卷十一，頁680。
〔註125〕〔清〕馮金伯：《國朝畫識》，見周駿富輯：《清代傳記叢刊》，冊七
　　　　一，卷十一，頁679。
〔註126〕〔清〕焦袁熹：《此木軒文集·答曹諤廷書》卷一，中國社會科學院
　　　　文學所藏稿本。
〔註127〕〔清〕焦以敬、焦以恕編：《焦南浦先生年譜》，頁362。

間運輪轄，又復恢恢浩浩，一氣流貫，初無排偶藻繪之跡，是具才情氣魄之絕大者」、「局整詞昌，發揮題意悉到，卻無一語襲陳蹈故。第覺壁壘一變，光彩煒而欲然」〔註128〕，林令旭亦是親受焦袁熹之門者，爲《焦南浦先生年譜·增附》所列八十三人其一〔註129〕，兩人對制科文見解一致。雍正年間，林令旭初客親王幕中，及入詞垣，奏請仍留邸課讀，爲怡僖親王弘曉（1722～1778，字秀亭，號冰玉主人）之師，又歷鴻盧寺卿、右通政、順天學政，官至太常寺卿，長居於都中未返，焦袁熹詞中多闋憶林令旭之詞，如〈南柯子·歲暮寄豫仲，聞其明春定得南歸矣〉：

> 燭底輕輕舞，樽前貴貴哥。曲中紅豆聽來多。可奈酒醒獨自，影傞傞。　　桂子秋風客，蓴羹春夢婆。桃花時節漲晴波。遲爾輕帆一葉，未蹉跎。（《全清詞·順康卷》，冊十八，頁10591）

〈鷓鴣天·豫仲客都中且五載矣，聞其歸思頗切，賦此寄意〉：

> 客裡年光似水流。誰家缸面正新篘。提壺苦勸君須醉，卻恐醒來分外愁。　　尋夢蝶，憶盟鷗。春山好鳥亦相求。杜鵑苦勸君須去，爭奈羈人不自由。（《全清詞·順康卷》，冊十八，頁10592）

前者爲焦袁熹聽聞林令旭客居都中，終得返鄉，故寄詞以告。待到明春「桃花時節漲晴波」之際，立刻歸鄉莫要蹉跎，乃爲狂喜之言；後者即言林令旭在都中爲客已五載未歸鄉，雖「提壺勸醉」以忘懷，又恐清醒後愁緒更濃；而「杜鵑勸歸」之聲不絕，又怎奈久困官場之落寞情懷呢？由焦氏多闋寄林令旭之詞，不僅慰藉友人，又表思念情意，是證兩人交情匪淺，往來熱絡。

　　焦袁熹與友人文酒唱和、賦詩塡詞，多集中於「西園」一處，其〈水龍吟·同衢尊、虞皋、夢園、禹功過西園即事，集詩牌字分賦，

〔註128〕顧廷龍主編：《清代硃卷集成》（臺北：成文書局，1992年），冊三，頁133～134。
〔註129〕〔清〕焦以敬、焦以恕編：《焦南浦先生年譜·增附》，頁448。

呈珠岩〉詞云：

> 名園得得頻頻來，縈紆洞壑迷人處。釣船並同傍。柳，苔
> 衣上砌，花梢鳴雨。浪細鳧猜，池翻鷗剩，雲籠樹古。正
> 掩關坐久，蘋洲眼冷，遲去聲嵐月，蒼霞暮。　　敢是論
> 心爭赴。伴清吟、不懟支許。狂搜勝境，愛題筠綠。書巢
> 畫圃。金谷羞談，知君雅志，雲爲爲主。漸低斜碧漢，添
> 斟斗酒，任鶴更曙。（《全清詞‧順康卷》，冊十八，頁　10609～
> 10610）

張維熙，字和叔，號珠巖。〔註130〕康熙四十一年鄉薦，與弟梁同榜，
工詩文，善談論，待人誠摯，有過輒面斥不稍諱，尤敦氣誼，卜築許
纘曾故宅，以書史自娛，爲「西園」主人。〔註131〕明末著名疊山師
邑人張南垣構築一個園林，清初爲雲南按察使許纘曾之別業，名曰「西
園」。許家衰落後將園之半賣給張維熙，張氏於雍正五年（1727 年）
改建是園，園貼近西林寶塔，有「倒影涵空塔印尖」、「水面萍回皺塔
尖」之秀麗景色，改園名爲「塔射園」。有清一代，江南、浙江爲詞
學中心，或以派別相從，或以詞社集結，其他各地亦均有詞人活動社
事，相對帶動詞人創作之踴躍與興盛。焦袁熹等人頻頻集中於西園，
並軌揚芬，相答唱和，便是詞人雅聚主要活動內容。即便平日往來，
焦氏與珠巖更會同調賦答，如〈洞仙歌‧珠巖以詞見寄，索詩牌，依
調賦答〉詞云：

> 輕風一葉，指村煙深處。回首斜陽挂春樹。正送窮、繞了
> 筆硯疏蕪。重檢點，舊日錦囊詩句。　　遙知燭影底，逸
> 思飛騰，鳳嘯鸞吟命儔侶。好手織冰綃，鬪麗爭妍，早自
> 出、心頭機杼。把十樣、蠻牋寫來看，怕朱碧紛紜，又添
> 離緒。（《全清詞‧順康卷》，冊十八，頁 10603）

或填詞以表雅趣，如〈鵲橋仙‧寄珠巖乞桂〉詞云：

〔註130〕楊廷福、楊同甫編：《清人室名別稱字號索引：增補本》（上海：上
　　　　海古籍出版社，2004 年 3 月），下冊，頁 831。

〔註131〕〔清〕謝庭薰修，〔清〕陸錫熊纂：《江蘇婁縣志》，《中國方志叢書》
　　　　（臺北：成文書局，1974 年），冊一三七，卷二六，頁 1091～1092。

閒居賦就，花花草草，裝點小園幽勝。秋光一年到人間，
奈欠了、天香糝逕。　　　櫷鞋藤帽，携笻西去，咫尺蟾宮
仙境。殊風細雨肯移栽，好似對、薰衣荀令。（《全清詞・順
康卷》，冊十八，頁10592）

焦袁熹所往來之故里友人，均是有文學素養、詞學修爲者，與焦氏往
來唱和，投詞贈答，彼此志同道合之默契，悉寓於詞作。

（四）慕謁之師：陸隴其

陸隴其（1630～1692），原名龍其，其字稼書，浙江平湖人（今
屬浙江）。少年家貧，勤奮攻讀。清康熙九年（1670）進士。以清正
廉潔而著稱，俞鶴湖詩讚曰：「有官貧過無官日，去任榮於到任時。」
清康熙二十二年（1683），魏象樞又以「天下第一清廉」爲由，薦舉
陸隴其。陸隴其爲清代理學家，終身佩服朱熹，以朱熹的是非爲是非，
認爲「宗朱子者爲正學，不宗朱子者即非正學。……今有不宗朱子之
學者，亦當絕其道，勿使併進」，反對王守仁「致良知」說，被清廷
譽爲「本朝理學儒臣第一」。康熙三十一年（1692年）卒，追諡清獻，
從祀孔廟。

康熙二十八年，焦袁熹評刻《當湖陸清獻公稼書先生制義・序》
云：

某幼無知識，稍長習爲詞章之學，愚昧鈍拙，足無成就，
年來深自愧悔，思欲從事於《性理大全》、《近思錄》，或問
語類諸書，而苦於不得其階梯，恐終無以窺其堂奧，嘗伏
誦先生之制義，竊自念曰：「欲窺程朱之堂奧者，茲其階梯
乎？不自揣量，妄爲論次而二三同志。」昔從先生遊者，
道先生之學行甚詳，且共出藏未刻稿授某，彙爲一編，某
因是益得以知先生之爲人，果不愧於程朱，而其文亦非能
言之士所能及也。由先生之制義以求先生之學，而盡心焉
則於程朱之道，亦庶幾得其門而入矣。〔註132〕

〔註132〕〔清〕焦以敬、焦以恕編：《焦南浦先生年譜》，頁322～323。

焦袁熹平生一切選刻，率應諸公之請，惟此書則獨自爲之，志力所存，
固非徒區區制義云爾。焦氏拜平湖陸清獻爲師，每談及先生之人之
學，則尊崇如師。曾言：

> 雖有極善毀人者，至陸當湖湯潛庵，則皆心服無一言，天
> 下歸仁，信其然矣。〔註133〕

陸清獻人善，然毀者不能置一辭，可謂「天下歸仁」矣。更於內室書
櫥黏一紙帖云：「學至變化氣質，方是進境」，蓋亦本之先生自警銘。
對於陸清獻所言，則誌而不忘：

> 姚合詩，一日看除日，終年損道心。當湖云：何至如此，
> 愚以爲此二句，亦大有味，利祿之損道心，其害乃至如此，
> 況不止于一日，不止於看而已，唐人詩好處，只在說眞話，
> 說得人情透切也。〔註134〕

> 讀書難以武斷，愚意不特率爾自出一見，凡看書不多，而
> 輒自以爲定論者，皆武斷也。〔註135〕

康熙中，當湖陸清獻以道學提倡東南，君慕尙而效法之，鑽仰程朱默
契絕學，遂深廣博搜濂洛關閩，乃至宋元明諸儒所撰述，故所著《各
經說》、《太極圖述》等書數十卷，能能吻合宋儒之旨，更於外闈發新
觀點，甚爲當代所重視。康熙三十一年（1692 年）陸隴其卒後，焦
袁熹更以「鳳凰」爲喻，於〈有鳥〉詩題下自注「爲當湖先生作」：

> 有鳥有鳥名鳳凰，身備六德五文章。栖集枳棘日月高，暫
> 向帝闕來翱翔。一朝奮吭鳴朝陽，百鳥相顧心徊徨。知鳳
> 者希何所望，見幾而作歸故鄉。竹寔枯死饑中腸，鴟嚇腐
> 鼠橫飛揚。仰睇青漢徒茫茫，戢翼潛逝令人傷。〔註136〕

「仰睇青漢徒茫茫，戢翼潛逝令人傷」兩句，表達喪其所仰、失其所
據之悲痛。

〔註133〕〔清〕焦袁熹：《此木軒食木贅語》，卷四。
〔註134〕〔清〕焦袁熹：《此木軒食木贅語》，卷四。
〔註135〕〔清〕焦袁熹：《此木軒食木贅語》，卷四。
〔註136〕〔清〕焦袁熹：《此木軒詩》，卷二。

（五）苦節志士：趙和、潘牧、錢起盛

焦袁熹性格外和中剛，好揚人之長，明末趙和、潘牧及錢起盛等人，均受其提攜稱揚而著名。

趙和，字柳介，自號高寒野人，其詩文皆高絕，輩流而沈埋邨塾，鮮或知之。曾就正於焦袁熹，然因其紙墨黯淡，字畫敧傾，焦氏頗忽之。一夕，就燈展卷，讀乃大驚異，亟告於人，遂無不知有趙和者。柳介先生志節士也，固窮不憫，有「花溪淵明」之目，著有《言志錄》，焦袁熹作詩八百言述其梗概。趙和亡後，焦氏曾以「梅花」比之。〈一萼紅・看梅憶趙柳介〉詞云：

> 伴芳樽。有三枝兩蘂，清瘦與誰論。寒沁冰肌，香生玉骨，幽意難近朱門。短籬外、含情自許，護片影、無語又黃昏。紙帳高眠，膽瓶閒對，何限溫存。　　曾共美人攀折，想驚心歲序，惱亂詩魂。野寺煙鐘，前溪雪笠，吟袖空染香痕。笑多事、春風嫁早，孤山后、佳耦更逢君。玉笛吹時，不堪涼月紛紛。〔註137〕

焦袁熹惜其稿無人收拾，乃重訂《趙柳介詩稿》，感而賦詩云：

> 山青水綠一年年，一度披吟一惘然。
> 老去鍾期雙耳在，不能重聽伯牙絃。
> 一生窮鳥足悲歌，志士由來顛頷多。
> 空抱遺經成底事，不知泉下復如何。〔註138〕

以「鍾期」、「伯牙」喻兩人交遊甚切，友亡後不勝感傷，遂重訂其詩稿，賦詩以記之，顯見焦氏重視情誼之誠摯。

潘牧，老而困，自是頻來松江郡中與諸君子留連唱和，皆為牧園屈一指。焦袁熹深嘆其詩詞深美：「熟讀不須多，或以海上潘子牧園詩及詞來。……造次出口皆意外驚奇，合於古作者之意，賦詩二章有騷壇若此，槍旗會好似山中嚇殺人」潘牧亡後，焦袁熹於燈下檢得潘

〔註137〕〔清〕焦袁熹：《此木軒全集・此木軒直寄詞》，天津南開大學館藏清抄本（三卷附舊作一卷），未編冊卷、頁碼。
〔註138〕〔清〕焦以敬、焦以恕編：《焦南浦先生年譜》，頁364。

子《牧園詩藁》，感賦一詩云：

> 諸孫活計空門在，故友相思獨夜長。
>
> 莫道生前無片瓦，桐棺三寸兩淋浪。

錢起盛，字墨宰，鄞縣（今寧波）人，爲人樸率，挈妻子來浦南，訪焦袁熹談濂洛關閩之旨。〔註139〕困苦特甚，屢過村，居其所，纂《四書朱子要義》，一生精力所在，焦袁熹稱奇精當至是。歲久不得錢墨宰消息，賦詩云：

> 相見昔青眼，相思今白頭。連年消息斷，可但式微憂。

歲久不得友朋消息便起憂思，亡後念之猶若此，焦氏之於窮交識於心，而發於詩也！焦袁熹曾論「相知」：

> 古語云：「人之相知，貴相知心」，又曰：「相識滿天下，知
> 心能幾人。」相識甚易，相知甚難；今之人苟相識，則曰
> 此相知者，不知所知者何也？〔註140〕

《焦南浦先生年譜》曾列八十三人皆親受業於焦氏之門者，雖久暫不同而沐浴教澤則一也。焦袁熹於來學，隨其淺深殷勤勸誘而未嘗強所不能，俟其有疑則罕譬而喻，以是率皆意滿而去。友朋間或以文就商，一言既發則永息懷諍，或有彈駁無不爽然。趙柳介嘗跋舊作後云：「先生落落穆穆，未嘗臧否人物，而胸中涇渭分明，伊可懷也，亦可畏也，蓋自少壯時已然。」〔註141〕曹子諤廷嘗語敬云：「某嘗仿前輩爲文，以眎他人，或詆或獎，總非某意至先生，則洞見肺腑矣，某安得不服。」〔註142〕此外，四方來學願執弟子禮甚眾，然焦袁熹謙而不敢當，輒婉辭之，可見焦氏「教思所被士林，歷久不忘」〔註143〕！

〔註139〕〔清〕龔寶琦修，黃厚本纂：《江蘇省金山縣志》，《中國方志叢書》，
　　　　冊一四一，卷二七，頁1040。
〔註140〕〔清〕焦袁熹：《此木軒雜著》，卷四，頁54。
〔註141〕〔清〕焦以敬、焦以恕編：《焦南浦先生年譜》，頁380～381。
〔註142〕〔清〕焦以敬、焦以恕編：《焦南浦先生年譜》，頁385。
〔註143〕〔清〕焦以敬、焦以恕編：《焦南浦先生年譜》，頁449。

三、著述

據《焦南浦先生年譜》所載，焦氏以著述爲業，勤於筆耕，「於一言之感、一物之遺，志之弗忘」〔註144〕，「不是古、不非今、不吐剛、不茹柔，惟所實見則書之而已」〔註145〕，故撰作豐厚，可謂著作等身。王寶序〈此木軒雜著敘〉稱：「南浦先生論著至多，其所見於年譜及涇南司寇所撰行狀中者，未易屈指。」〔註146〕，其〈墓誌銘〉載：

> 所著《經說》、《太極圖述》等書數十卷，皆與宋儒之旨吻合，而間出己意，亦能發所未發。其他雜著亦數十卷，考史傳之異同，訂前人之緒論，如兵刑錢穀、水利獄訟諸大政，必指陳利害，可濟實用。而詩、文、詞及坊刻制義，凡君所自爲與其評騭者，皆足以饜酬羣心，揚扢風雅，爲當代所貴重。〔註147〕

徐逵照兩世手輯《此木軒全書》，雖片紙隻字，靡有遺失，故得略悉淵源所自。焦氏後輩世守先業，全書具在，惜門祚衰薄，不復如前，《此木軒全書》不能付梓，且多殘缺！惟其後輩、門人刻年譜一書，焦袁熹一生本末具焉，所以著述、評語附刻於後，認爲「後人讀是書而重先生之行，又因先生之行而益欲求其書，先生之書之傳於當世宜必且有望。」焦袁熹著作無論已刻未刻都有進呈，除經《四庫書》輯錄者外，餘竝藏諸其家，子孫貧但能僅守勿墜，殘稿若存若亡，幾無人過而問焉。〔註148〕如焦袁熹詞選《樂府妙聲》未見流傳，惟可知所選以「柳永」爲多。今將得以聞見者從中擇要，分經學著作、文學編著、其他著述三方面述之：

〔註144〕〔清〕焦以敬、焦以恕編：《焦南浦先生年譜》，頁332。

〔註145〕〔清〕焦以敬、焦以恕編：《焦南浦先生年譜》，頁390。

〔註146〕〔清〕王寶序：〈此木軒雜著敘〉，〔清〕焦袁熹：《此木軒雜著》，頁3。

〔註147〕〔清〕焦以敬、焦以恕編：《焦南浦先生年譜》附錄，頁416。

〔註148〕〔清〕王寶序：〈此木軒雜著敘〉，〔清〕焦袁熹：《此木軒雜著》，頁3～4。

（一）經學著作

1、《春秋闕如編》

八卷。是書乃未完之稿本，僅撰至成公八年而已。康熙四十九年庚寅，季父季思公歿。季父病療逾年，焦袁熹節縮薪米以供醫藥，夜常三四起，是年著《春秋闕如編》，因痛季父之歿，輟筆未成。《焦袁熹年譜》言：

> 以春秋家多以意曲爲之說，角立參行，聖心愈渺，乃爲此編，遇難曉者輒闕之，故曰：闕如也。嘗言：春秋以啖趙，啖名助，趙名匡之義爲勝。又嘗言：制科不當用胡傳，胡傳一時之論耳，不若左、公、穀三傳，或專左氏其可也。
> 〔註149〕

焦袁熹徧覓諸如傳解，博覽精研以著此書，欲難曉者不強下意，故曰「闕如」也。《四庫》所予評價甚高，故以時人之作，又係未竣之書，竟得收入《四庫》，可見推重若此，館臣評云：

> 獨酌情理之平，立褒貶之准，謹持大義而刊削煩苛。……近代說《春秋》者，當以此書爲最。雖編輯未終，而義例已備，於經學深爲有禪，非其《經說》諸書出於門人雜錄者比也。〔註150〕

此殆與清初反對胡安國（1074～1138）《春秋胡氏傳》之聲浪相關。康熙三十八年（1699），群臣奉敕撰《欽定春秋傳說彙纂》，書成於康熙六十年（1721），共三十八卷。康熙於《彙纂》序中，肯定朱熹對《春秋》的說法：「朕於《春秋》獨服膺朱子之論，朱子曰：『《春秋》明道正誼，據實書事，使人觀之以爲鑒戒，書名書爵亦無意義。』此言真有得者。」〔註151〕針對《春秋胡氏傳》進行詳注，「凡其中

〔註149〕〔清〕焦以敬、焦以恕編：《焦南浦先生年譜》，頁344～345。

〔註150〕〔清〕永瑢、紀昀編纂：《四庫全書總目‧經部‧春秋類》，卷二九，頁238。

〔註151〕〔清〕王琰等奉敕撰，〈聖祖仁皇帝御製春秋傳說彙纂序〉，《欽定春秋傳說彙纂》（《四庫全書珍本八集》，臺北：臺灣商務印書館，1978），頁1。

有乖《經》義者，一一駁正，多所刊除。至於先儒舊說，世以不合胡《傳》擯棄弗習者，亦一一采錄表章，闡明古學。蓋以聖人之德居天子之位，故能蕩滌門戶，辨別是非，挽數百年積重之勢。」〔註152〕直接糾舉宗胡氏之說者，大多穿鑿附會，離經義甚遠，從姑存到刪改，再從刪改到不取，並提出服膺朱熹的《春秋》之學。某些《春秋》類的著作，除了敘述全書要旨、體例和特色之外，還會特別提及是否受到胡《傳》的影響。〔註153〕「自時厥後，能不爲胡《傳》所錮者，如徐庭垣之《春秋管窺》、焦袁熹之《春秋闕如編》，響然並作，不可殫數。」〔註154〕肯定焦袁熹之《春秋闕如編》解經有別於《春秋胡氏傳》之路數。紀昀反對宋儒穿鑿解說《春秋》，認爲「字字褒貶」固爲一種「偏論」〔註155〕，若一味以字例推求褒貶，恐非聖人之意，因而特欣賞焦袁熹於該書後附〈讀春秋〉幾條：「論即位或書或不書，四時或備或不備，有史所本無，有傳寫脫佚，非聖人增減於其間。」〔註156〕認爲此足糾舉宋儒之言，甚至破宋儒穿鑿之說。

2、《小國春秋》

一卷。有吳省蘭輯刊、姚椿校勘之《藝海珠塵》本，《叢書集成初編》、《叢書集成新編》據以影印。是書滙邾、莒、滕三國事，三家乃春秋小邦，故題曰《小國春秋》。記事前先略述該國興滅，如謂邾云：「曹姓，顓頊之後，武王封其苗裔邾俠爲附庸，即鄒縣是也。安

〔註152〕〔清〕永瑢、紀昀編纂：《四庫全書總目・經部・春秋類》，卷二十九，頁234。

〔註153〕康凱淋：〈論清初官方對胡安國《春秋胡氏傳》的批評〉，《漢學研究》第28卷第1期，2010年，頁303。

〔註154〕〔清〕永瑢、紀昀編纂：《四庫全書總目・經部・春秋類》，卷二十九，頁234。

〔註155〕〔清〕永瑢、紀昀編纂：《四庫全書總目・經部・春秋類存目》，卷三十，頁247。

〔註156〕〔清〕永瑢、紀昀編纂：《四庫全書總目・經部・春秋類》，卷二十九，頁238。

至儀父十二世，附從齊桓公，進爵稱子。其後滅于楚。」〔註157〕謂
莒云：「嬴姓，少昊之後，武王封茲與于莒。初都計，後徙莒。自紀
公已下，爲已姓，滅于楚。」〔註158〕謂滕云：「文王子錯叔繡之後，
武王封于滕。侯爵，爲周卜正。」〔註159〕

統觀其內容，僅自經文揀擇三國事，予以次第排比，未見焦氏個
人片語，是惟史料編輯而已，非一家立言之經說，故楊鍾羲譏評云：

> 不著己見，不采舊說，不知其命意所在。……古人嗜古尊
> 經，有所述造，無草草編次遂成一書者。……如此書雖不
> 作可也。〔註160〕

焦氏著作甚豐，率有己見，惟是書篇幅極爲短小，編而不述，未審其
因。

3、《四書說》

八卷。年譜於康熙四十一年記云：「著《四書說》，後每年增益合
編之，共爲八卷。」〔註161〕知始撰於是年。收入《四庫全書》。

4、《此木軒經說彙編》

六卷。是編乃焦氏批覽群經，撮記其見，焦袁熹讀諸經注疏，其
門人掇拾成編。凡《易》、《書》、《詩》、三《禮》、三《傳》、《爾雅》
十經匯編成冊。而《書》僅三十四條，《周禮》僅十六條，《儀禮》僅
一條，《公羊傳》僅九條，《穀梁傳》僅七條，皆殊寥寥，實止五經而
已。諸經說撰作時間不一，據年譜載，《禮記說》始著於雍正三年（見
頁370），《左傳說》著於雍正五年（見頁371）。

《四庫全書總目》認爲大抵焦袁熹究心注疏，時有所觸，偶然

〔註157〕〔清〕焦袁熹：《小國春秋》，《叢書集成初編》（北京：中華書局，
1991年），冊三六六〇，頁1。

〔註158〕同前註，頁3。

〔註159〕同前註，頁5。

〔註160〕中國科學院圖書館整理：《續修四庫全書總目提要・經部》（北京：
中華書局，1993年），頁752。

〔註161〕〔清〕焦以敬、焦以恕編：《焦南浦先生年譜》，頁338。

記錄，本非有意著書，故書中所錄其說往往泛及雜事，且多隨筆多譏刺之語〔註162〕，然「其門人過尊師說，一一錄而編之，遂爲後人口實。……推信過甚，至有此失，反爲其師之累。殆亦非袁熹意矣。」該編非以談經爲主內容，門人編列爲經說，頗失體例，殊爲不當。

5、《經字韻編》

《年譜》記是書著於康熙四十四年，並云：

> 府君以字書所載多未詳來處，不可施用，乃爲此編，以韻相從，以世爲序，而先之以經。每字著其首見之處，其別見而音義並異，若獨義異或音異者，又形異而音義同者，皆附載焉。其音義眾曉者省之，不常用或易誤者詳者，而釋、道二藏不與焉。〔註163〕

6、《儒林譜》

一卷。據年譜載記著於康熙五十一年（1712）。今流傳有《藝海珠塵》本，《叢書集成初編》、《叢書集成新編》等據以影印。是書依易、書、詩、禮、春秋、論語、孝經之序，列經師授受次第。蓋自孔子以後，經學流衍分歧，惟專門之術，授受有自，前人特重師弟著錄，故明代朱睦㮮撰有《授經圖》，迨及清季，則有畢沅《傳經表》，意在沿周秦漢魏授受之緒，焦氏此作亦同也。

焦氏據史志羅列諸經授受，間亦偶加辨正，或提疑待考，如《詩》有任末、景鸞兩家，其云：

〔註162〕〔清〕永瑢、紀昀編纂：《四庫全書總目·經部·五經總義類存目》：「如因《左傳》懿氏之卜有『鳳皇』字，《疏》引《山海經》『首文曰德，翼文曰順』之語，遂譏崇禎甲戌進士文德翼之名爲割裂。因季友酖叔牙，遂譏石崇以鴆鳥與王愷養之，爲晉政不綱。因長狄鄋瞞，遂論其國女子亦必長大，乃能配合生子，否則八尺之婦，不可配三丈之男。因公子宋嘗黿染指，遂記康熙中吳門進士顧三典因食一黿，暴下不止，遂殞其命。」此類筆記例證繁多，不復贅言。（卷三四，頁285。）

〔註163〕〔清〕焦以敬、焦以恕編：《焦南浦先生年譜》，頁341。

末奔師喪道卒，遺令致死師門；鸞少隨師學經，涉七州之
地，不知末、鸞師何人也？〔註164〕

未諳其師承來源，列而待考。又如：

先儒以師序為孔子所作，沈重云：「大序，子夏、毛公合作。」
《隋志》云：「詩序子夏所創，及衛宏更加潤色。」又或以
為出于國史。朱子直據范書，斷以小序為敬仲之作，又非
出一人之手，蓋實漢儒為之，而托于孔子卜氏也。康成大
儒，正坐學而不思，是以尊信不疑爾。〔註165〕

7、《太玄解》

一卷。有吳省蘭輯刊、賀維錦校勘之《藝海珠塵》本。是書以札
記體釋揚雄《太玄》，計四十條。起首兩段特予標舉，其云：

《吳志》陸凱好太元論，演其意以筮輒驗，是知《太元》
非無用之書。子雲所謂後世有好而知者，非妄語也。凱所
論著今不傳，未知果能盡子雲之蘊否？〔註166〕

又云：

王涯注《太元》，常取以卜，自言所中多于易筮，是《太元》
果非無用之書也。〔註167〕

焦氏推崇《太玄》之意甚明。至於內容，要在略加申明己見，如云：

潛龍故勿用，首尾信則可以為庸矣。庸，用也，功也。見其造，
造，作也，與大人造也之造同。〔註168〕

8、《潛虛解》

一卷。有《藝海珠塵》本，《叢書集成初編》、《叢書集成新編》
據以影印。是書內容極為簡短，意在訓解司馬公所撰《潛虛》，故名

〔註164〕〔清〕焦袁熹：《儒林譜》，《叢書集成初編》（北京：中華書局，1991
　　　　年），冊二七〇，頁9。
〔註165〕同前注。
〔註166〕〔清〕焦袁熹：《太玄解》，《叢書集成初編》（北京：中華書局，1991
　　　　年），冊七〇一，頁1。
〔註167〕同前注，頁1。
〔註168〕同前注，頁2。

《潛虛解》。全篇僅百餘字，前有附記云：

> 揚子雲作《太玄》以準易，司馬溫公復作《潛虛》以準玄。溫公自云：「吾於子雲，固好之矣，安知後世復無司馬君實乎！」愚向未見《潛虛》，竊意其所以爲書者，必有深奧難知之說，今從《啓蒙翼傳外篇》中得知此書大略，雖大賢述作，非愚昧所能遽闚其藩牆。然其經營措置之端，初不出於圖書易範之外，則已一望而得之矣，爲訓釋之如左。辛巳十月五日。〔註169〕

（二）文學編著

1、《此木軒直寄詞》

據《焦南浦先生年譜》所附「此木軒全集總目」，「《直寄詞》三卷有附舊作一卷，爲一冊。」〔註170〕然現存版本較爲常見者，爲清乾隆間李枝桂所刻二卷本，《全清詞‧順康卷》即據此本影印。然而二卷本並非《此木軒直寄詞》原貌，其舊作一卷八十一首於二卷本中完全未收，前三卷中亦有一些詞作不見於二卷本。〔註171〕

詞集以「直寄」爲名，則定於康熙五十年辛卯，焦袁熹五十一歲。焦氏少時亦爲詞，經久不作，時張維煦在焉，遂相應和，浸以成秩曰：「直寄詞」。〔註172〕據《年譜》載：「先生嘗謂子敬：『金先生曰：此事路徑甚狹，故壯年以後不復爲之。』」知焦氏詞泰半是年少之作，壯年幾乎不復從事倚聲之道。然康熙五十五年（1716），焦袁熹選定詞選《樂府妙聲》〔註173〕，更爲此而作《采桑子‧編纂〈樂府妙聲〉

〔註169〕〔清〕焦袁熹纂：《潛虛解》，《叢書集成初編》（北京：中華書局，1991年），冊六九七，頁1。

〔註170〕〔清〕焦以敬、焦以恕編：《焦南浦先生年譜》，頁435。

〔註171〕裴喆：〈清初詞人焦袁熹及其論詞詞〉，西安詞學國際會議論文，2010年，頁2。

〔註172〕〔清〕焦以敬、焦以恕編：《焦南浦先生年譜》，頁353。

〔註173〕〔清〕焦以敬、焦以恕編：《焦南浦先生年譜》於「康熙五十五年丙申」條下載：「是年選定《樂府妙聲》，平日論詞推周美成，選竟以柳耆卿爲第一，猶詩中有摩詰，曲中有馬東籬也元明曲本亦閱之遍，

竟作》「論詞長短句」多首，後亦收錄於《此木軒直寄詞》中。後世多目其詞爲「雲間體」一脈，姚阶《國朝詞雅》錄雲間詞人四十一家，該書即列於其中。

2、《此木軒詩鈔》

十六卷。凡二千四百五十八篇。儲敷錫〈此木軒詩鈔跋〉：

> 《此木軒詩集》，凡若干卷，偕同志讀之，歎其精深元遠，無美不備。我郡自袁叟而降，及於陳李，世目之爲雲間體，海內久稱爲人文淵藪。入皇朝以來，風流不絕，後學言及《此木軒詩》，則如秋月華星，黃河泰岱，不敢置一詞。〔註174〕

吳錫麒〈此木軒詩鈔序〉論及焦氏詩源於王維：

> 《此木軒詩鈔》……溢而能眞，高朗而秀，少不局局於繩尺內者。論者多以劍南擬之，而吾謂其源實出於右丞；且其夷曠之趣時得禪悟，亦與右丞之焚香奉佛等。故誦其詩，即可知其性情，並知天下之理四通八達，無適不可，亦惟求其悟而已矣。〔註175〕

焦氏認爲詩歌應發揮風刺之意，上承《詩經》之「溫柔敦厚」：

> 太平則無所更美，道絕則無所復譏，苟未至於太平，則爲詩歌以申風刺之義，亦安可以已乎！夫唯溫柔敦厚，發於中心之誠，是乃君子之所爲耳。〔註176〕

焦氏詩世人多目之爲「雲間體」，風流不絕；且其詩淵源於王維，可於其詩中得禪悟；更以「一代之名儒」治經作詩，同以《詩經》「溫柔敦厚」之旨爲所宗。

著方言凡鄉俗語多有自來，隨見書之始於是年。」收錄於北京圖書館編：《北京圖書館藏珍本年譜叢刊》（北京：北京圖書館出版社，1999年4月，清光緒二十三年木活字本），冊八，頁363。

〔註174〕〔清〕儲敷錫：〈此木軒詩鈔跋〉，〔清〕焦袁熹：《此木軒詩鈔》，頁1。

〔註175〕〔清〕吳錫麒：〈此木軒詩鈔序〉，〔清〕焦袁熹：《此木軒詩鈔》，未編頁碼。

〔註176〕〔清〕焦袁熹：《此木軒食木贅語》，卷一。

3、《此木軒論詩彙編》

八卷。焦袁熹所評閱詩選本則有十種，唐詩三昧集，阮亭古詩選唐詩英華集，則有少陵、昌黎、昌谷、元白、長慶及明之高季迪。各家詩評語無多者，焦袁熹論評以手抄最多外，間亦頗有流傳，然皆零雜及分載刻本之上；舊有論詩如干條，晚年又著如干條，皆雜在論文草稿中，未經手謄。

後人徐逵照作凡例，悉彙錄於一書，名曰：《論詩彙編》。此書就所見者，蒐羅迨遍，或先生於友人處有評本，家中未存副本者，尚俟續搜。此書隨見隨錄，不次先後，惟杜集甚繁，舊本雖分古今體，而不別五七言，猶慮繙查未便，今各體分編。韓則依集所次，衹分古律二體。

4.《此木軒四六文選》

八卷。焦氏中舉後雖未再赴會試、更上層樓，然其時文功力甚受推崇，《金山縣志》云：「詩古文及制義，凡所自爲與所評騭者，皆爲當代貴重。」〔註177〕可知其聲名。

（三）其他著述

1.《此木軒雜著》

八卷。有清嘉慶九年（1804）刻本，校對者包括全夢熊、姚鴻煦等，今《續修四庫全書》據以影印行世。書首有王寶序所撰〈敘〉，云：「大抵皆史論之餘，就其中掇取無盡，無不可見先生之所得焉。」〔註178〕蓋是書匯輯焦氏雜著筆記，是其「學問之散見，文章之餘波」〔註179〕，卷一有四十九條、卷二有三十八條、卷三有四十九條、卷四有五十六條、卷五有四十四條、卷六有四十二條、卷七有四十五條、卷八有四十七條，共計三百七十條。徐德明先生評云：

〔註177〕〔清〕焦以敬、焦以恕編：《焦南浦先生年譜》，頁304。
〔註178〕〔清〕焦袁熹：《此木軒雜著》，頁3。
〔註179〕〔清〕焦袁熹：《此木軒雜著》，頁3。

如卷一《范堯夫語諸子》條、《藺相如》條、《平原君三則》條、《趙高李斯語》條，卷二《陶侃母》條，卷三《蘇子瞻三則》條，卷四《蘇洵辨奸》條，卷五《三國志注》條、《趙高》條，卷六《范增》條，卷七《晉武帝》條，卷八《孔子》條，均引證博洽，足啓人深省。議論犀利，時嫌失之深刻，如魏收爲爾朱榮作傳，美榮以「若修德義之風，韓彭伊霍亦何足數」二語，爲貶而非褒，爲輕薄而非頌美。〔註180〕

此評亟稱是書議論有物，文辭犀利，至於「失之深刻」，或爲焦氏效《春秋》筆意，欲後世讀者深味其褒貶美刺之意。

　　徐兆瑋讀焦袁熹《此木軒雜著》，認爲南浦此書論史居多，兼及諸子，或涉近事，皆有理解，亦有失之深刻者；蓋《東坡志林》之餘波，在近人說部中，可謂雅潔矣。〔註181〕卷五論《三國志注》，頗足資讀史者之一得。又論司馬溫公讀魏武遺令，自謂窺破其意，其實自作終制者，大約言身後衣棺葬埋封樹等事，而曹公特更瑣細耳。禪代之事，何得及之？溫公求之過深，而不知非事實也，亦發人所未發。至論《居易錄》，議論多訾毀，朱子以爲不知不仁見卷六，此則阮亭所自取，南浦每多詆諆阮亭，此條更明目張膽言之，雖容有過，甚不可謂非正論也。〔註182〕

2.《此木軒食木贅語》

　　《此木軒食木贅語》，實繫《食木喦譚佛乘》、《贅語》兩編而成，由其後學於乾隆丙子年間彙爲一卷，而分別識之。

　　《食木喦譚佛乘》，係焦袁熹於壬子歲所著，時年七十有二，非壯年之筆。其語雖甚少，然焦氏「一生學問歸宿處將于是乎！在覽者

〔註180〕徐德明：《清人學術筆記提要》（北京：學苑出版社，2004年5月），頁27。

〔註181〕徐兆瑋：《徐兆瑋日記·己亥日記·光緒二十五年（1899）》「十九日丁酉」條，藏於常熟圖書館，頁35。

〔註182〕徐兆瑋：《徐兆瑋日記·己亥日記·光緒二十五年（1899）》「二十日戊戌」條，藏於常熟圖書館，頁36。

毋忽視之，尤勿輕議之也」〔註183〕，「食木」二字之源由，其門人徐
逵照《木軒食木贅語‧例言》即說明：

> 「食木」二字見孔仲達《春秋正義‧序》，謂劉炫習杜氏而
> 攻杜氏猶蠹生于木，而還食其木，豈理也哉？先生取以名
> 篇者，蓋以宋儒之視佛氏不啻木之有蠹也，今身附儒宗而
> 深譚佛理，不得不與宋儒牴牾，則如蠹之食木矣。蓋順宋
> 儒之意以爲言，先生之謙且愼可見而確有所得，不肯隨聲
> 附和之意，亦焯然共睹爾。〔註184〕

《贅語》共五卷，均爲焦袁熹於癸丑甲寅年所著，前四卷經焦袁熹手
錄，門人未敢擅易其次第，末一卷從碎稿輯，書中頗有論佛乘語，似
可採入。至於他處有涉禪學語，或是焦袁熹壯年所著，不當與此同例。
《贅語》云：

> 吾集文嘗始於兩三篇，後乃自百而千，自千而萬。若以兩
> 三篇爲少，而不復留意，則今年是此兩三篇，明年亦此兩
> 三篇，或并此兩三篇而棄之者有矣，蓋又以誨戒不肖輩也。
>
> 〔註185〕

文字多類此，蓋取其足以醒世者。

3.《舊雨錄》

一名《泉下錄》，《年譜》記云：「自進士唐公依在下凡二十九人，
在外祖家往還者半之。」〔註186〕雜錄亡友、交誼及其言行。

4.《經世輯論》

《年譜》於雍正九年記云：「是年，錄史傳中吏治、獄訟、水利、
工役、救荒、弭盜、用兵及一切興利除害之可以爲法戒者，而系以己

〔註183〕〔清〕徐逵照：《此木軒食木贅語‧例言》，藏於上海圖書館古籍室，
　　　　未編版項、頁次。

〔註184〕〔清〕徐逵照：《此木軒食木贅語‧例言》，藏於上海圖書館古籍室，
　　　　未編版項、頁次。

〔註185〕〔清〕焦以敬、焦以恕編：《焦南浦先生年譜》引《贅語》所言，頁
　　　　362。

〔註186〕〔清〕焦以敬、焦以恕編：《焦南浦先生年譜》，頁340。

見，凡五卷。」〔註187〕

5.《制義源流》

據《年譜》載，是書著於康熙三十八年，並註云：「此書存趙氏，至少爲其所秘。」〔註188〕

焦袁熹之學問文章爲一時物望所歸，然世人多稱其制義而略其餘，王寶序〈此木軒雜著敘〉認爲焦氏非獨長於此，故言：

> 世之目論者，徒謂先生制藝有不可名言之妙，其論制藝亦有味乎？言之故當爲吾郡本朝之第一人，然遂欲以此駕乎其詩、古文、詞之上，若所長獨在乎此者，自非親嘗旨趣，豈得謂之知言？今先生詩、古文、詞具在，試取而讀之，當可知也。〔註189〕

可知焦氏詩、古文、詞、及制義具善，不當偏一而論。此外，「仰先生之逸軌，山高而水長；讀夫子之文章，日光而玉潔」〔註190〕，故見焦氏著作者，當無不知先生之行醇而學粹，並不獨著作之富而已也。

第三節 焦袁熹思想概說

一、一脫依傍 絕少橅摹

焦袁熹反對步武、仿效，認爲「終身不脫依傍二字，斷不能登峰造極」，此種觀點不僅實踐於詩、文等文學作品，倚聲之道亦然。「絕無依傍，略少橅摹」〔註191〕之思想表現於焦氏論詩、詞之批評，其

〔註187〕〔清〕焦以敬、焦以恕編：《焦南浦先生年譜》，頁375～376。

〔註188〕〔清〕焦以敬、焦以恕編：《焦南浦先生年譜》，頁336。

〔註189〕〔清〕王寶序：〈此木軒雜著序〉，〔清〕焦袁熹：《此木軒雜著》，頁3。

〔註190〕〔清〕焦以敬、焦以恕編：《焦南浦先生年譜》，頁423。

〔註191〕清代陳維崧反對因襲模擬，推崇標新獨創，於〈胡二齋擬古樂府序〉中言：「……〈企喻〉、〈讀曲〉，是不同聲；〈子夜〉、〈歡聞〉，蓋無定製。夫使聱牙拗頰，調必妃豨；襲謬沿譌，字多帝虎。則作文仲羊裘之隱語，聽者咍臺；學莊姬龍尾之庾詞，聞而嘔噦。潘綽祇效聱之技，郭郎爲借面之粧。何如別裁偽體，直舉天懷；緯昔事以今

《此木軒論詩彙編》卷一云：

> 顧寧人與人書云：君詩之病，病于有杜；君文之病，病于
> 有韓歐；有此蹊徑于胸中，便終身不脫依傍二字，斷不能
> 登峰造極。然則杜韓歐不可有乎？夫三子之所以然者，必
> 其胸中寔有物焉，爲之根柢，而以其才其學運之。代興者
> 必有所以爲柱，所以爲韓歐之根柢，而自以其才其學運之，
> 不求似也，無不似者，雖大小不可強同，與夫依門傍戶，
> 不中作僮隸者異矣！然所謂根柢者於何成耶？實心而已
> 矣。所好惡、所是非，其心固然，不自誑他，庶幾乎言爲
> 有物之言也。〔註192〕

依門傍戶作臺隸，則不能臻於登峰造極之境，因「字句皆出於彼」，「皆
他人之物也」。《此木軒論詩彙編》卷一云：

> 取古人之詩而摹儗之，字句皆出于彼，聲節都無自爲，譬
> 如一身衣飾，自頂至足，皆他人物也，都除去時，所存者
> 復有何物？故優孟伎倆，有志者之所必不屑也。若果有自
> 所以爲詩者，即全用古人句，亦非所禁，似與不似，無不
> 可者。〔註193〕

焦袁熹以爲「效矉與學步，此道如盲聾」〔註194〕，更直言指出「優
孟伎倆，有志者之所必不屑也」。同時舉出唐賢所作雅音皆彼其一生
心力所在，後人則多拾其唾棄之餘：

> 唐人詩一句爲一寔物，故一句具一奇致。而所謂寔物者，
> 不從冊籍上來，有全篇不使一故事者，是知使事不可當實
> 物，聊表學問而已。唐人自李杜元白諸大家而外，篇什不
> 甚多，而中有不可磨滅者存，彼其一生之心力具在也。其
> 精者如是，則夫精不必如是，而聊可以爲詩者，在所唾棄

情，傳新聲於古意。絕無依傍，略少撫摹。此高人老鐵，於焉矜能
事於元朝，而相國茶陵，所以負大名於明代也。」〔清〕陳維崧：《陳
迦陵文集》，《四部叢刊正編》，冊八二，卷七，頁191。
〔註192〕〔清〕焦袁熹：《此木軒論詩彙編》，卷一。
〔註193〕〔清〕焦袁熹：《此木軒論詩彙編》，卷一。
〔註194〕〔清〕焦袁熹：《此木軒論詩彙編》，卷一。

不疑也。拾唐人唾棄之餘而珍之貴之，其尤下者，乃至爲
唾棄所不及，而亦汲汲然收之。彼此一貫，竟可定爲誰作，
如是而可以云詩，詩之道何太易哉。〔註195〕

〈與友人論詩戲題〉：「詩家雜擬太癡生，百舌般般學得成。何似秋風
禪噪好，一聲聲是自家聲」〔註196〕，唐代爲詩學高峰期，此後詩人
「拾唐人唾棄之餘而珍之貴之」，雖竭力習得其外貌，卻不得其神，
該作品非自身之物，屬「尤下者」，連秋蟬亦未及。若是今昔事境相
似，而由自身所發，暢己胸懷，雖字句略與古人暗合則無妨，不宜作
仿效觀。《此木軒論詩彙編》卷一復云：

予謂遞相祖述，略相摹傲，亦誠有之。然古今人情不相遠，
事境亦多相似，率爾爲之，不覺暗合，必欲曲避之，道所
不曾道，不得暢己胸懷，亦何貴於此。且未必果得避也，
但可率情恣意而出之，前此曾有以否，豈足計哉。〔註197〕

焦袁熹於其創作中，亦力求擺脫「古人之形貌」。焦袁熹所撰舊稿，
史千里、張起麟等人見之皆以爲眞震川，表示對於焦氏經學成就之肯
定，然焦袁熹晚歲曾自言，頗不以此稿爲滿志，認爲其中猶有震川之
形貌存也。康熙三十三年，當時劭公廉直方正，焦袁熹極推之，然其
講義頗有異同，遵之者率高等，焦氏不能從，故名亞於他，是證焦氏
不爲當代風會所拘。李保泰〈此木軒詩鈔跋〉描述焦氏所處之文壇情
況：

天下傳習之途，競於祿利，移於風會，方其殫精併力於時
文，家喻戶說，莫不斷斷一家之學，雖鄉塾五尺童孺，咸
口熟以傳。我大江南，自韓文懿公首著廓清之效，如宜興
儲氏、金壇王氏，與先生皆繼起有聲，後生爭取法焉。逮
別出爲詩賦，爲考據之交錯，詭時人心，一則靜，二則歧，
其才智傑出之士，厭棄故常，爭新標異，或得有力者主持
之。庸庸者逐影隨聲，是非翕習，顛倒不定，於是向所競

〔註195〕〔清〕焦袁熹：《此木軒論詩彙編》，卷一。
〔註196〕〔清〕焦袁熹：《此木軒論詩彙編》，卷一。
〔註197〕〔清〕焦袁熹：《此木軒論詩彙編》，卷一。

> 競謹守之宗旨，漸次偭越，而諸作者文章之靈，亦無復能
> 如向時之烜著者。〔註198〕

當時「才智傑出之士，多厭棄故常，爭新標異」，其餘文人則「逐影
隨聲，是非翕習，顛倒不定」，「莫不齗齗一家之學」。當時主盟陳子
龍與艾南英（1583～1646，字千子，號天傭子）相互辯難，論文不合，
而兩家文具傳世不朽，為時人相與爭誦。至於焦氏則不為氣習所囿，
為文「無依傍，無沿襲」，李保泰跋復云：

> 陳黃門為雲間幾社主盟，與豫章艾千子論文不合，彼此往
> 復詆諆浸為口實，今兩家文具在，並堪傳世不朽。有明之
> 季，士君子設茅樹坫，雖賢者亦為氣習所囿。然則先生自
> 抒所得，無依傍，無沿襲，不必規規鄉先輩之堂戶，而神
> 解自合，則知雲間又自有先生之詩與文，亦何與於區區顯
> 晦之適然哉？〔註199〕

崇禎元年戊辰秋，豫章孝廉艾千子有時名，甚矜誕，挾諼詐以恫喝時
流，人多畏之。曾謂秦、漢文章不足學，而曹、劉、李、杜之詩，皆
無可取。華亭陳子龍字臥子，年二十，與臨川艾千子論文不合，面斥
之。其詩好推崇右丞，後又摹擬太白，而於少陵微有異同，要亦倔強
語，非由中也。余嘗問曰：「卿何詩為第一？」臥子曰：「『苑內起山
名萬歲，閣中新戲號千秋』，此余中聯得意語也。『祠官流涕松風路，
回首長陵出塞年』；又『李氏功名猶帶礪，斷碑落日海雲黃』，此余結
法可誦者也。」焦袁熹「自抒所得，無依傍，無沿襲」，雖處於雲間
派影響下，然焦袁熹文卻「不類幾社」，其詩「剽竊之所不能工，浮
豔之所不能入，沖夷恬遠與時文同出一原，抑又甚不類雲間派也」，
雖非步武、效顰鄉先輩之堂戶，而其情不相遠，神解自合，是知焦袁
熹作詩、文均獨成一家。儲敷錫〈此木軒詩鈔跋〉亦云：

〔註198〕〔清〕李保泰：〈此木軒詩鈔跋〉，〔清〕焦袁熹：《此木軒詩鈔》，頁
1。
〔註199〕〔清〕李保泰：〈此木軒詩鈔跋〉，〔清〕焦袁熹：《此木軒詩鈔》，頁
2。

其所作詩、古文類非一體，大約文尚韓蘇，論者謂可嗣震
川。詩則早歲學李昌谷，中年學元微之，後乃類杜工部。
至於晚歲咀茹百氏，讀者罕得其來處，蓋獨成一家，不爲
優孟衣冠者也。〔註200〕

焦袁熹轉益多師，獨樹一幟，「讀者罕得其來處」，因而其詩文等「蓋
獨成一家不爲優孟衣冠者也」！

二、讀詩衡文　得其本指

　　焦袁熹於詩文之屬，必求古作者之意，多爲清人鑑賞詩歌所提
及。清‧吳雷發《說詩管蒯》云：

居此地祇許說此地話，亦幸而爲古人，世遠事湮，但能以
意度之耳。〔註201〕

清‧龐塏《詩義固說》亦云：

後人讀之，雖世代懸隔，以意逆志，皆可知其所感。〔註202〕

可顯見「以意逆志」，確爲清人論詩、詮詩所依據之原則。焦袁熹於
詩文之屬，必求古作者之意，而與之齊，如焦氏所著四書，則全如宋
儒口吻；更曾深嘆潘牧詩詞之深美，合古作者之意：

造次出口皆意外驚奇，合於古作者之意，賦詩二章有騷壇
若此，槍旗會好似山中嚇殺人。〔註203〕

詩歌中情感與諷諭寄託之表達，若是讀者設身處地，用心體會古人
之意，則發現吾與古人「神理本不隔，哀樂忽相迎」，必可得其「不
平而鳴」之心志，庶不謬作者之意。焦袁熹此言論主要是針對晚明、
清初以來評點學之批評。如明代吳應箕謂：「大抵古人精神不見於世
者，皆評選者之過也。弟嘗謂張侗初之評時義，鍾伯敬之評詩，茅

〔註200〕〔清〕儲敷錫：〈此木軒詩鈔跋〉，〔清〕焦袁熹：《此木軒詩鈔》，頁
　　　　1。
〔註201〕〔清〕吳雷發：《說詩管蒯》，見丁福保編：《清詩話》（北京：北京
　　　　圖書館出版社，2003年），冊二，頁903。
〔註202〕〔清〕龐塏：《詩義固說》，見郭紹虞編：《清詩話續編》（上海：上
　　　　海古籍出版社，1999年6月），上冊，頁729。
〔註203〕〔清〕焦以敬、焦以恕編：《焦南浦先生年譜》，頁342。

鹿門之評古文，最能埋沒古人精神，而世反效慕恐後，可嘆也。彼一字一句皆有釋評，逐段逐節均為圈點，自謂得古人之精髓，開後人之法程，不知所以冤古人，誤後生者正在此」〔註204〕；王元啓（1714～1786）《祇平居士集・示學者書》卷十四：「至南宋而乃有圈點評贊之文，引學者之心思於浮誇馳競之場。以至有明中葉以後，坊選濫行，雌黃雜出，黃口小兒，學語未成輒復放神高遠，妄肆品題。其所為文，必求句句可以著圈而加贊。其實有識者觀之，知其文理不同而已。」〔註205〕認為評點對於讀者及作者均有不良之影響。焦袁熹即指出明代末學讀古人詩不解意旨，好貪連圈，妄加評歎之弊病：

> 夫古人歌舞之妙，何由得聞且見之然，故可以意求也。歌聲易善，舞態難工，京江之去溧陽，其間又自可容數人，正以此也。此是精微之極，不忍不使人知然，慎勿輒向人言之，恐彼以其至特之見妄相揣量，便謂得之，若明人之論唐音也。〔註206〕

《此木軒論詩彙編》卷一：

> 讀古人詩，失其措言之本指，而妄意評歎，明代諸人皆犯此病，真所謂一旨引眾盲也。〔註207〕

明人解詩免不了受「強行穿鑿」、「湊合其所見」之時代風氣影響。清代姚際恒（1647～1715）約與焦袁熹同時，其《詩經通論》書中即批評漢人說詩之失在於固，宋人說詩之失在於妄，明人說詩之失在於鑿，因於《自序》中提出：「惟是涵泳篇章，尋繹文義，辨別前說，以從其是而黜其非，庶使詩意不致大歧，埋沒於若固、若妄、若鑿之中。」〔註208〕即主張擺脫漢、宋門戶之見，從詩的本文去探求詩的

〔註204〕〔明〕吳應箕：《樓山堂集・答陳定生書》，《四庫禁毀書叢刊》，冊十一，頁443。

〔註205〕〔清〕王元啓：《祇平居士集・示學者書》，《續修四庫全書》，冊一四三〇，卷十四，頁579。

〔註206〕〔清〕焦以敬、焦以恕編：《焦南浦先生年譜》，頁349～350。

〔註207〕〔清〕焦袁熹：《此木軒論詩彙編》，卷一，藏於上海圖書館古籍室。

〔註208〕〔清〕姚際恒：《詩經通論・序》，《續修四庫全書》，冊六二，頁6。

意旨。若因年代邈遠，流傳字句、內容皆失眞，讀者妄加穿鑿附會，
強行湊合本意，作者地下有知，必會嗤笑今人多以私意說詩。焦袁熹
云：

> 古樂府歌曲之屬，年世邈遠，流傳失眞，或非其本字，偶
> 會今情，妄加咨賞，不重爲地下作者所嗤乎咲乎！〔註209〕

焦袁熹解讀文學作品，大都傾向傳統中國文學批評方式，屢屢強調「以
意逆志」，以追求作者之意爲職志，揭示作者主觀意識。然讀者並非
無意識進行閱讀等審美活動，而是會以自身之理解與感受加以批評。
胡應麟謂孟子「以意逆志」之論，是「千古談詩之妙詮」〔註210〕，
反映歷來解詩者對於「以意逆志」之推崇。《孟子‧萬章上》：「說詩
者不以文害辭，不以辭害志，以意逆志，是爲得之。」〔註211〕孟子
認爲，評論詩的人，既不能根據詩的個別字眼斷章取義地曲解辭句，
也不能用辭句的表面意義曲解詩的眞實含義，而應該根據作品的全篇
立意，來探索作者的心志。東漢趙歧（？～201）注云：「以己之意逆
詩人之志，是爲得其實矣。」〔註212〕趙歧此說對於宋儒經學方法產
生較大影響，對於「己意」之規範性問題，開始有深刻之理論探討。
朱熹《孟子集注》：「言說詩之法，不可以一字而害一句之義，不可以
一句而害設辭之志，當以己意迎娶作者之志，乃可得之。」〔註213〕
朱熹爲避免解經時「強行穿鑿」、「湊合所見」、「以私意逆之」等問題，
實非注重解詩時「至與否，遲與速」，甚至強調「不敢有一毫自必之
心」，對於「己意」持謹愼態度。〔註214〕然而鑑於「己意」難以捉摸，

〔註209〕〔清〕焦袁熹：《此木軒論詩彙編》，卷一。

〔註210〕〔明〕胡應麟：《詩藪內編》，吳文治主編：《明詩話全編》（南京：
　　　　江蘇古籍出版社，1997年），冊五，卷一，頁5536。

〔註211〕〔漢〕趙歧注，〔宋〕孫奭疏：《孟子注疏‧萬章上》，《十三經注疏》，
　　　　冊八，卷九，頁164。

〔註212〕〔漢〕趙歧注，〔宋〕孫奭疏：《孟子注疏‧萬章上》，《十三經注疏》，
　　　　冊八，卷九，頁164。

〔註213〕〔宋〕朱熹：《四書章句集注》（北京：中華書局，1983年），頁324。

〔註214〕譚德興：〈論「以意逆志」的理論闡釋、實踐操作及問題〉，《湖南文
　　　　理學院學報》（社會科學版）第31卷第5期，2006年9月，頁27。

雖或有認爲不應該以讀者主觀之意去解詩，而宜以作者之意去逆作者
之志者〔註215〕，然後人多從趙歧、朱熹注解，認爲應該以己意迎取
作者之志。焦袁熹〈讀書〉一詩即言：

> 吾生千載後，永念古人情。六籍垂至今，匪徒記姓名。神
> 理本不隔，哀樂忽相迎。古人豈異哉，不平而自鳴。俛仰
> 三歎息，巨之百感生。斲輪笑糟魄，那知舍至精。〔註216〕

焦氏所謂「古人豈異哉」，認爲「讀者之意」能等同於「作者之志」，
則根據於「古今性情一也」〔註217〕，故自可揆度古人之意。然讀者
人人所得之意不同，若均等同作者之志，豈非作者之志本有萬千？因
而南宋姚勉（1216～1262）云：

> 古今人殊，而人之所以爲心則同也，心同，志斯同矣。是
> 故以學《詩》者今日之意，逆作詩者昔日之志，吾意如此，
> 則詩之志必如此矣。《詩》雖三百，其志則一也。雖然，不
> 可以私意逆之也。橫渠張先生曰：「置心平易始知詩。」夫
> 惟置心於平易則可以逆志矣，不然鑿吾意以求，果詩矣乎！
>
> 〔註218〕

姚勉主張論詩必須「摒除私意」，「置心於平易」方可逆古人志；焦袁
熹據此發揮，認爲讀者讀者必須「設身處地，虛心平氣而體味之」才
能眞得古人之意：

〔註215〕〔清〕吳淇：《六朝選詩定論》，《四庫全書存目叢書補編》（濟南：
齊魯書社，2001年），冊十一。「漢、宋諸儒以一『志』字屬古人，
而『意』爲自己之意。夫我非古人，而以己意說之，其賢於蒙之見
也幾何矣！不知志者古人之心事，以『意』爲輿：載『志』而游，
或有方、或無方，『意』之所到，即『志』之所在，故以古人之意求
古人之志，乃就詩論詩，猶之以人治人也。」

〔註216〕〔清〕焦袁熹：《此木軒詩集》，卷二，藏於上海圖書館古籍室。

〔註217〕〔宋〕嚴粲〈詩緝序〉：「古今性情一也，人能會孟氏說《詩》之法，
涵詠《三百篇》之性情，則悠然見詩人言外之趣。」收錄於《國立
中央圖書館善本序跋集錄·經部》（臺北：國立中央圖書館編印，1992
年，6月），頁171。

〔註218〕〔宋〕姚勉：《雪坡集·詩意序》，《景印文淵閣四庫全書》，冊一一
八四，卷三七，頁252。

> 詩雖極易曉解之句，若非設身處地、虛心平氣而體味之，
> 必有誤會誤解而不自覺者，誤之既久，以爲固然。忽聞達
> 者之論，反堅距而不信矣，又安望其自然省寤乎，此世人
> 之通病。〔註219〕

詩體裁雖短小，雋永可喜，且多易通曉之句，但非「設身處地、虛心
平氣而體味之」，當會失其本指，而發爲誤會之語，歷時久則積非成
是，此爲世人之通病矣。焦氏認爲解詩必須得作者用心所在，方能通
作者之意。評論作品之人，既不能從個別字句出發，曲解作品的中心
意旨，也不能從辭句之表面意義去解釋作品，從而曲解其思想，只有
從作品的全局著眼，去探索作者的意圖，從而分析作品的內容，才是
正確的批評方法。〔註220〕畢竟文學作品在其傳播過程中所不斷增加
的某些意義已漸具約定俗成之性質，因此解說詩歌，不要見片言隻語
便望文生義，主觀武斷、牽強附會，則未眞能得詩人之本意，其誣甚
矣！尤以明代以來，一方面受陽明學說之影響，傾向於「《六經》注
我」、「以我讀書」；一方面漢、宋學之興替、經義紛紜，也讓解經者
體認古今人我之殊，作者之意殆不可求，進而肯定讀者主觀的閱讀感
受〔註221〕，故焦袁熹於其批評實踐中仍不自覺融入讀者在閱讀過程
中所參與之重要性，此同於當代西方詮釋學原以奉作者爲圭臬，進行
調整便逐漸轉向「接受美學」發展之體現。〔註222〕其論詩、論詞等
批評大致皆爲客觀之言，但仍可見焦氏所持之觀點與理解。

三、文體本色　各擅其絕

　　焦袁熹認爲諸文體若「各從其本色而論之，則固不容無高下之差

〔註219〕〔清〕焦袁熹：《此木軒論詩彙編》，卷一。
〔註220〕敏澤：《中國文學理論批評史》（北京：人民文出版社，1981 年），
　　　　頁 36。
〔註221〕侯師美珍：《晚明詩經評點之學研究》，國立政治大學中國文學研究
　　　　所博士論文，2003 年，頁 262。
〔註222〕賴干堅：《闡釋派批評方法》，《西方文學批評方法評介》（廈門：廈
　　　　門大學出版社，1986 年 7 月），頁 41～78。

也」。「本色」語出《晉書・天文志》：「凡五星有色，大小不同，各依其行，而順時應節……不失本色而應四時者，吉。」〔註223〕而將「本色」一詞用於文學批評殆源自劉勰，《文心雕龍・詮賦》：「原夫登高之旨，蓋覩物興情。情以物興，故義以明雅；物以情觀，故詞必巧麗。麗詞雅義，符采相勝，如組織之品朱紫，畫繪之著玄黃。文雖新而有質，色雖糅而有本，此立賦之大體也。」〔註224〕又《文心雕龍・通變》：「今才穎之士，刻意學文，多略漢篇，師範宋集，雖古今備閱，然近附而遠疎矣。夫青生於藍，絳生於蒨，雖踰本色，不能復化。」〔註225〕「本色論」作爲詩學理論的重要命題，濫觴於宋人詩話〔註226〕，最早見於陳師道《後山詩話》對蘇軾之評論：「退之以文爲詩，子瞻以詩爲詞，如教坊雷大使之舞，雖極天下之工，要非本色。今代詞手，唯秦七、黃九爾，唐諸人不迨也。」〔註227〕此係指諸文體自有其特色。逮元代，劉祁則反對文體之間通融互攝，以達到嚴格之「辨體」：

> 文章各有體，本不可相犯欺。故古文不宜蹈襲前人成語，當以奇異自強。四六宜用前人成語，復不宜生澀求異。如散文不宜用詩家語，詩句不能用散文言；律賦不宜犯散文言，散文不宜犯律賦語，皆判然各異。如雜用之，非惟失體，且梗目難通。然學者暗於識，多混雜交出，且互相詆誚，不自覺知。此弊雖一二名公不免也。〔註228〕

〔註223〕〔唐〕房玄齡等注，〔清〕錢大昕等考異：《晉書斠注・天文志》，《二十五史》，冊八，卷十二，頁194。

〔註224〕〔梁〕劉勰：《文心雕龍・詮賦》，《文淵閣四庫全書》，冊一四七八，卷二，頁13～14。

〔註225〕〔梁〕劉勰：《文心雕龍・通變》，《文淵閣四庫全書》，冊一四七八，卷六，頁43。

〔註226〕謝柏梁：《中國分類戲曲學史綱》（臺北：臺灣商務印書館，1994年），頁382。

〔註227〕〔宋〕陳師道：《後山詩話》，《景印文淵閣四庫全書》，冊一四七八，頁10。

〔註228〕〔元〕劉祁：《歸潛志》，《景印文淵閣四庫全書》，冊一〇四〇，卷十二，頁312。

明代王世貞又在《藝苑巵言》云：「之詩而詞，非詞也。之詞而詩，
非詩也。」〔註229〕對文體越界予以嚴格限制。雖然絕對化之孤立分
隔，恐導致文體限於陳陳相因之境地，然若爲維護文體賴以成立之體
製風格，防止交融互動中而喪失文體之獨特性，「本色論」主張有其
合理的方面。焦袁熹所作〈曹子諤廷第二書〉亦各言諸文體之「本色」，
並舉出各文體代表人物，略云：

> 屈宋之騷賦，蘇李十九首之詩，若此之屬出聖人，神不可
> 下讚語。漢人之賦司馬淵雲造極神妙，每一讀〈大人〉〈甘
> 泉〉〈洞簫〉，遂令班張以下諸文不堪久讀，故舉此三人，
> 即其餘可不論矣。唐人之詩，右丞有天子之目，李杜大家
> 但可爲其輔弼，舉右丞，則他之美無以逾之矣。古文自唐
> 以來退之、子瞻、震川斯爲上品，而震川窮寒老死，高文
> 大篇多藏在胸腹間，其寫在紙上者，什纔一二，故古文但
> 舉退之而已。他如駢體之推任昉，詩餘之首周邦彥，其道
> 小其故愈難言，亦且置之不論矣。制科之文蓋與唐人相敵，
> 而守溪實當右丞爲千秋絕調，前書已略陳之。守溪一宗至
> 溧陽，始窮極美妙無以復加，而京江則本朝之守溪也，故
> 制科文舉此二公以當馬揚諸人，非無説也。〔註230〕

而清人言詞之本色，是其辨體論中一個重要觀念。焦袁熹提出「詩餘
之首周邦彥」，足見焦袁熹認爲詞學上承兩宋以來之傳統，主張詞以
周邦彥所代表之婉約爲本色，而蘇軾「以詩爲詞」，其詞則非本色，
因此焦氏將蘇軾作爲古文類之代表之一，而非「詩餘」。

　　詞稱「詩餘」，有其淵源，是文士用以鄙薄詞體之貶辭。唐宋以
來，一般人往往認爲詞爲「綺筵公子，綉幌佳人」爲格局之豔科小曲，
更是文人「敢陳薄技，聊佐清歡」〔註231〕以娛賓遣興之小道末技，

〔註229〕〔明〕王世貞：《藝苑巵言・詞之正宗與變體》，唐圭璋主編：《詞話
　　　　叢編》，冊一，頁385。
〔註230〕〔清〕焦以敬、焦以恕編：《焦南浦先生年譜》引〈曹子諤廷第二書〉，
　　　　頁345～346。
〔註231〕〔宋〕歐陽脩：《歐陽修全集》（北京：中國書局，1991年6月），

錢惟演更直言「平生惟好讀書，坐則讀經史，臥則讀小說，上廁欲閱小詞」〔註232〕，由宋迄明，陳陳相因，一仍其舊，由此批評可以瞭解詞被鄙薄之梗概。由宋迄元末並未改變，到明代中葉，此名稱甚至蔚爲盛行，從而引起新的探討與爭議。入清，焦袁熹所處江南地區人文薈萃、山川秀麗，一直爲詞學淵藪，更得風氣之先。詞人雖承認詞爲詩餘之說法，卻推尊詞體地位。陸進〈西陵詞選序〉：

> 予以爲詞者，詩之餘。三言，夏侯湛始也；四言，韋孟風
> 楚王戊始也；五言，蘇武、李陵始也；六言，始於谷永；
> 七言，始於漢武帝柏梁臺詩。而其源發於三百篇，故詞之
> 格，猶有古詩之遺焉。〔註233〕

以詞之長短句格式，上溯詞之源流，歸之於「其源發於三百篇」，透過攀《詩》附《騷》爲詞學正名，此爲明末清初詞人普遍流行之觀念。如清・朱彝尊略早於焦袁熹，其〈靜惕堂詞序〉崇尚詞體云：

> 念倚聲雖小道，當其爲之，必崇爾雅，斥淫哇，極其能事，
> 則亦足以宣昭六義、鼓吹元音。〔註234〕

而焦袁熹以「詩餘」之名稱詞，是肯定「詞」爲詩餘緒之說法。然焦氏雖認爲詞爲小道，更同時指出由於其道小，其故愈難言也，若能於詞中寄寓志意、且出於眞性情，則「詩餘」足以上推於《詩》、《騷》。焦氏之主張雖非如朱彝尊將詞作爲「宣昭六義、鼓吹元音」的工具，然兩者推尊詞體之立場則無異。

其次，焦袁熹指出文人各擅其絕，不必諸體得兼，《此木軒論詩彙編》卷一云：

> 或以李杜不能兼韓柳之長以爲惜者，非責之所以不能，乃

　　　　頁 1055。

〔註232〕〔宋〕歐陽脩：《歐陽修全集・歸田錄》（北京：中國書局，1991 年
　　　　6 月），頁 1026。

〔註233〕〔清〕陸進：〈西陵詞選序〉，〔清〕陸進、俞士彪編：《西陵詞選》，
　　　　南京圖書館藏康熙十四年刻本。

〔註234〕〔清〕朱彝尊：〈靜惕堂詞序〉，見〔清〕曹溶：《靜惕堂詞》，見《清
　　　　辭別集百三十四種》（臺北：鼎文書局，1976 年 8 月），冊一，頁 75。

是責之以所不可也。麒麟鳳凰，各長其族，鳳有麟角，麟
生鳳羽可乎？不可也。〔註235〕

歐公云：「牡丹花之絕而無甘實，荔枝果之絕，而非名花。」
余謂二物各擅其絕之一，不可得兼，亦不必兼也。牡丹以
飫人之目，荔枝以飫人之口，人得兼而有。至如文章之美，
亦有似此者，世人必欲古人之兼之，亦安可得耶？〔註236〕

以「麒麟鳳凰，各長其族」，「牡丹以飫人之目，荔枝以飫人之口」指
出文人各有所長，不必得兼，否則造成「鳳有麟角，麟生鳳羽」，以
致失其本色，困惑矛盾之窘境，豈不怪乎？

　　最後，焦袁熹指出「各從其本色而論之，則固不容無高下之差
也」。特指出所謂制科之文至妙、至美者，必歸於溧陽史騏生（號千
里）、京江張起麟（號鈞灘）二公，然就其本色論之，二者亦有高下
之分：

彙此數種之文於一處，而玩之、咏之、咀之，所謂天下之
至美，至美、至妙、至妙者果何所歸乎？必有所歸也。則
歸於溧陽、京江二公，又非無說也。……制科之文，前輩
苦心於此者，其故有二：其一發明義理，比附經傳，求其
不差；其一則在文字美妙，大畧在容節之間者，固為至極。
而真知文章之味者，所取乃在此不在彼，何者？發明義
理，南渡以來無遺憾矣，其事故有所止也。且制科之文其
所以可當唐人一代之詩者，正以其聲情氣味之間美妙無
極，而不徒存乎義理之是非也。前輩費許心力全在乎此，
於此忽而不察，則評量高下，無往而不謬矣！前輩未嘗不
知而不自言之，以謂此不易言，且亦不便自讚故；或但舉
其粗跡以教人耳，豈可謂昔之人無聞知也。……京江之
美，美非特以其氣度，若但觀其氣度，則於昆湖誠為似之
耳。純然為制科之文者，如前代烏程、二沈之流，豈不足
當此品目而便謂之勝絕，亦未然也。……京江之去溧陽，

〔註235〕〔清〕焦袁熹：《此木軒論詩彙編》，卷一。
〔註236〕〔清〕焦袁熹：《此木軒論詩彙編》，卷一。

其間又自可容數人，正以此也。此是精微之極，不忍不使
人知然。〔註237〕

焦袁熹舉溧陽史騏生、京江張起麟二公之文，均以爲猶美者，然二公
亦有優劣之分，其關鍵極爲細微，就其「本色」而言之，則足以評量
高下，庶乎無有謬者矣！焦袁熹認爲爲文應養其生氣，重其精氣神
明，其論文大指如此，今備錄焉。如其〈答張鈞灘書〉云：

> 嘗試以意度之文章者，生氣之所爲也；動乎天倪不知其然
> 而然，皆生氣也。譬之龍馬，蟄於淵，飛於天，鱗甲之張，
> 爪尾之奮，雲雨翁然而自從不可之其所以然也，無他，生
> 氣存焉耳。如搏土而象之，聚金錫革羽丹青粉澤之類，而
> 一一爲之鱗焉、甲焉、爪焉、尾焉，號呼而振掉之曰龍也，
> 其不能以興雲致雨亦明矣。爲文而使人得窺尋其經營設施
> 之迹，黽勉有亡之狀，則其中之所存者，蓋可知矣。試取
> 古人之文，讀之渾然天成，變態百出，未有能知其所以然
> 者也。此非葉公所好之龍，眞龍也。然此不可以速成，要
> 當俟其自至耳。莊周有言風之積也不厚，則其負大翼也無
> 力，故九萬里則風斯在下矣，是在養其生氣而已矣。〔註238〕

又〈答史千里書〉云：

> 夫文猶人身然，耳目聰明、手足便利，動止語默，疾徐進
> 退，無適而不宜，是其然有所以然也，所以然者。精氣神
> 明之爲之也。論其然而不論其所以然，則如土木神像被以
> 丹青，加以旒冕而端拱於一室之中，固不可以爲人矣。若
> 其巧爲機發，如傀儡極其技，如偃師而止，是亦土偶之類
> 而已矣！豈以倏忽之間，眩惑婦孺，挈其上而下隋，牽其
> 左而右動，能貴能拜能低能昂，而遂以爲生人乎哉？〔註239〕

不僅爲文如此，各文體當求諸「本色」，並用以比較文人之優劣：

〔註237〕〔清〕焦以敬、焦以恕編：《焦南浦先生年譜》，頁347～350。

〔註238〕〔清〕焦以敬、焦以恕編：《焦南浦先生年譜》引〈答張均灘書〉，
頁334～336。

〔註239〕〔清〕焦以敬、焦以恕編：《焦南浦先生年譜》引〈答史千里書〉，
頁334。

　　……正如庾開府之文，豈得加於任彥昇；而西崑之詩亦豈
　　能居錢、劉之上，又無論右丞也。但韓之美妙，只以自媚，
　　非以媚人，此則人所不盡知耳。韓於諸體非有不能，而所
　　自喜處，必在「本色」（古人每事皆然）。各從其本色而論
　　之，則固不容無高下之差也。〔註240〕

焦袁熹所用「本色」一詞，可解為文人所擅長之處，於文體方面，則
應符合「文體之色」。焦氏更於底下自注：「古人每事皆然」，所論可
引伸至其詩、詞、畫、書等範疇，於其文學批評之實踐上，則依據詞
體之本色討論。

　　焦袁熹之思想概說，非特指詞學思想而論，甚至多由論詩、論文
之觀點而來。雖焦氏年少即作詞，然其詞學思想並未成熟，直至《此
木軒直寄詞》定名，又纂編《樂府妙聲》所作大型組詞之「論詞長短
句」，方為其詞學思想之完熟點。而其文學批評之經驗，自然會相互
影響，甚至移植於其他領域所用，故瞭解焦袁熹基本思想概況，將有
助於認識其詞學思想之建構，以及批評創作之實踐。

〔註240〕〔清〕焦以敬、焦以恕編：《焦南浦先生年譜》，頁351～352。

第三章　焦袁熹之詞學觀

　　關於焦袁熹之詞學觀，最明顯的是對雲間詞派之賡續和傳承，但並非沿陳子龍餘緒而「心摹手追」〔註1〕；既有對雲間詞學觀作無言之修正，其創作實踐亦不類雲間詞派。或謂其「未脫浙西詞派窠臼」〔註2〕，遂將焦袁熹歸於浙西詞派，殆因焦氏詞中多闋提及瓣香朱彝尊之語，且曾為朱氏《江湖載酒集》作一題詞之故。細觀焦袁熹詞風，雖曾廣泛學習姜夔、張炎等人在內之南北詞人，卻一直保持著自己的出語勁直的特點，實與浙西詞派風貌相去甚遠。〔註3〕焦氏之詞學觀念非主一格，兼採各家而有所突破，此可從其詞集《此木軒直寄詞》之命名，以及其「論詞長短句」中窺見一斑。

第一節　詞學宗尚：推崇南唐北宋爲詞學高峰

一、南唐北宋　婉約正宗

　　焦袁熹推崇南唐、北宋爲詞學高峰，明顯受當時代詞學風氣所影響，更是對浙派獨尊南宋所起之反駁。鑑於明朝以來，詞道式微，幾

〔註1〕〔清〕謝章鋌：《賭棋山莊詞話》，唐圭璋主編：《詞話叢編》，冊四，卷八，頁3426。

〔註2〕馬興榮、吳熊和、曹濟平主編：《中國詞學大辭典》（浙江教育出版社，1996年），頁212。

〔註3〕裴喆：〈清初詞人焦袁熹及其論詞詞〉，「2010西安・詞學國際學術研討會」論文集，西安：陝西師範大學主辦，2010年10月，頁1。

社文士倡為「小詞」，雲間詞派代表詞人陳子龍（1608～1647）以南唐、北宋詞為圭臬：「詩餘始於唐末，而婉暢穠逸，極於北宋」〔註4〕，認為南唐、北宋詞意辭並茂、高澹渾厚，實為詞之極境。南渡以後，詞道體格精神漸趨消歇。其〈幽蘭草詞序〉中論述尤詳：

> 自金陵二主以至靖康，代有作者，或穠纖婉麗，極衰豔之情；或流暢澹逸，窮盼倩之趣。然皆境由情生，辭隨意啓，天機偶發，元音自成，繁促之中尚存高渾，斯為最盛也。南渡以還，此聲遂渺，寄慨者亢率而近乎傖武，諧俗者鄙淺而入於優伶，以視周、李諸君，即有彼都人士之嘆。元濫填詞，茲無論焉。〔註5〕

陳子龍認為詞體創作的最高成就，當在南唐、北宋，以李璟父子、周邦彥、李清照為最盛期之典範，推崇為「元音」，對於「寄慨者亢率而近乎傖武」之豪放詞風，和「諧俗者鄙淺而入於優伶」之俚俗詞風加以否定，力圖挽救南渡以後詞壇衰敗之局面，恢復五代北宋時期自然、蘊藉、宏麗的詞風。謝章鋌《賭棋山莊詞話》言雲間詞派以晚唐、北宋為宗，「自吳梅村以逮王阮亭，翕然從之，當其時，無人不晚唐」〔註6〕，幾社諸子幾乎無人不染指詞翰，相互唱和。清初人們普遍接受雲間詞派宗五代、北宋之觀念，焦袁熹亦持此觀點，但非類雲間諸子「不肯入姜之琢語，亦不屑為柳七俳調」〔註7〕，而係以肯定「純情自然」、「意境高渾」之角度立論，將南唐、北宋推為詞學盛時之典範。其〈鵲橋仙·自題直寄詞〉二首之一即表明其詞尚南唐北宋之立場：

〔註4〕〔明〕陳子龍：〈三子詩餘序〉，《安雅堂稿》（臺北：偉文圖書出版公司，1977年9月），上冊，卷三，頁191～192。

〔註5〕〔明〕陳子龍：〈幽蘭草詞序〉，《安雅堂稿》（臺北：偉文圖書出版公司，1977年9月），上冊，卷五，頁280。

〔註6〕〔清〕謝章鋌：《賭棋山莊詞話·續編》，唐圭璋：《詞話叢編》，冊四，卷三，頁3530。

〔註7〕〔清〕沈雄：《古今詞話·詞評》，唐圭璋：《詞話叢編》，冊一，卷下，頁1038。

陽春白雪，哀弦清脆，敢望南唐北宋。鶯兒燕子語惺忪。也只是、舌頭學弄。　　亡來朱十，不知年月，覓了瓣香惶恐。尋常言語總難工。又那得、許多骨董。（《全清詞・順康卷》，冊十八，頁 10593）

「陽春白雪，哀弦清脆」一語，指出南唐、北宋詞之所以爲詞史高峰的兩個顯著特點：一是「文雅」、二是「抒情」。南唐文化中崇尚「雅正」傳統，君臣爲人多好文雅，其創作風格頗爲一致，又有眾多飽學之士染指詞章，脂香粉膩趨淡，情調漸趨雅致，標誌著詞體文學由伶工之詞向士大夫之詞的演變，詞之創作活動主要發生在臺閣，歡歌佐酒與戲謔詼諧之間，文雅風流，於斯爲盛。然而南唐君臣對於詞體的功能並非停滯在「資羽蓋之歡」、娛賓遣興之上，動盪的時局與悲劇性的人生際遇，促使其詞轉爲抒寫情性，表現出重抒情的創作傾向，宣欲蓋寡。清代「論詞絕句」亦有提及南唐整體詞風者，如陳聶恆（1673～1723 後）〈讀宋詞偶成絕句十首〉之九云：「南唐小令憐悽惋，南宋之時句亦工」、朱小岑（1716～1755）〈論詞絕句二十二首〉之一曰：「南國君臣豔綺羅，夢回雞塞欲如何。不緣臨國風聞得，璧月瓊枝未詎多。」﹝註8﹞均標舉南唐「悽惋」、「綺豔」等風格特色。龍榆生《南唐二主詞敘論》：

> 詩客曲子詞，至《花間》諸賢，以臻極盛。南唐二主，乃一掃浮豔，以自抒身世之感與悲憫之懷；詞體之尊，乃上躋於《風》《騷》之列。此尤其知音識曲，而又遭罹多故，思想與行爲發生極度矛盾，刺激過甚，不其然而進作愴惻哀怨之音。﹝註9﹞

﹝註8﹞ 此詩傾向討論李璟與馮延巳事，似由明人王世貞《藝苑巵言》所載：「花間猶傷促碎，至南唐李王父子而妙矣。『風乍起，吹皺一池春水。關卿何事。』與『未若陛下小樓吹徹玉笙寒，此語可聞鄰國。』然是詞林本色佳話。雲破月來花弄影郎中，紅杏枝頭春意鬧尚書，意似祖述之，而句小不逮，然亦佳。」一事而議，較無涉及李煜詞，故略論之。見〔明〕王世貞：《藝苑巵言》，唐圭璋主編：《詞話叢編》，冊一，頁 387。

﹝註9﹞ 龍榆生：〈南唐二主詞敘論〉，《龍榆生詞學論文集》（上海：上海古

清・馮煦〈陽春集序〉亦云：

> 翁（馮延巳）俯仰身世，所懷萬端，謬悠其辭，若顯若晦。
> 揆之六義，比興爲多。……其旨隱，其詞微，類勞人思婦、
> 羈臣屛子，鬱伊愴怳之所爲。翁何致而然耶？周師南侵，
> 國勢岌岌，中主旣昧本圖，汶闇不自強，強鄰又鷹瞵而鶚
> 睨之，而務高拱，溺浮采，芒乎芴乎，不知其捽及也。翁
> 具才略，不能有所匡救，危苦煩亂之中，鬱不能自達者，
> 一於詞發之。其憂生念亂，意内而言外，迹之唐五季之交，
> 韓致堯之於詩，其義一也。〔註10〕

南唐詞家憑藉著直接人生際遇、特定情事的契機而產生創作，詞作寄
寓俯仰人生的嘆息與不盡的家國身世之慨。「重抒情」是南唐文學以來
思想的重要方面，徐鉉於此有明確的理論論述，其〈蕭庶子詩序〉云：

> 人之所以靈者，情也。情之所以通者，言也。或情之深，
> 思之遠，鬱積乎中，不可言盡者，則發爲詩。詩之貴於時
> 久矣。〔註11〕

此序作於南唐中主保大十五年（957），徐鉉認爲人之所以有靈，在於
人之有情也。情思積鬱乎中，不能自已，乃發而爲詩，所以能貴於時
久也。焦袁憙取法南唐，即以風雨傷春的哀情描摹南唐氣象，南唐詞
較之於《花間》不同之處在於，詞人不侷限於塗金敷粉，而偏重於意
態神色。《詩藪・雜篇》卷四：「（後主）樂府爲宋人一代開山祖。蓋
溫、韋雖藻麗，而氣頗傷促，意不勝辭。至此君方是當行作家。清便
婉轉，詞家王、孟也。」〔註12〕陳子龍更以爲金陵二主之詞，「皆境
由情聲，詞隨意啓，天機偶發，元音自成。」〔註13〕崇尙北宋，即以

籍出版社，1997 年），頁 202～208。

〔註10〕〔清〕馮煦：〈陽春集序〉，施蟄存主編：《詞籍序跋萃編》，頁 17～
　　　　18。

〔註11〕〔南唐〕徐鉉：《徐騎省集》，《國學基本叢書》（臺北：臺灣商務印
　　　　書館，1968 年 12 月），卷十八，頁 185。

〔註12〕〔明〕胡應麟：《詩藪・雜篇》（臺北：文馨出版社，1973 年 5 月），
　　　　卷四，頁 279。

〔註13〕〔明〕陳子龍：〈幽蘭草詞序〉，《安雅堂稿》（臺北：偉文圖書出版

清新精巧的語言意象復合神味雋永的情詞。北宋詞多爲應歌而作，語言清新自然，多即景抒情，聲調諧婉，頗富韻致。陳子龍〈王介人詩餘序〉言：「惟宋詞人專力事之，篇什既多，觸景皆會，天機所啓，若出自然。雖高談大雅，而亦覺不可廢。」更進一步指出宋詞不同於宋詩之處：「宋人亦不免於有情也，故凡其懽愉愁怨之致，動於中而不能抑者，類發於詩餘，故其所造獨工，非後世可及。」〔註14〕故焦袁熹以「文雅」、「抒情」的詞體特徵，肯定南唐、北宋詞之成就。

　　雲間詞派只師法南唐北宋，走的是花間纖豔之仄徑，褊狹之取向不免有些作繭自縛。而焦袁熹雖主南唐、北宋詞，但其「論詞長短句」中對於南宋詞人評論數量遠超過北宋，是可見焦氏徹底瞭解南、北詞人作品後，經過咀嚼分析，相互比較，進而推舉南唐、北宋詞爲詞史高峰，絕非主觀臆測。同時焦氏亦不廢南宋詞人，雖不滿詞作鑿刻藻飾之僵化，或是浙派末流仿效之惡習，但對於南宋詞人姜夔、張炎一派詞人以清剛之筆寫柔情，更開「清空」之詞境，仍不吝予以肯定揄揚。對於豪放詞家，亦能稱譽其詞之長，如辛棄疾及陸游二人，雖屬南宋豪放詞人之列，焦氏各分別有兩首專論其人其詞，客觀地表述其對於南宋詞人具體認識。

　　詞之正變是康熙年間詞學關注的論題之一。「正變」原是漢儒對《詩經》之類型分析，將盛世之詩稱爲正風正雅，衰世之詩視作變風變雅，主要著眼於詩與社會興衰治亂之關係。〔註15〕後人論詞由此得到啓發，亦將詞分爲正變兩體，明代張綖《詩餘圖譜・凡例》曰：

> 按詞體大畧有二：一體婉約，一體豪放。婉約者欲其詞情
> 蘊藉，豪放者欲其氣象恢弘。蓋亦存乎其人。如秦少游之
> 作，多是婉約；蘇子瞻之作，多是豪放。大抵詞體以婉約

　　　　　公司，1977 年 9 月），上册，卷五，頁 280。

〔註14〕〔明〕陳子龍：〈王介人詩餘序〉，《安雅堂稿》（臺北：偉文圖書出
　　　　　版公司，1977 年 9 月），上册，卷三，頁 194。

〔註15〕詳參蔣哲倫：〈詞學正變觀與「意內言外」〉，《江海學刊》第 3 期，
　　　　　1992 年 5 月，頁 162～169。

　　爲正，故東坡稱少游爲今之詞手；後山評東坡詞『雖極天
　　下之工，要非本色』。今所錄爲式者，必是婉約，庶得詞體，
　　又有惟取音節中調，不暇擇其詞之工者，覽者詳之。〔註16〕

張綖以形式和內容兩方面理解「婉約」，即形式的婉約柔美和內容的
深厚隱微，並提出「詞體爲婉約爲正」，但非認爲婉約、豪放有優劣
之分。崇婉約抑豪放係王世貞之論調，其《藝苑卮言》云：「李氏、
晏氏父子、耆卿、子野、美成、少游、易安至矣，詞之正宗也。溫、
韋豔而促，黃九精而險，長公麗而壯，幼安辨而奇，又其次也，詞之
變體也。」〔註17〕萬曆年間徐師曾《文體明辨序說》「詩餘」一條亦
云：「至論其詞，則有婉約者，有豪放者。婉約者欲其詞情醞藉，豪
放者欲其氣象恢弘，蓋雖各因其質，而詞貴感人，要當以婉約爲正。
否則雖極精工，終乖本色，非有識之所取也。」〔註18〕陳子龍詞學理
論更是李清照「別是一家」論點之繼承與發揚，強調詞體之獨特性及
以婉約爲宗。〔註19〕以上諸公均以「清麗側豔」爲詞的主要特徵而極
力崇揚詞不同於詩的香倩軟媚，力主婉約爲優，豪放不足觀。殆至清
初，王士禎（1634～1711）則明確指出婉約、豪放「第當分正變，不
當分優劣」，其〈倚聲集序〉：「詩餘者，古詩之苗裔也。語其正則南
唐二主爲之祖，至漱玉、淮海而極盛，高、史其嗣響也。語其變則眉
山導其源，至稼軒、放翁而盡變，陳、劉其餘波也。」〔註20〕主張婉
約爲正、豪放爲變的觀念，但是婉約、豪放二者不當分優劣，不能輕

〔註16〕〔明〕張綖：《詩餘圖譜・凡例》，《續修四庫全書》，冊一七三五，
　　　　頁473。
〔註17〕〔明〕王世貞：《藝苑卮言》，唐圭璋主編：《詞話叢編》，冊一，頁
　　　　385。
〔註18〕〔明〕徐師曾：《文體明辨序說》，王水照編：《歷代文話》（上海：
　　　　復旦大學出版社，2007年11月），冊二，頁2136。
〔註19〕蘇菁媛：《陳子龍詞學理論及其詞研究》，國立彰化師範大學國文學
　　　　系碩士論文，2004年，頁134～135。
〔註20〕〔清〕王士禎：《帶經堂集・倚聲集序》，《續修四庫全書》（上海：
　　　　上海古籍出版社，2002年，據清康熙五十年（1711）程哲七略書堂
　　　　刻本影印），冊一四一四，卷四十一，頁331。

此重彼，抑豪重婉。〔註21〕

　　焦袁熹雖不喜王士禎之「神韻說」〔註22〕，但於此方面之論詞立場與王士禎同調，就其「論詞長短句」所體現之論詞意旨，是證焦氏對於豪放詞派之存在，仍給予概括式觀照和肯定，表面上是接續張綖之觀點，實則是對雲間詞派詞學觀之修正。焦袁熹崇尚柳、周，但並非以此爲唯一之標準來否定其他詞風，對詞之格調頗能兼容並蓄，焦氏批評蘇軾「一生不耐專門學，天雨才華。亂撒泥沙」，但對於蘇詞在柳詞外另立一家之詞壇地位，仍予以肯定。此外，對於辛棄疾、陸游、張元幹等人之豪放詞作均頗欣賞，尤其對辛稼軒詞持肯定態度：

　　　　辛家樂府知何似，起舞青萍。四座都醒。羯鼓聲高眾樂停。

　　　　　胸中塊壘千杯少，髮白燈青。老大飄零。激越悲涼不

可聽。(《全清詞‧順康卷》，冊十八，頁 10582)

辛棄疾胸次浩然，骨力遒勁，其詞豪壯絕不流於粗獷叫囂，而在豪壯中蘊蓄一分淒美纏綿之境，於沉鬱悲憤中透過一派豪邁飄逸之氣概。〔註23〕故焦袁熹對於辛棄疾之評價可謂允當，雖認爲稼軒詞屬變調，但仍極欣賞其風格迥異於婉約詞的豪健詞風。然而後世詞人無稼軒際遇、才情者，爭相效顰，反流於鄙野，粗莽盡見，故焦袁熹批評學步之辛派詞人，其詞云：

　　　　癡兒騃女知何限，學語幽鳴。滴粉搓酥。看取堂堂一丈夫。

〔註21〕歷經鼎革之亂後，陳維崧（1625～1681）提倡豪放，兼容婉約，其詞亦「婉約」、「豪放」兩體兼備，然陽羨詞派一派豪壯雄音，主要應其異代背景而發，遺民崩迸滿腔背慨、抑鬱之情，婉約之詞風不足以發揚蹈厲屬之絕大氣魄，故陽羨詞派就「存乎其人」之觀點，提倡「豪放」亦是本色、正體。但於，清初詞壇基本仍是延續晚明以來「婉約爲正」之觀點，故廣陵詞人於「婉約爲正、豪放爲變」之立場上，提出婉約、豪放當不分優劣，較符合詞體一向以婉約爲正之脈絡，但不廢豪放。

〔註22〕楊鍾羲：《雪橋詩話》續集卷三記焦袁熹斥新城神韻之說，謂「毒比竟陵更甚」。指出神韻說的流弊，流於空洞，與明七子的貌爲盛唐，同樣是一種空腔。

〔註23〕王師偉勇：《南宋詞研究》（臺北：文史哲出版社，1987 年 9 月），頁326。

二劉未許曹劉敵，而況其餘。湖海尤麤。此句謂同父。
總與辛家作隸奴。(《全清詞·順康卷》，冊十八，頁 10582)

「二劉」即劉克莊、劉過，「湖海」、「同父」均指陳亮。特指辛派後
人不足與稼軒媲美，因其詞風反而趨於豪麤，頗類僋父之作。此種評
論雖為陳說，然而焦袁熹對於辛稼軒之揄揚肯定能得其佳處，實際上
已經承認了豪放詞存在之合理性。此種提法與雲間詞派陳子龍不同。
陳子龍對蘇軾評價不高，對於辛棄疾更是排斥，稱辛派詞人「既慨者
亢率而近於僋武」，但是焦袁熹不拘圍於南唐北宋，縮合了婉約與豪
放兩種相對之風格，對於詞人豪放、婉約之作實能兼顧並取，此與焦
袁熹雖認為王維詩為第一，卻不因此而否定其他詩學傾向，與焦氏作
詩「不求擬古不求工」〔註 24〕之傾向一致，具有博采眾長、兼收並蓄
之氣度。

二、推尊柳永　詞家三昧

在清代詞話中多可見周、柳並稱，而且詞話評價二極，此現象當
與清代詞學風氣轉變密切相關。清初詞壇沿承明詞之俗，不僅詞語塵
下、音調不協，而且詞人都以描寫豔情為能事，清初詞評大抵是以「俗」
而將周、柳並舉，主要是針對北宋周、柳多寫俳優艷俗之作而發。沈
謙在《塡詞雜說》即言：「學周、柳，不得見其用情處」〔註 25〕，此
「情」便是張炎在《詞源》中所言「一為情所役，則失其雅正之音」
〔註 26〕的豔情，隨著清王朝進入穩定之康熙中後期，浙西詞派從思想
到語言、音律建立起崇尚「醇雅」的理論，柳詞則因其俚俗而不合時
趨而成為眾人集矢之的。

清初詞人焦袁熹平時論詞是以周邦彥為第一，康熙四十九年
(1710)〈曹子諤廷第二書〉，認為：

〔註 24〕焦袁熹：〈戲題絕句〉：「吾愛明初袁海叟，不求擬古不求工。」
〔註 25〕〔清〕沈謙：《塡詞雜說》，唐圭璋主編：《詞話叢編》，冊一，頁 635。
〔註 26〕〔宋〕張炎：《詞源》，唐圭璋主編：《詞話叢編》，冊一，卷下，頁
　　　266。

唐人之詩，右丞有天子之目，李杜大家但可爲其輔弼，舉
右丞，則他之美無以逾之矣。古文自唐以來退之、子瞻、
震川斯爲上品，……他如駢體之推任昉，詩餘之首周邦彥，
其道小其故愈難言。〔註27〕

周邦彥詞多有不勝今昔之嘆，及宦遊江南，年年爲客的有感而發，表
現「此中有多少說不出處，或是依人之苦，或有患失之心」〔註28〕的
「沉鬱頓挫」之情。因而受焦袁熹所賞。然而在康熙五十五年（1716）
《樂府妙聲》編選完成之後，焦袁熹對於宋詞人之認識則產生改變：

康熙五十五年丙申，是年選定《樂府妙聲》，平日論詞推周
美成，選竟以柳耆卿爲第一，猶詩中有摩詰，曲中有馬東
籬也。〔註29〕

此種變化應該是由周邦彥承繼柳永這層脈絡，認識了柳永之價值。自
宋以來，柳永與周邦彥屢被相提並論，明代王世貞《藝苑巵言》將周、
柳兩人同列爲「詞之正宗」〔註30〕，清代並論兩人之文字尤其常見，
其中不乏直接指出周邦彥承繼柳永之路徑，周濟《宋四家詞選》：「清
眞詞多從耆卿奪脫。」〔註31〕陳銳《褒碧齋詞話》亦云：「能見耆卿
之骨，始可通清眞之神」、「上三下五八字句，惟屯田獨擅，繼之者美
成而已。」〔註32〕因此焦袁熹對於柳永之認識，當透過周邦彥遵循屯
田蹊徑之事實而立論，先賞周詞，後溯源於柳詞。

　　明末清初之際，柳永所創制之慢詞長調成爲後世不可企及之楷

〔註27〕〔清〕焦以敬、焦以恕：《焦南浦先生年譜》，《北京圖書館藏珍本年
譜叢刊》（北京：北京圖書館），冊八八，頁346。

〔註28〕〔清〕陳廷焯撰：《白雨齋詞話》，唐圭璋主編：《詞話叢編》，冊四，
頁3788。

〔註29〕〔清〕焦以敬、焦以恕：《焦南浦先生年譜》，《北京圖書館藏珍本年
譜叢刊》（北京：北京圖書館），冊八八，頁363。

〔註30〕〔明〕王世貞：《藝苑巵言》，唐圭璋主編：《詞話叢編》，冊一，頁
385。

〔註31〕〔清〕周濟：《宋四家詞選目錄序論》，唐圭璋主編：《詞話叢編》，
冊二，頁1651。

〔註32〕〔清〕陳銳：《褒碧齋詞話》，唐圭璋主編：《詞話叢編》，冊五，頁
4199、4202。

模，清人提出按宋詞音律塡詞之主張，柳永之詞自然成為習摹之榜樣。然而對於柳詞推尊最凸出之表現，仍在於人們塡詞學習柳永多寫冶艷題材。明末毛晉〈花間集跋〉：

> 近來塡詞家，輒效顰柳屯田作閨帷穢媟之語，無論筆墨勸淫，應墮犁舌地獄；於紙窗竹屋間，令人掩鼻而過，不慚惶無地邪！〔註33〕

清初魏際端在《魏伯子文集》卷一中指出：「宋人如柳永、周邦彥輩，塡詞鄙濁有市井氣」（《魏伯子文集》），「市井氣」即是「俗氣」。曹溶認為塡詞者「穢褻不落周、柳」，意謂二人詞有內容豔俗之失，即為當代詞壇普遍之認識。鄒漢儀在於康熙六年（1667）〈十五家詞序〉言：「今人願習山谷之空語，效屯田之靡音，滿紙淫哇，總乖正始。」〔註34〕方炳也說：「詞至今日，流靡已極，閨帷房闥之間，作者非冶容不言，選者非目佻不錄，班姬團扇，蘇氏回文，邈不可得矣。」〔註35〕明末清初，詞壇彌漫冶艷風氣及種種弊端，於是在順治末康熙初出現了批評冶豔詞風和抨擊學習柳詞的思想傾向。後浙派順應清初統治者之政治需要，提出師法南宋之論詞主張，標榜姜夔、張炎之清淳雅正詞風，遂以「尊雅黜俗」觀點審視柳詞，柳永因其詞中之「俗」而遭受詬病，詞壇充斥「抑柳」之風氣，自此，柳詞在清代詞壇的影響趨於衰退，甚至湮沒無聞。

　　直到清中期才開始出現為柳永翻案之批評，周濟《宋四家詞選》：「清真詞多從耆卿奪胎，思力沈摯處，往往出藍。然耆卿秀淡幽豔，是不可及。後人摭其樂章，訾為俗筆，真瞽說也。」〔註36〕然周濟主要目的是藉「周、柳」合論進而推崇周邦彥，而非認識柳永之價值。清代中期尚且如此，遑論浙西詞派為高峰的清初詞壇？然而推其原

〔註33〕〔明〕毛晉：〈花間集跋〉，施蟄存主編：《詞籍序跋萃編》，頁635。

〔註34〕〔清〕鄒漢儀：〈十五家詞序〉，見孫默：《十五家詞》（上海：中華書局，1936年，《四部備要》），頁1a。

〔註35〕〔清〕王晫：〈與友人論塡詞書跋〉，《南窗文集》卷五。

〔註36〕〔清〕周濟：《宋四家詞選目錄序論》，唐圭璋主編：《詞話叢編》，冊二，頁1651。

始，焦袁熹實早在康熙末年，由其「論詞長短句」及《樂府妙聲》之選本，清楚表達對於柳永詞之讚賞。焦袁熹藉由周邦彥進而認識柳永，實因兩人詞確有明顯相似特質，其著眼點或有三：其一，周、柳之詞都有雅、俗二維複合的特質；其二，周、柳二人均通音律、工長調；其三，柳、周之間存在一種承繼關係。〔註37〕周、柳詞宜見其用情處，《大鶴山人論詞遺札》即云：

> 耆卿、美成並以蒼渾造耑，莫究其託寓之旨。卒令人讀之歌哭出地，如怨　如慕，可興可觀。有觸之當前即是者，正以委曲形容所得感人深也。〔註38〕

焦袁熹最終確認柳永高於周邦彥，則是以其「俗不傷雅，雅不避俗」之特色，認為其詞上承《離騷》，寓其情，存其志，諧音合律之「元聲」較周詞更動人。焦氏專論柳永詞：

> 井華汲處須聽取，駐得行雲。落得梁塵。三變新聲唱得眞。
> 　香山龜嬭君知否，俚俗休嗔。絕代超倫。只在當場動得人。（《全清詞‧順康卷》，冊十八，頁 10581）

柳詞最為清人所詬病之處，即因其語言之俗，格調之淫，未能入雅正之列。焦氏則力排眾議，認為柳詞「蓋正以淫而妙者」，《此木軒論詩彙編》卷一云：

> 孔子言鄭聲淫，作詩者極諱忌此一字，故名家大手，每以琴德自比，謂大雅之音，不逐世好。然觀其失所以能震耀一世者，竟未必然，蓋正以淫而妙者，此其實也。如白居易、元好問皆未免此，彼其為此言者，徒以世人知音者少，又雖知之而不能不好故耳。〔註39〕

焦袁熹以白居易、元好問均不免於此，為柳永辯駁，認為其詞中雖有俗而蹈淫之作，但其中情思自有妙處，世人皆非能解賞之「知音者」，

〔註37〕曹明升：〈清代詞學批評中的「周柳」合論〉，《晉陽學刊》第 6 期，2006 年 3 月，頁 104～105。
〔註38〕鄭文焯撰，龍沐勛輯：《大鶴山人論詞遺札》，唐圭璋編：《詞話叢編》，冊五，頁 4342。
〔註39〕〔清〕焦袁熹：《此木軒論詩彙編》，卷一。

故緣此詆其詞之病。焦氏於「論詞長短句」中，多次著眼於「俗」之
特點，進而將白居易、柳永並列，認爲白居易詩能得世人所賞之功，
歸於白頭老婦，《此木軒論詩彙編》卷一即云：

> 香山老嫗之說，請言之，蓋此老嫗，並非知詩，他兩耳聽
> 慣了。他兩耳便是伶倫，白詩便是樂，須是經他耳朵一過，
> 解得方是香山詩，解不得便不成香山詩，便失香山妙處矣。
> 此老嫗如犬之能吠、貓之捕鼠，天生成有此一副技倆，他
> 也不自覺，唯香山能用之，亦唯香山眞得詩中三昧，所以
> 必用此老嫗也。若換一箇老嫗，如何使得？〔註40〕

白居詩如樂，老嫗兩耳即是伶倫，惟得老嫗解其詩，方能存香山詩之
妙處。同時對比柳永詞在清代被認爲頗涉牽裾，鄙俗之情盡見，均是
因爲世人知音者少，未能好之故耳。〈戲題絕句〉：

> 清音吐出借詩人，嶰谷柯亭合有神。
> 莫咲香山眞入俗，白頭老嫗是伶倫。
> 粗豪氣象眞傖父，輕靡音情不丈夫。
> 要使元聲諧律呂，洋洋盈耳解聽無。〔註41〕

白居易詩可得「詩中三昧」，更有白頭老婦爲解「元聲」之伶倫，提
出詩、詞雖俗，亦可得其妙處。同時，焦袁熹亦意味自己便是知賞柳
永詞之伶倫，認爲諧音合律之「清音」一出，當可謂「宋人詞第一」，
稱柳永得「詞之三昧」亦無愧矣。清初李漁〈窺詞管見〉云：

> 作詞之難，難於上不似詩，下不類曲，不淄不磷，立於二
> 者之中。大約空疎者作詞，無意肖曲，而不覺彷彿乎曲。
> 有學問人作詞，儘力避詩，而究竟不離於詩。一則苦於習
> 久難變，一則迫於舍此實無也。欲爲天下詞人去此二弊，
> 當令淺者深之，高者下之，一俛一仰，而處於才不才之間，
> 詞之三昧得矣。〔註42〕

柳永詞處於「粗豪」和「輕靡」之間，「處於才與不才之間」，其俗正

〔註40〕〔清〕焦袁熹：《此木軒論詩彙編》，卷一。
〔註41〕〔清〕焦袁熹：《此木軒論詩彙編》，卷一。
〔註42〕〔清〕李漁：《窺詞管見》，唐圭璋主編：《詞話叢編》，頁549。

是以「元聲諧律呂」，得作詞之奧妙、訣竅，當稱「詞中三昧」〔註43〕
盡矣；而周邦彥較柳永爲雅，卻離「元聲」稍遠。〔註44〕焦袁熹對於
柳永評價甚高，且以唐代「詩天子」王維相比，推崇爲詞壇至尊之地
位，因而對於當代詞選、詞集遍出，卻棄柳永詞而不錄之情形，提出
批評。《此木軒論詩彙編》卷三云：

> 摩詰所以踞第一座者，尤在和聖製登降聖觀送不蒙都護，
> 及望春觀禊等作，垂裳穆穆，簫韶奏而鳳皇儀，眞千秋絕
> 調也。近者見選三昧集者，多棄不錄，不知所謂三昧者，
> 果何昧也？又如宋人詞柳屯田第一，而今人亦復懵然，甚
> 且謂不如白石、梅溪之大雅，豈非門外漢哉？〔註45〕

焦袁熹所處的康、雍時代，詞壇由浙派領導風騷，朱彝尊推崇「醇雅」，
更以南宋姜夔、張炎等人作爲「雅正」詞家之典範，北宋柳永詞之「俚
俗」自然成爲浙派攻擊之標的。其實，柳永的詞並非一味淺俗，而是
雅俗並陳，大量採用民間俗語入詞，詞風平易樸實，不同於一味步武
花間者的雕繪藻飾，即使是表達纏綿悱惻之戀情，柳詞也大都俗中有
雅，不乏風致。如〈雨霖鈴〉，歷來被視爲其代表作：

> 寒蟬淒切。對長亭晚，驟雨初歇。都門帳飲無緒，方留戀
> 處、蘭舟催發。執手相看淚眼，竟無語凝噎。念去去、千
> 里煙波，暮靄沈沈楚天闊。　　多情自古傷離別，更那堪、
> 冷落清秋節。今宵酒醒何處，楊柳岸、曉風殘月。此去經
> 年，應是良辰、好景虛設。便縱有、千種風情，更與何人
> 說。（《全宋詞》，冊一，頁21）

其中「執手相看淚眼」等語，誠然市井淺語，近於秦樓楚館之曲，但
下片設想別後景況，「今宵酒醒何處，楊柳岸、曉風殘月」二句，表
明別後冷落淒清之感，寫出一種典型的懷人境界，詞中離別之苦、鍾

〔註43〕王兆鵬、劉尊明《宋詞大辭典》：「詞中三昧，詞學術語。指作詞的
　　　　奧妙、訣竅。三昧原佛家語，後用來指奧妙、訣竅。」（南京：鳳凰
　　　　出版社，2003 年），頁 10。
〔註44〕裴喆：〈清初詞人焦袁熹及其論詞詞〉，頁 5。
〔註45〕〔清〕焦袁熹：《此木軒論詩彙編》，卷三。

情之深、羈旅之愁，流漾於言表，極淒苦哀婉，足以與諸名家的「雅詞」相比，本詞可謂俗不傷雅，雅不避俗，顯示出柳詞的特色。故焦氏直揭宋人詞以柳屯田第一，認為當時詞壇之人謂其詞不若姜夔、史達祖等詞人之雅正，可謂門外漢之論矣！

　　焦袁熹「論詞長短句」中對於柳詞之評價，主要係建立在詞人相互比較之基礎上。焦氏一闋〈采桑子・柳耆卿　、蘇子瞻〉，合論蘇軾、柳永，詞云：

> 大唐盛際詩天子，穆穆垂裳。樂句琳琅。宋代王維柳七郎。
> 　誰交銅鐵將軍唱。不是毛嬙。卻似文鴦。可笑髯蘇不
> 自量。（《全清詞・順康卷》，冊十八，頁 10581）

《四庫全書總目提要》：「詞自晚唐五代以來，以清切婉麗為宗。至柳永而一變，如詩家之有白居易。至軾而又一變，如詩家之有韓愈。」〔註46〕姑且不論紀昀把柳永、蘇軾比作白居易、韓愈是否恰當，但至少肯定了柳、蘇在詞史上的重要地位。然而歷代詞學家對於蘇、柳二人之態度極不相同，對於蘇軾譽多於毀，大多讚譽備至；而對於柳永則褒貶不一，甚至毀多於譽。詞學家多著重強調兩者之差異，蘇柳之間，如「關西大漢」和「十七八女郎」之喻，或有甚者，更將「豪蘇」、「膩柳」作為對立之兩派加以比較。除去前人在雅俗之辨上給予柳永的種種批評，焦袁熹比較柳永與蘇軾之際，以毛嬙、文鴦為例，乃明確地將毛嬙之陰柔與文鴦之陽剛作一對比，以呈現柳詞與蘇詞之特色，柳永知音協律，其詞多婉約合樂，蘇詞不受曲子所縛，趨於豪放不羈，彷若毛嬙與文鴦之異，焦氏遂由詞體「本色」的角度否定東坡詞，也符合焦袁熹重視音律之詞學觀。此外，張先與柳永亦是焦袁熹並列相較之詞人。自古以來，「張子野與柳耆卿齊名」〔註47〕，逮至清代，由於尊雅黜俗之觀念，對於張先、柳永詞之評價兩極：柳詞較

〔註46〕　〔清〕永瑢、紀昀等編纂：《四庫全書總目提要・東坡詞提要》，施蟄存主編：《詞籍序跋萃編》，頁 62。

〔註47〕　〔宋〕晁補之：《能改齋詞話・評本朝樂府》，唐圭璋編：《詞話叢編》，冊一，卷一，頁 125。

通俗，往往受到市井人民之喜愛，而受到文人「開卷羞人目」、「格調不高」、「俚俗」等譏評。〔註48〕然而，焦袁熹極賞柳詞，除以「超代絕倫」稱之，更以「宋代王維柳七郎」推崇其詞壇地位，因此焦氏在評價張先時同時比較二人之詞：「莫斲喉唇。好與中書作舍人」，認為如擬柳永為天子，則張先只是中書舍人之材，藉由評價二人之詞，比較凸顯了柳永詞壇至尊之地位。

此外，就蘇軾、辛棄疾之比較，雖於焦袁熹「論詞絕句」中並未合論兩者，然幾乎與焦氏同時之納蘭性德則肇倡「蘇辛軒輊論」之端緒，其《淥水亭雜識》卷四云：「詞雖蘇、辛並稱，而辛實勝蘇。蘇詩傷學、詞傷才。」〔註49〕細按之，就作者才性而言，蘇軾多「天趣獨到」之才，辛棄疾多「沈著痛快」之情，才氣高者往往不經意為詞，此正是焦袁熹填詞之大忌，故焦氏論及蘇軾有「天雨才華」之質，「亂灑泥沙」之詞，即批評蘇軾天才橫溢，卻率然為詞，不拘音律；而辛詞格律絲毫不紊，且詞中表現沉鬱頓挫之至境，其情又出於自性，此特為焦袁熹所稱賞，故從其「論詞長短句」中可拈出對於蘇、辛兩人之比較和評價，也可涵蓋當時清代詞學風尚之取重。

柳永詞的獨到之處，即是在「春女善懷」的傳統主題中，融入了「秋士易感」的主題，大力書寫自我情懷，反映自身懷抱。〔註50〕柳永詞中多次提及宋玉悲秋〔註51〕，隱含自身貧士失職、淹留無成之慨

〔註48〕 劉塤：〈念奴嬌‧讀宋名家詞〉云：「野綠妖紅爭抹飾，那是男兒氣骨？風日多情，柳郎第一，開卷羞人目。相思譜說，可憐痴恨千斛。」陳振孫《直齋書錄解題》卷二一：「柳詞格固不高。」黃昇《花庵詞選》：「耆卿長于纖艷之詞，然多近俚俗。」

〔註49〕 〔清〕納蘭性德：《淥水亭雜識》，中國古籍整理研究會：《明清筆記史料叢刊‧清》，冊二五，卷四，頁398。

〔註50〕 葉嘉瑩：《唐宋詞十七講》，（河北：河北教育出版社，1997年），頁245～248。

〔註51〕 「動悲秋情緒，當時宋玉應同」（〈雪梅香〉）、「當時宋玉悲感。向此臨水與登蓬」（〈戚氏〉）、「見說蘭臺宋玉，多才多藝善詞賦」（〈擊梧桐〉）、「晚景蕭疏，堪動宋玉悲涼」（〈玉蝴蝶〉）、「宋玉多悲，石人、也須下淚」（〈人爪茉莉〉）等，皆是例。

嘆。焦袁熹更推崇柳永詞所寓含之情志，能遙承楚騷。其《此木軒論詩彙編・戲題一絕》曾慨嘆能繼楚騷之清絕者幾希：

> 六義懸知比興微，楚騷清絕杳難希。
>
> 閒花野草從題詠，贏得詩人少是非。〔註52〕

焦氏認爲楚騷之清絕難繼，是由於世人詩詞「六義懸知比興微」，而柳永詞所寓含之「比興寄託」，方足以上承〈離騷〉。此種說法，早於宋代王灼《碧雞漫志》即有記載，其卷二引前輩語：「〈離騷〉寂寞千年後，〈戚氏〉淒涼一曲終。」〔註53〕可見在宋代之際，對於柳永詞中「比興寄託」之意涵，亦採肯定之態度。清人的審美趣味已產生變化，或以雅之標準審視柳詞，推崇者重其雅詞，貶抑者訾其俗調；或以直出機杼爲評判學柳之標準，推崇能書寫眞我性情之豪放詞，而鄙視那些不能表現眞性情之婉約詞。〔註54〕焦氏於清初重新定位「尊柳」、「抑柳」，因而以詩學「香草美人」、「比興寄託」之傳統，作爲重新解讀柳永詞之依據，甚至推崇其詞堪承〈離騷〉之境界。如〈戚氏〉一詞：

> 晚秋天。一霎微雨灑庭軒。檻菊蕭疏，井梧零亂惹殘煙。淒然。望江關。飛雲黯淡夕陽間。當時宋玉悲感，向此臨水與登山。遠道迢遞，行人淒楚，倦聽隴水潺湲。正蟬吟敗葉，蛩響衰草，相應喧喧。孤館度日如年。風露漸變，悄悄至更闌。長天淨，絳河清淺，皓月嬋娟。思綿綿。夜永對景，那堪屈指，暗想從前。未名未祿，綺陌紅樓，往往經歲遷延。　帝里風光好，當年少日，暮宴朝歡。況有狂朋怪侶，遇當歌、對酒競留連。別來迅景如梭，舊遊似夢，煙水程何限。念利名、憔悴長縈絆，追往事、空慘愁顏。漏箭移、稍覺輕寒。漸鳴咽、畫角數聲殘。對閒窗畔，停燈向曉，抱影無眠。（《全宋詞》，冊一，頁35）

〔註52〕〔清〕焦袁熹：《此木軒論詩彙編・戲題一絕》，卷二。

〔註53〕〔宋〕王灼：《碧雞漫志》，唐圭璋主編：《詞話叢編》，冊一，卷二，頁84。

〔註54〕陳水雲：《唐宋詞在明末清初的傳播與接受》（北京：中國社會科學出版社，2010年10月），頁201。

〈戚氏〉一詞，寫景抒情，傳說乃爲歌伎求曲作。成於柳永死前，情景交織，輔以憶往，堪稱絕調。詞中柳永以宋玉自況，繼承宋玉悲秋餘緒，抒寫「貧士失職而志不平」之感慨。「當時宋玉」二句，原出宋玉〈九辯〉：「悲哉秋之爲氣也，蕭瑟兮草木搖落而變衰」〔註55〕，借前人以感慨今生此刻。首闋即點明時節、景物，描寫雨後薄暮景色，頓生悲秋蕭瑟；中闋敘述自身處境，刻劃清宵獨處之心情；末闋憶往昔徜徉於繁華街巷與歌樓紅院，並抒發流水無情，光陰空過；往日舊遊，竟如幻夢之悲情。結拍以「停燈向曉，抱影無眠」爲一篇詞眼，寫盡羈旅情愁、身世之感，寄情之深，抱憾之恨，莫過於此，堪稱全詞精華所在。王灼後雖云：「戚氏，柳所作也。柳何敢知世間有〈離騷〉，惟賀方回、周美成時時得之」，認爲以柳永的〈戚氏〉比附屈原的〈離騷〉乃過當之評。但前人以〈戚氏〉與〈離騷〉相比，仍說明其詞淒怨動人、聲情並茂，「富有宋玉悲秋式的情調」〔註56〕，堪稱爲一曲曠世淒涼之歌。

　　清代尊柳之說，焦袁熹實鼓吹於前，先透過周邦彥認識柳永，再藉由同蘇軾、張先等詞人比較，乃將柳永推上宋代詞壇至尊。所以如此，蓋有三原因：一是柳永詞處於「粗豪」和「輕靡」之間，「處於才與不才之間」，可得「詞中三昧」；二是柳永知音協律，其詞多婉約合樂，符合焦袁熹重視音律之詞學觀；三是柳永詞中隱含自身貧士失職、淹留無成之慨嘆，其詞中所寓含之情志，能遙承楚騷。此外，柳永葬於鎮江北固山，其子柳涗亦久居老死於鎮江，被視爲鎮江人。〔註57〕焦氏爲江蘇金山人，金山、鎮江均在江蘇地區〔註58〕，

〔註55〕〔戰國楚〕宋玉：〈九辯〉，〔梁〕昭明太子撰，〔唐〕李善注：《昭明文選》（臺北：文化圖書公司，1975 年 8 月），頁 466。

〔註56〕黃文吉先生：《北宋十大詞家研究》（臺北：文史哲出版社，1996 年 3 月），頁 126～128。

〔註57〕相關考證詳參薛瑞生校註：《樂章集校註》（北京：中華書局，1997 年 12 月），前言頁 1～14。

〔註58〕金山於江蘇丹徒縣西北七里，清改置金山縣，後移治朱涇鎮，屬

對於柳氏之稱道，或亦與地緣關係相近，推舉鄉賢之心理有關。在浙西詞派風靡詞壇的康熙中後期，這種持論時為空谷足音，其獨特性皆表明焦袁熹詞論值得予以發掘及闡釋，特前人未自其所撰論詞長短句架構其詞學觀甚為可惜耳。

第二節　詞體功能：用「空中語」以「寄情」

一、瓣香竹垞　寄情託志

　　焦袁熹詞中有多闋提及瓣香朱彝尊之語。朱彝尊（1629～1709），字錫鬯，號竹垞，秀水（今浙江嘉興）人。為清初經學家、浙派詞人之祖、詩人，一生跨越明清兩代，人生際遇也前後迥異。康熙十七年參加博學鴻詞科之試，係其人生之轉折點——由布衣入翰林，前後期心態及創作也不相同。世以其仕清譏之，但其初甚念故國，不肯參與舉業，肆力古學，早歲浪游四方，作品更充滿感時懷古，家國之思，其〈永嘉除日述懷〉詩云：「不作牽車別，飄然到海隅。謀生直鹵莽，中歲益艱虞。」〔註 59〕〈寂寞行〉云：「布衣甘蹈湖海濱，饑來乞食行負薪。不然射獵南山下，猶勝長安作貴人。」〔註 60〕早歲復國之志未遂，退而不做官，在江湖浪跡頗久，故《江湖載酒集》多家國之思。朱彝尊〈解佩令・自題詞集〉係其《江湖載酒集》之題詞，包含詞人對自己生平和創作之總結：

> 十年磨劍，五陵結客，把平生、涕淚都飄盡。老去填詞，
> 一半是、空中傳恨。幾曾圍、燕釵蟬鬢。　　不師秦七，

江蘇松江府，今屬江蘇滬海道；而鎮江於清代為鎮江府，丹徒縣為治；北固山於該縣北方一里處。見謝壽昌等編：《中國古今地名大辭典》（臺北：臺灣商務印書館，1987 年 9 月），頁 183、539、1326。

〔註 59〕〔清〕朱彝尊：《曝書亭集》，《景印文淵閣四庫全書》，冊一三一七，卷五，頁 453。

〔註 60〕〔清〕朱彝尊：《曝書亭集》，《景印文淵閣四庫全書》，冊一三一七，卷三，頁 471。

　　不師黃九，倚新聲、玉田差近。落拓江湖，且分付、歌筵

　　紅粉。料封侯、白頭無分。(《全清詞・順康卷》，冊九，頁 5280)

焦袁熹〈解佩令・題江湖載酒集後〉，係就朱彝尊〈解佩令・自題詞

集〉一闋而發，詞云：

　　零珠碎玉，殘膏賸粉，似國風、刪後無篇什。謂自金元已

　　下。宋玉微詞，嘆前輩、風流難及。豔煞人、又生朱十。　　前

　　身歐九，本師柳七，付歌喉、渾無生澀。團扇鍾情，也則

　　是、三生結習。便泥犂、拚去聲將身入。朱自云「玉田差

　　近」者，謙詞耳。(《全清詞・順康卷》，冊十八，頁 10601)

本詞係「題朱彝尊《江湖載酒集》」一書，主要論及朱彝尊詞學主張

及《江湖載酒集》之價值，茲就此兩端，分析如次：

（一）《江湖載酒集》上接《離騷》，別有寄託之意：

　　據張宏生《清代詞學的建構》分析，朱彝尊之豔詞，寫情淒豔，

卻出語清新，其中暗含種種意蘊，多賴讀者意會，並不大肆渲染，正

所謂「淒絕纏綿，字字騷雅」(陳廷焯《雲韶集》)。其《江湖載酒集》

中多存豔情之作，是朱氏處於窮困潦倒之時，「假閨房兒女之言，通

之於《離騷》之意，此尤不得志於時者所宜寄情焉耳。」〔註61〕焦詞

前半闋即言自金元之後，詞壇未有能及宋玉作《離騷》「香草美人傳

統」者，以「零」、「碎」、「殘」、「剩」四字，表現宋以後詞壇佳作之

零落貧乏。然而「豔煞人、又生朱十」，推崇朱彝尊可以承續宋玉風

流，焦氏曾作〈宋玉〉一詩：「宋玉多情祇自傷，箇人無賴漫窺墻。

莫言三載心如鐵，若比許時更斷腸」〔註62〕，強調宋玉多情自傷之形

象，朱彝尊《江湖載酒集》所存豔詞蘊含美人香草傳統，寄情抒懷，

別有志意，可前承宋玉之風流。

　　朱彝尊自述填詞甚晚，直至順治十年（1653）前後仍「未解作詞」，

後於順治十三年（1656）從鄉前輩曹溶南遊嶺表，北出雲中，其後又

〔註61〕〔清〕朱彝尊：《曝書亭集・陳緯雲紅鹽詞序》，《景印文淵閣四庫全
　　　　書》，冊一三一八，卷四十，頁 105。

〔註62〕〔清〕焦袁熹：《此木軒詩集》，卷二。

泛滄海，客京華，走濟南，廣交天下異才奇士，從而開始其填詞生涯。
嚴迪昌云：「曹、朱二人締結詞學淵源的時期，正當曹溶顛躓宦海、
幾度沉浮，而朱彝尊則萍漂南北、落魄侘際之際。所以，準確地說，
曹溶對朱彝尊詞創作誘導的真正有影響的階段應是竹垞《江湖載酒
集》時期。」〔註63〕《江湖載酒集》編成於康熙十一年（1672），後
刊刻時續有增補，是年朱彝尊四十四歲。朱彝尊〈解佩令‧自題詞集〉：
「十年磨劍，五陵結客，把平生涕淚都飄盡」，劈首便以慷慨悲涼之
態自述前半生辛酸際遇，說到填詞緣起。朱彝尊生於明崇禎二年
（1629），明亡時年方十六歲，次年以家貧入贅歸安教諭馮鎮鼎家未
久，清兵南下兩浙，朱彝尊即奔走聯絡抗清。自謂昔時有建功立業之
抱負，廣交豪傑之熱情，惓惓仍不忘明，時竹垞友人應科舉，多登第
出仕，竹垞仍不應試，寧願死填溝壑，不肯學步干時。其《江湖載酒
集》名，借自杜牧〈遣懷〉首句「落拓江湖載酒行」〔註64〕，集中不
乏表現狹邪冶游、羈旅行役及吊古述懷之作，暗寓國家之恨，比興寄
託之意呼之欲出。其〈青玉案‧臨淄道上〉即見於此集：

> 清秋滿目臨淄水。一半是，牛山淚。此地從來多古意。王
> 侯無數，殘碑破塚，禾黍西風裏。　　青州從事須沉醉。
> 稷下雄談且休矣。回首吳關二千里。分明記得，先生彈鋏，
> 也說歸來是。（《全清詞‧順康卷》，冊九，頁5270）

作者不直抒思歸之情，而是借古人、古跡、古事發抒感慨，表明無意
入仕，江山依舊，人事全非之哀嘆於詞中極深沉，同詞人自道：「十
年磨劍，五陵結客，把平生涕淚都飄盡」所表達之感慨。

「老去填詞，一半是空中傳恨，幾曾圍、燕釵蟬鬢」，為朱氏填
詞之概括旨意。「老去填詞」係功業未成之無奈選擇，所填竟有一半
是法秀師所呵責之「空中語」，即打并入身世遭遇。詞體頗忌直抒胸
臆，而喜借男女相思以寄託政治寄寓和感喟。詞人借「醇酒美婦」

〔註63〕嚴迪昌：《清詞史》（南京：江蘇古籍出版社，2001年7），頁256。
〔註64〕〔唐〕杜牧：〈遣懷〉，〔清〕聖祖御定：《全唐詩》，冊十六，卷五二
　　　　四，頁5998。

以抒胸中塊壘之意圖明顯；詞人又自言其豔歌小詞非紀實，而是「空中語」，聲明其《江湖載酒集》所存豔情之作「別有志意存焉」。康熙十年左右，此階段的朱彝尊強調表意述志的主體抒情性，其〈紅鹽詞序〉云：

> 詞雖小技，昔之通儒巨公往往爲之。蓋有詩所難言者，委曲倚之於聲，其辭愈微，而其旨益遠。善言詞者，假閨房兒女之言，通於于離騷變雅之義。此尤不得志於時者所宜寄情焉耳。〔註65〕

序中關於詞之曲婉寄託、詞微旨遠之說即是傳統「香草美人」之主張，強調詞之功能在於「不得志於時者所宜寄情焉」。《江湖載酒集》實際係「短衣塵垢、棲棲北風雨雪之間」〔註66〕之羈愁潦倒者委曲其詞的心聲，而非快意之作；「其詞愈微，而其旨益遠」，凸顯出情志之重要，無論是聲可裂竹，還是風致空靈的搖曳之音；毋論是詠史懷古，抑是述志抒懷，《江湖載酒集》一集大抵意味濃足，佳篇迭出。

歷來詞評家對於《江湖載酒集》多有讚賞，「集中雖多豔曲，然皆一歸雅正」〔註67〕，「〈贈女郎細細〉、〈逢呂二梅〉、〈贈餅兒〉諸作，……莫不關注遙深，閑情自永。」〔註68〕多肯定《江湖載酒集》豔曲含蓄不漏，一本雅正，更有所寄焉，遙承《離騷》，具有寄興深微之內涵。其實「上接風騷」乃是雲間詞派的整體特質，焦袁熹詞學思想多秉承雲間詞派而來，更以比興論詞，透過豔詞之表象，而深得潛藏之風騷之旨。

〔註65〕〔清〕朱彝尊：《曝書亭集・陳緯雲紅鹽詞序》，《景印文淵閣四庫全書》，冊一三一八，卷四十，頁105。

〔註66〕〔清〕朱彝尊：《曝書亭集・陳緯雲紅鹽詞序》，《景印文淵閣四庫全書》，冊一三一八，卷四十，頁105。

〔註67〕〔清〕聶先、曾王孫編：《百名家詞鈔・江湖載酒集》附李符評語，《續修四庫全書》（上海：上海古籍出版社，2002年，據上海圖書館藏清康熙綠陰堂刻本影印），冊一七二一，頁269。

〔註68〕〔清〕謝章鋌：《賭棋山莊詞話》，唐圭璋主編：《詞話叢編》，冊四，卷二，頁3342。

（二）論朱彝尊作詞師承，為歐陽修後身，師法柳永：

朱彝尊謂其詞「不師秦七，不師黃九，倚新聲、玉田差近」，自述其作詞師承，不滿「秦七黃九」詞之俚俗濃豔，而推崇姜、張之醇雅。當時清代詞壇多以學習五代、北宋之詞為主，認為北宋以前之詞優於南宋，但朱彝尊卻持相反意見，他認為「詞至南宋始極其工」，南宋工於思力安排的慢詞，在朱彝尊看來，是優於北宋著重興發之感的小令。浙派肇始者曹溶首倡「豪曠不冒蘇辛，穠豔不落周柳者，詞之大家也」〔註69〕，以為蘇辛之豪曠、周柳之穠豔，均不得謂之「大家」。朱彝尊隨後於〈書東田卷後〉持相同主張：

> 予少日不喜作詞，中年始為之，為之不已且好之，因而瀏
> 覽宋元詞集幾二百家。竊謂南唐北宋惟小令為工，若慢詞
> 至南宋始極其變。以是語人，人輒非笑。〔註70〕

在飽覽各家詞集後，提出「小令宜師北宋，慢詞宜師南宋」之論，與清初詞人多主張「小令學花間，長調學蘇辛」之論調大異其趣，因此多有不以為然者訕笑之。而朱氏此論的主要目的即是為推尊南宋姜張之詞而鋪路，「倚新聲、玉田差近」更直接推舉張炎為學習師法之對象〔註71〕，朱彝尊於實際創作時自然以追尋姜夔、張炎清空騷雅的詞風為依歸，自言「於詞不喜北宋，愛姜堯章、吳君特諸家，故所作特穎異。」〔註72〕蔣敦復《芬陀利室詞話》卷一云：「浙派詞，竹垞開

〔註69〕〔清〕曹溶：〈古今詞話序〉，唐圭璋主編：《詞話叢編》，冊一，頁729。

〔註70〕〔清〕朱彝尊：《曝書亭集・書東田詞卷後》，《景印文淵閣四庫全書》，冊一三一八，卷五三，頁250。

〔註71〕朱氏與張炎的諸多相似處。其一，地緣關係。二人均為浙江人，張炎可謂係朱彝尊之「鄉先賢輩」；其二，貴族後裔、書香門庭。張炎世為臨安名族，曾祖鎡猶以花木園林稱甲江南，且妙解音律，與姜夔酬唱，父樞亦于詞稱當行；竹垞曾祖國祚系光宗朝戶部尚書兼武英殿大學士加少傅，為一代名臣，其父叔輩皆江南文苑俊彥；其三，目睹朝廷易代。張炎于宋稱遺民，抗爭強勢入主之異族，自己一派空狂懷抱，落魄縱飲，這與朱氏彼時經歷懷抱完全吻合。

〔註72〕〔清〕朱彝尊：《曝書亭集・徵士李君行狀》，《景印文淵閣四庫全書》，冊一三一八，卷八十，頁524。

其端，樊榭振其緒，頻伽暢其風，皆奉石帚、玉田爲圭臬，不肯進入北宋人一步，況唐人乎。」〔註73〕北宋詞人秦觀婉約，黃庭堅奇崛，而朱彝尊認爲詞要「醇雅」，忌「硬語」、「新腔」〔註74〕，因此奉姜夔、張炎爲詞壇正宗，傾仰姜夔，而自比張炎，所走爲清空而有寄託一路，故焦袁熹詞末自注「朱自云『玉田差近』者，謙詞耳」，認爲朱氏自言「倚新聲、玉田差近」係自謙之詞，乃因兩人懷抱、落魄縱飲之經歷類似，一發於詞，則自然有相似之風格與情感。

　　焦詞下半闋，「前身歐九，本師柳七」即針對朱彝尊自謂「不師秦七、不師黃九」一句，釐清朱彝尊之師承脈絡，更直言朱彝尊塡詞師法北宋詞人歐陽脩、柳永。焦氏認爲竹垞師法歐陽脩、柳永，並非著眼於婉約或雅正之標準，而係承前半闋所提及，其豔情詞作中多爲「空中語」，皆含有寄託之別意，此點可以由焦袁熹論及歐陽脩、柳永之「論詞長短句」中得到印證。焦袁熹〈采桑子〉論歐陽脩一詞，針對歐陽脩豔詞中之寄託，予以「香草美人」之肯定：

> 風流罪過空中語，宋玉登徒。雲雨模糊。葉小絲輕刻意摹。
> 　簸錢年紀誰知得，有是言乎。忿煞誣吾。日黑天昏底
> 事無。（《全清詞・順康卷》，冊十八，頁10580）

焦氏對於《錢氏私誌》所載歐陽脩盜甥一事〔註75〕予以駁斥，並肯定歐陽脩間作豔詞，乃有心創作之「空中語」，而非爲人所詬病之風流豔歌。此外，前人多詬病柳永詞俚俗失雅，多淫褻之語，明末毛晉：「近來塡詞家輒效顰柳屯田作閨帷穢媒之語，無論筆墨勸淫，應墮犁

〔註73〕〔清〕蔣敦復：《芬陀利室詞話》，唐圭璋主編：《詞話叢編》，冊四，卷一，頁3636。

〔註74〕〔清〕朱彝尊：《曝書亭集・水村琴趣序》，《景印文淵閣四庫全書》，冊一三一八，卷四十，頁108～109。

〔註75〕歐陽脩爲官期間，曾幾度被誣以亂倫之事，一次是宋仁宗慶曆五年（1045），歐陽脩被誣與外甥女張氏亂倫。宋人錢世昭不僅於《錢氏私誌》中特地造作此穢事，更引〈江南柳〉一詞爲證，以詆毀歐陽脩。見〔宋〕錢世昭：《錢氏私誌》，《景印文淵閣四庫全書》，冊一〇三六，頁661～662。

舍地獄；於紙窗竹屋間，令人掩鼻而過，不慚惶無地邪！」〔註76〕（〈花間集跋〉）焦袁熹則認為柳詞雖多豔詞，但其豔詞中多有寄託，非風流淫穢之作，主要借男女相思之詞，寓含自身生平遭遇跌宕，功名抱負未成之慨嘆，即便語言直露不雅，然其中情感真率動人，實為詞壇上「絕代超倫」者，焦詞中多有稱譽：

> 井華汲處須聽取，駐得行雲。落得梁塵。三變新聲唱得真。
>
> 香山蠻嫗君知否，俚俗休嗔。絕代超倫。只在當場動
>
> 得人。（《全清詞・順康卷》，冊十八，頁 10580）

柳詞雖病其俚俗，但焦袁熹「瞖眼千般假，關心一味真」（《全清詞・順康卷》，冊十八，頁 10590），主要著眼其詞中之寄託，認為俚俗之作品若能直抒其情，真率誠摯，仍可得其妙處也。朱彝尊為浙派宗主，以醇正典雅作為論詞標準，故不喜柳詞之直白淺露，認為其詞多鄙俗，不屑習之。後世批評家亦多認為，雖同是寫豔情，朱詞含蓄不露，柳詞只是直說，在審美特徵上多呈現淳雅與淺俚之差異。然而，焦袁熹認為「絕頂妙詩，並無深意，而真知其妙者，正難其人，是則至淺乃為至深，此所以為神妙之物也」〔註77〕，就豔曲中多寄其志、托其情之面向切入，將朱彝尊詞學師習之對象，由南宋之姜夔、張炎，往前提升至北宋歐陽脩、柳永，在當時清壇可謂獨樹一幟，同時重申自身詞學崇尚南唐、北宋之主張。

　　焦袁熹雖自稱瓣香朱彝尊，但是朱彝尊從「未解作詞」到「不復倚聲」之間，其創作歷程和藝術風格經過多次演變，焦袁熹所師法係其《江湖載酒集》時期，與浙西詞派「置《靜志居琴趣》、《江湖載酒集》于不講，而心摹手追，獨在《茶煙閣體物》卷中」〔註78〕之風氣大相逕庭。侘際之意、落魄不遇之憤悶悲慨，係朱彝尊此段時期之情緒，詞情詞作，無不是「舂容大雅」之屬，然而焦袁熹更強調「其詞

〔註76〕〔明〕毛晉：〈花間集跋〉，施蟄存主編：《詞集序跋萃編》，頁 635。
〔註77〕〔清〕焦袁熹：《此木軒論詩彙編》，卷一。
〔註78〕〔清〕謝章鋌：《賭棋山莊詞話》，唐圭璋主編：《詞話叢編》，冊四，卷七，頁 3415。

愈微，而其旨益遠」，並非浙西詞派為了恪守儒家雅正觀念而力倡詞應「歌詠太平」，為「宣昭六義」之「元音」。焦袁熹所取於朱彝尊，一是上承《離騷》「美人香草」之傳統，以嘲風弄月、抒寫豔曲以「空中傳恨」；一是「前身歐九、本師柳七」，詞作得以「付歌喉、渾無生澀」，皆與浙派所言「平視《花間》，奴隸周、柳。姜、張諸子，神韻相同」〔註79〕之形象大異其趣，足可證明焦袁熹未嘗落入浙派之窠臼。

　　就形式而言，以詞序詞，係以文為詞之表現，亦是對唐人論詩詩的一種發展，在一定程度上拓展詞體之內容。朱彝尊將身世感慨和作詞主張，寄〈解佩令〉一調共六十六字盡之，可謂精鍊。焦袁熹亦以〈解佩令〉一調，題朱彝尊《江湖載酒集》一書，意在就朱氏之序詞進行回應與推崇，亦有其得力處。

二、嘲弄風月　空中傳恨

　　焦袁熹所著詞集名《此木軒直寄詞》，其詞學追求可由其「直寄詞」之命名表露一二。「直寄」二字即謂其詞有所寄託，「托美人香草之詞，抒其幽憤；用殘月曉風之句，寄彼壯懷。」焦袁熹認為詞體之功能即是用「空中語」以「寄情」。「空中傳恨」之說，來自於浙西詞派朱彝尊，焦氏不僅認同是說，對詞史之評騭更以對詞體功能之認識作為標準。

　　楊慎《詞品》中論及韓琦、范仲淹詞言情特徵時云：「大抵人自情中生，焉能無情，但不過甚而已。宋儒云：『禪家有為絕欲之說者，欲之所以益熾也。道家有為忘情之說者，情之所以益蕩也。聖賢但云寡欲養心，約情合中而已。』予友朱良矩嘗云：『天之風月，地之花柳，與人之歌舞，無此不成三才。』雖戲語亦有理也。」〔註80〕萬曆年間沈際飛認為言情乃文學的本質特徵，詞較其他文體尤為凸出，其

〔註79〕〔清〕郭麐：《靈芬館詞話》，唐圭璋主編：《詞話叢編》，冊二，卷一，頁1503。

〔註80〕〔明〕楊慎：《詞品》，唐圭璋主編：《詞話叢編》，冊一，卷三，頁467。

〈草堂詩餘序〉云：

> 情生文，文生情，何文非情？而以參差不齊之句，寫鬱勃
> 難狀之情，則尤至也。……故詩餘之傳，非傳詩也，傳情
> 也。傳其縱古橫今，體莫備於斯也。〔註81〕

陳子龍〈三子詩餘序〉：「夫風騷之旨，皆本言情之作，必託于閨襜之際。」〔註82〕「閨襜之際」是詞之表現方式，亦即劉克莊所言：「借花卉以發騷人墨客之豪，託閨愁以寓放臣逐子之感。」〔註83〕唐五代詞大抵表現柔媚情感和脆弱情緒爲主，「當時人民顛沛流離者多，益以寄其愁苦生活於文酒花妓」〔註84〕，甚至將身世家國之慨融入詞中，於情感表達上，有所開拓及深化。焦袁熹對詞史之評騭，基於對於詞體性質認識，認爲詞是以「嘲弄風月」來「空中傳恨」〔註85〕，其〈鵲橋仙・自題直寄詞二首〉之二云：

> 愁城不破，睡鄉難住，默默昏昏誰共。江花老去未全枯，
> 把一寸、心灰重種。　　諸餘難分，空中傳恨，風月無端
> 嘲弄。泥犁萬一不相饒，道不是、吾儂作俑。(《全清詞・順
> 康卷》，冊十八，頁 10593)

首先強調作詞是爲了「空中傳恨」者，即爲清代浙西大家朱彝尊（1629～1709）。其〈解佩令・自題詞集〉：「十年磨劍，五陵結客，把平生、涕淚都飄盡。老去塡詞，一半是、空中傳恨。幾曾圍、燕釵蟬鬢。」（《全清詞・順康卷》，冊九，頁 5280）宋僧惠洪《冷齋夜話》載：「法秀師曾謂魯直曰：『詩多作無害，豔歌小詞可罷之。』魯直曰：『空中

〔註81〕〔明〕沈際飛：〈草堂詩餘序〉，施蟄存主編：《詞集序跋萃編》，頁668。

〔註82〕〔明〕陳子龍：〈三子詩餘序〉，《安雅堂稿》（臺北：偉文圖書出版公司，1977 年 9 月），上冊，卷三，頁 192。

〔註83〕〔宋〕劉克莊：《後村題跋・跋劉淑安感秋八詞》，《叢書集成初編》（北京：中華書局，1985 年），冊一五六九，卷二，頁 114。

〔註84〕王重民：《敦煌曲子詞集・敘錄》（上海：商務印書館，1950 年），頁16。

〔註85〕裴喆：〈清初詞人焦袁熹及其論詞詞〉，「2010 西安・詞學國際學術研討會」論文集，西安：陝西師範大學主辦，2010 年 10 月，頁 5。

語耳，非偷非殺，終不坐此惡道。』」朱彝尊所謂「空中傳恨」即是
透過詞之表面形象下隱含「恨」，此「恨」即是亡國之恨，不遇之恨，
其「情詞」、「豔詞」透過花粉脂淚，傳達出幽愁暗恨，陳廷焯評其詞：
「感慨身世，以淒切之情，發哀婉之調，既悲涼，又忠厚。」〔註86〕
（《白雨齋詞話》卷三）朱彝尊曾為南宋遺民詞集《樂府補題》作序
言：「誦其詞，可以觀志意所存，雖有山林友朋之娛，而身世之感，
別有淒然言外者，其騷人〈橘頌〉之遺音乎？」〔註87〕將詞作為寄寓
志意之「空中語」。

　　焦袁熹評論友人黃之雋的香奩詩時，對「空中語」之所以存在作
了交代，焦氏指出世人「彼非無志，所志維何？貨利而已矣。凝水火
燋，千狀萬端，痿痺之疾，中于心肺，人之死生，我何有焉，猶且飾
為禮法廉正之譚、性命粹微之說，用蓋其私而厚其毒，所謂以詩、禮
發冢者，則皆其志為之也。」「有宋大儒之言，憸邪惜之以殺人者，
無過是物也」，而「若耽蛾眉則頓忘飢渴，眄羅襪乃幾役夢魂，傾彼
國城，胡然天帝」之「空中語」反而成為「以療痿痺不仁沉痼不可為
之大病」的「萬金良藥」，「物之就槁者，噓之使生意復回；人之必死
者，收召魂魄，使歸其宅，而乃庶幾有起色矣。」「詞」歷來被視為
小道、末技，多作「空中語」亂惑人心，則會受泥犁之苦，焦袁熹卻
直言：「綺語債多償不了，泥犁墮去休煩惱。天下老僧饒舌報。同坑
好。此時拈花笑。」（《全清詞‧順康卷》，冊十八，頁 10599～10600）
其〈水調歌頭‧戲作〉詞云：

　　　　茲調最獷劣，難得好音聲。古來作者累累，興至率然成。
　　　　飽食未思磕睡，痛飲終非名訓。且學不平鳴。不爾恐生疾，
　　　　奰腹脹彭亨。　　頻擊節，重撫掌，劇飛騰。陽春白雪，
　　　　何物寂寂少人聽。底用櫻桃樊口，試問歌喉澀否，一唱引

〔註86〕〔清〕陳廷焯：《白雨齋詞話》，唐圭璋主編：《詞話叢編》，冊四，
　　　　卷三，頁 3835。
〔註87〕〔清〕朱彝尊：《曝書亭集‧樂府補題序》，《景印文淵閣四庫全書》，
　　　　冊一三一八，頁 61。

聾盲，坐客莫嘲誚，時世正施行。(《全清詞‧順康卷》，冊十八，
頁 10605)

焦氏交代自身學作詞人之原因，便是要鳴心中不平之氣，透過詞之傳
播得以引聾盲，更要「坐客莫嘲誚」，因為「以空中語傳恨」實為「時
世正施行」。在清初提倡理學之氛圍中，以一位「醇儒」的身分，直
斥「有宋大儒之言，憸邪借之以殺人者，無過是物也」，而以「空中
語」論證風月之情的合理性，且選擇填詞以紓解心中抑塞之氣，其理
論價值亦不可忽視。

　　而焦袁熹認為詞中所傳之情，應為無可奈何之情。焦氏曾自稱「下
愚成性，抑塞頗多」，而「華胥無通夢之期，麴糵非得全之地，隆坻
永嘆，遠壑徒盈，虛室幽憂，素弦長絕，坐對白晝，匪日而年」，因
此主張以詞作為消其「蓬蓬然余胸中，日積而盛，無以消之」〔註88〕
之氣的一種手段。其〈采桑子〉詞云：

　　填詞不是吾家物，濺淚花邊。半醉燈前。颯杳蕭寥風雨天。
　　　　奈何輒喚真無計，萬顆秋連。一繭春綿。借取江毫寫
　　一篇。(《全清詞‧順康卷》，冊十八，頁 10585)

此外，在為他人詞集所作〈綠窗小草序〉中即道：「乃若欲言未敢，
有怨必盈，攬春物以沉吟，對秋輝而怊悵，優深思遠，誰可告訴者；
煙墨之間，亦云寄而已。」〔註89〕清末況周頤描述詞境亦言：

　　人靜簾垂，燈昏香直，窗外芙蓉殘葉，颯颯作秋聲，與砌
　　鼎相和答。據梧暝坐，湛懷息機。每一念起，輒設理想排
　　遣之。乃至萬緣俱寂，吾心忽瑩然開朗如滿月，肌骨清涼，
　　不知斯世何世也。斯時若有無端哀怨，根觸于萬不得已，
　　即而察之，一切境象全失，唯有小窗虛幌、筆床硯匣，一
　　一在吾目前。此詞境也。〔註90〕

〔註88〕〔清〕焦袁熹：〈消暑吟題詞〉，《此木軒文集》，卷下，藏於天津南
　　　　開大學古籍室。
〔註89〕〔清〕焦袁熹：〈綠窗小草序〉，《此木軒文集》卷上，藏於天津南開
　　　　大學古籍室。
〔註90〕〔清〕況周頤：《蕙風詞話》，唐圭璋主編：《詞話叢編》，冊五，卷

與焦袁熹所描摹者若合符契。焦袁熹此論之開拓意義自不可低估。

　　焦袁熹詞中無可奈何之情，主要是對年歲流逝之感傷以及對於知音寥寥無幾之恨，其〈采桑子〉二首云：

> 看朱似碧成何事，青鬢蹉跎。白日消磨。學做詞人做得麼。
> 　前賢頗恨知音少，對酒當歌。恨鬼愁魔。風雨蕭然奈若合。（《全清詞‧順康卷》，冊十八，頁 10585）

> 人間不少間風月，落葉飛蓬。聚散匆匆。蝶夢醒來更惱公。
> 　何人解道心中事，換羽移宮。對語秋蟲。燭燄今宵吐似虹。（《全清詞‧順康卷》，冊十八，頁 10585）

「看朱似碧成何事，青鬢蹉跎」，「人間不少間風月，落葉飛蓬。聚散匆匆。蝶夢醒來更惱公」，均有感於年歲流逝之速，爲自傷年老之言。詞人不僅視力蒼茫，白毛染頭，更即所見「落葉飛蓬」起興，以喻世間人事之聚散匆促無定；也因爲年老而身邊知心朋友泰半零落，讓詞人反觀自己之衰顏老態，並發出「前賢頗恨知音少」、「何人能解心中事」之慨嘆，其心思唯能寄託於「換羽移宮」之詞中，即以音樂文學之形式來寫風月之情。作者更自道「塡詞不是吾家物」、「學做詞人做得麼」，均爲刻意之語，焦袁熹以經學著稱世，塡詞當非焦氏所擅長或經營之事物，既然如此，焦氏爲何還要塡詞呢？「學做詞人作得麼」一句，焦氏自問，亦係詢問讀者，使焦氏藉由詞之形式，以寄託自身隱微難言的情意志向之目的更爲明顯。

　　焦袁熹詞中無可奈何之情，除「感慨所寄，不過盛衰」對於年歲流逝之慨嘆，更多的係與其仕進態度相關。號稱「盛世」的康雍兩朝，在焦袁熹之筆下呈現另一種樣貌：

> 連歲遭大祲，田毛存者稀。〔註91〕

> 客行路欲迷，客心多慘淒。盛恩大賑贍，急病無良醫。自遭昏墊後，千里樹無皮。皮盡樹則死，斬伐靡孑遺。〔註92〕

一，頁 4411。

〔註91〕〔清〕焦袁熹：〈村人食糠〉，《此木軒詩鈔》，卷六，頁 16。

〔註92〕〔清〕焦袁熹：〈莘賢自北歸，述途中所見，又出歸途唱和見示，因

　　倉頡作書鬼夜哭，世間萬事多反覆，……東南數郡困微斂，
十載逋租難料檢。皇心燭照懲奸萌，洪赦欲下遲遲行。催
趲文簿堆滿案，陰雨溟濛聞哭聲。〔註93〕

　　饑疫死者既多，鬼不時現，或憑人作種種語言，不可具述。
〔註94〕

　　村民餒死者累累有之，死則縛稻草周屍體，略似棺形，號
曰柴棺，埋之淺土。往歲有停屍六七日者以爲大戚，今更
可免矣。〔註95〕

　　玉輦巡行間歲出，江北江南呼萬歲，……千乘萬騎如云屯，
縣邑供帳非容易……本爲百姓不爲官，官今要你納皇費。
〔註96〕

面對這樣的現狀，焦袁熹無力去改變。更因爲焦氏只是一介布衣，未
能握有改變社會之實權。卻只能眼睜睜目睹「康、雍盛世」下，大部
分黔首黎民痛苦難堪之生活。焦袁熹除早年曾經歷過明末清初之動盪
時局之外，成年之後所處時代即所謂「康乾盛世」，其詩文中不乏歌
功頌德之辭，但在內心深處，卻一直有一種疏離之感。焦氏中舉時不
過三十六歲，兩次會試不第時亦不過四十歲，此後即絕意仕進。其冠
冕堂皇之理由雖是奉養祖母與母親，但在其詩詞中卻偶爾表露出對於
仕進眞正之態度。

　　對於文人豔羨的詞臣生活，焦袁熹感慨道：

　　清時才藻集鸞麟，左史搖毫雨露新。

　　一領錦袍旋見奪，可能容易作詞臣。〔註97〕

滿族統治者對漢族的士人採取了籠絡羈縻和強勢鎮壓的兩手政策，針

　　賦一篇聊記百一〉，《此木軒詩鈔》，卷一，藏於中國國家圖書館古籍
　　室。
〔註93〕〔清〕焦袁熹：〈紀郡城一異〉，《此木軒詩鈔》，卷二。
〔註94〕〔清〕焦袁熹：〈紀事六首〉之三自注，《此木軒詩》，卷二。
〔註95〕〔清〕焦袁熹：〈柴棺詩〉自注，《此木軒詩》，卷二。
〔註96〕〔清〕焦袁熹：〈納皇費〉，《此木軒詩》，卷五。
〔註97〕〔清〕焦袁熹：〈詠古〉，《此木軒詩》，卷四。

對「近有旨舉博學宏詞」表示「聖明張鐵網，肯起應詞科？」〔註98〕「鐵網」二字頗能表達詞科嚴酷那一面，清廷實為「行雲冉冉，風波險」〔註99〕之境，表明焦袁熹對於清廷收取名士以籠絡人心的政策有著清醒的認識。《此木軒詩集》卷二，作〈感秋〉一首，更揭示焦袁熹對於仕進之態度：

> 四時平分天主之，人間獨覺秋可悲。木葉望秋欲自墮，老物不待涼風吹。百草著霜彊不死，其奈意緒先蕭衰。眼前風景俱若是，令我忽忽多懷思。我思爵紆誰得知，愁入肝腎安能治。蒼天於我非不仁，人心哀樂各有宜。不見朱門醉華月，絃歌酒坐相娛嬉。但令天下窮士皆得所，我獨終日戚戚復奚為。〔註100〕

全詩以「悲秋」作為主題，以秋季蕭瑟之景象，觸景生情，寄寓自身心情之鬱悶。清廷高壓政策，使焦袁熹只能「捫腹吾儂在，書空若輩為」，「投筆」、「縮手」，「而無出袖時。」〔註101〕末句「但令天下窮士皆得所，我獨終日戚戚復奚為」一句，表明自己有心為官，無忘國事，惟礙當時之清廷之環境，詞人竟不得施展其抱負。焦氏作為一位真性情之「狷者」，嘗言「吾生大有不平事，憫默深傷自折磨」〔註102〕，這些現實中的感慨都化為一種「抑塞」之氣，甚至夢魂間又入少年場。其〈浪淘沙〉詞云：

> 白日去堂堂。鬢惹璿霜。夢魂時入少年場。彩筆書裙凡幾幅，墨雨淋浪。　　身似客他鄉。滿眼淒涼。更深獨作一

〔註98〕〔清〕焦袁熹：〈酬虞皋見贈二首〉之二，《此木軒詩》，卷二。
〔註99〕〔清〕焦袁熹：〈瑤池燕〉，《全清詞‧順康卷》，冊十八，頁10590。
〔註100〕〔清〕焦袁熹：《此木軒詩集》，卷二。
〔註101〕〔清〕焦袁熹：〈縮手戲題〉，《此木軒詩》，卷二。
〔註102〕「武唐吳滈還樸園者，才而窮不諧於眾，歲乙巳以詩卷來見，府君賞其奇而哀其困，閱其手卷，輒再三嘆，是年題一詩云：『吳郎音問久蹉跎，老去生涯竟若何，世上定知憐汝少，卷中何苦罵人多，吾生大有不平事，憫默深傷自折磨。』武唐人乃稍稍加禮吳君無何，吳君竟以貧死。」見〔清〕焦以敬、焦以恕編：《焦南浦先生年譜》，頁372。

繩床。心上自來千種恨，不待思量。(《全清詞‧順康卷》，冊
十八，頁 10591)

年歲之流逝及其仕途未遂，終究成爲其詞中主要內容，即是詞人無可
奈何之情。此外，焦氏對於生離死別亦有無奈之憾，尤其思念其亡妻
之作，如〈采桑子〉：

花開並蒂枝連理，一種情緣。不斷綿綿。也有陽臺雲雨仙。
　黃姑織女長相憶，天上人間。此事同然。割肚牽腸不
可言。(《全清詞‧順康卷》，冊十八，頁 10585)

〈南柯子〉：

岸竹蕭蕭雨，池荷颭颭風。鴛鴦飛起不關儂。自是心頭眼
底，苦無悰。　暝靄啼寒碧，涼波褪膩紅。一番光景夢
中逢。怎奈年來無夢。但惺忪。(《全清詞‧順康卷》，冊十八，
頁 10590)

無論是「天上人間」之隔，或是「年來無夢」之憾，皆是焦氏無可奈
何情感之抒發。詞以言情也成爲清人把握詞體的基本特性。如周在浚
《借荊堂詞話》認爲：「古無無性情之詩詞，亦無捨性情之外別有可
爲詩詞者。」〔註103〕浙派領袖朱彝尊主張：「善言詞者，假閨房兒女
之言，通之於離騷變雅之義，此尤不得志於時者所宜寄情焉耳。」(〈陳
緯雲鹽紅詞序〉)朱彝尊總結出「空中傳恨」作爲詞的「認識意涵與審
美價值相融匯的要義」，然而「『傳恨』，若太質實，固乖背清空、空
靈的審美趨求；然而清空、空靈若無『恨』傳出，必成空椁，浙派不
少傳人之遭訾議，弊端正在此。」〔註104〕焦袁熹提出詞所傳者係無
可奈何之情，正式針對浙派末流無情可傳而言。

吳騏云：「文章專論才，詞兼論情。才貴廣大，情貴微密，蘇長
公詞有氣勢而少纏綿，才大而情疏也。柳耆卿、周美成纏綿矣，而乏
氣勢，情長而才短也。」(《吳日千先生全集》)焦袁熹同樣以「傳情」

〔註103〕〔清〕江順詒：《詞學集成》「詞上薄風騷」條下引，唐圭璋主編：《詞
　　　　話叢編》，冊四，卷一，頁 3226。

〔註104〕嚴迪昌：〈海寧查家詞話──兼說「浙派」中期詞研究〉，《嚴迪昌自
　　　　選論文集》(北京：中國書店，2005 年 8 月)，頁 33。

之觀點評論唐宋詞人，焦氏推崇柳永、周邦彥爲傳情之代表，而以蘇軾作爲使才之代表。是證焦袁熹喜愛周、柳得見其情之眞，而認爲蘇軾天才橫溢，「逢場作戲三分假」，其作未臻「情至」。焦氏又以推崇柳永爲甚，乃是異代同慨，受其詞中之情眞所感，藉他人酒杯而澆胸中塊壘之故。

第三節　審美追求：「清」爲「研煉之極」的表現

一、論詞標準　以清爲主

　　焦袁熹論詞之評價，必須結合焦袁熹對「清」這一範疇之闡釋來理解。「清」作爲一個審美範疇可謂源遠流長，清代批評家認爲尚「清」之說乃發軔於《詩經・大雅・蒸民》：「吉甫作誦，穆如清風；仲山甫永懷，以慰其心。」〔註 105〕至兩漢三國，尚「清」之說偏重於作家的主體人格修養。至鍾嶸《詩品》以「清」論詩成爲重要的審美標準。唐代更不乏用「清」來評論作品之例，司空圖《詩品・清奇品》：

　　　　娟娟羣松，下有漪流。晴雪滿竹，隔溪漁舟。可人如玉，
　　　　步屧尋幽。載瞻載止，空碧悠悠。神出古異，淡不可收。
　　　　如月之曙，如氣之秋。〔註106〕

對「清」之闡釋肇始於宋代，當時卻受到「韻」之挑戰。〔註107〕直至明代胡應麟《詩藪》則爲「清」下了不易之論，指出「清者，超凡絕俗之謂」：

　　　　詩最可貴者清。然有格清，有調清，有思清，有才清。才
　　　　清者，王、孟、儲、書之類是也。若格不清則凡，調不清

〔註105〕〔漢〕毛亨傳，鄭玄箋，〔唐〕孔穎達疏：《毛詩正義・大雅・蒸民》，《十三經注疏》，冊二，卷十八，頁 677。
〔註106〕〔唐〕司空圖：《二十四詩品・清奇品》，〔清〕何文煥輯：《歷代詩話》，上冊，頁 42。
〔註107〕對於「清」之詮釋，詳參蔣寅：《古典詩學的現代詮釋・清》（北京：中華書局，2009 年 4 月），頁 58～82。

則冗，思不清則俗。〔註108〕

胡氏此論可謂深得清之三昧。由審美風格來看，「清」凸出詩人澄澈的心境和沖淡的襟懷，意境輕靈飄逸，題材澄淨清純，語言淡雅流暢。〔註109〕焦袁熹同樣標舉「清」是詩、詞必備之特質，並以此審美範疇論詞，然而與胡應麟之旨趣不同，焦氏將「清」落實於語音聲律之層面，此外，其矛頭更直指浙西詞派一味追求「清空」，不免落得效顰之譏。焦袁熹認為詞是以「傳情」為主，詞體即是將「情」以「清唱哀絃」的形式加以表現〔註110〕，其詞云：

> 生生死死塵緣在，長短離亭。歡會飄零。人到中年百事經。
>
> 　　今來古往情何極，一例惺惺。夜雨淋鈴。清唱哀弦字
> 裡聽。（《全清詞‧順康卷》，冊十八，頁 10593）

焦袁熹深抉「清」為詩、詞美學表現形式。蔣寅於《古典詩學的現代詮釋》一書中指出，焦袁熹對於「清」的核心有深入之論述，其〈答釣灘書〉指出「清」是中唐晚詩的美學精神所在：

> 愚嘗徧觀唐人之作，盛唐之上，意象玄渾，難以跡求；至
> 中晚而其跡大顯矣。一言以蔽之，其惟清乎。〔註111〕

又闡明清的境界及對於詩的重要意義：

> 清者，研練之極，雖古人亦不能逡巡而至也。故有句云
> 新詩應漸清，言工深乃至也。是故不經研練，略成句子，
> 信手填入者，唐人必不為也。豈故好為其難，蓋以謂不
> 若是則不成章爾。不然則何以此人然，彼人亦然，乃至
> 篇篇然，句句皆然耶？夫雄豪藻麗，詩品雜陳，而清之
> 一言必不可失。譬若吏治之廉，女德之貞也，詩之餘無

〔註108〕〔明〕胡應麟：《詩藪‧外編四‧唐下》，《景印文淵閣四庫全書》，冊一六九六，頁 156。

〔註109〕孫克強：《清代批評史論‧清代詞學範疇論》（上海：上海古籍出版社，2008 年 11 月），頁 167。

〔註110〕裴喆：〈清初詞人焦袁熹及其論詞詞〉，「2010 西安‧詞學國際學術研討會」論文集，西安：陝西師範大學主辦，2010 年 10 月，頁 6。

〔註111〕〔清〕焦袁熹：〈答釣灘書〉，見《此木軒論詩彙編‧總論》，卷一，未編頁碼。

足觀矣。〔註 112〕

「清」於盛唐以前是「意象玄渾，難以跡求」，李白自言其詩學觀點：「自從建安來，綺麗不足珍。聖代復元古，垂衣貴清眞。」〔註 113〕杜甫亦以「清」論詩：「清新庾開府，俊逸鮑參軍」〔註 114〕、「詩清立意新」〔註 115〕；然至晚唐賈島耽於苦吟，目的即爲求「清」，於其論詩章句中，「清」字凡九見，間接以「清」評詩的詩句不少。晚唐高僧齊己受賈島影響，詩論以尚「清」爲核心〔註 116〕，據此可知「清」之趣味在中晚唐人刻意追求的同時，也影響詩歌創作與批評。蔣寅認爲焦袁熹對清的論述，在融合前人見解的基礎上，又有新的開拓，同時指出「清」是中晚唐刻意追求的美學趣味，也觸及了唐詩史的深層，顯出相當深刻的詩史眼光，也顯出相當自覺的理論意識。〔註 117〕

　　謝章鋌《賭棋山莊詞話》言雲間詞派以晚唐、北宋爲宗，「自吳梅村以逮王阮亭，翕然從之，當其時，無人不晚唐」〔註 118〕，焦袁熹亦認爲「近世詩學，如以堅燥物暫置水中即出之，其稍久者亦不能滲入，比之於古，功力無萬分一也，如唐之詩，及宋之詞，元之曲，直是徹骨徹髓，後代安能及之」〔註 119〕，推崇唐詩而貶宋詩，其詞學中「清」之觀念，明顯借鑒唐詩而來。清初宗唐派詩人王士禎主張

〔註112〕〔清〕焦袁熹：〈答釣灘書〉，見《此木軒論詩彙編・總論》，卷一，未編頁碼。

〔註113〕〔唐〕李白：〈古風〉，〔清〕聖祖御定：《全唐詩》，冊五，卷一六一，頁 1670。

〔註114〕〔唐〕杜甫：〈春日憶李白〉，〔清〕聖祖御定：《全唐詩》，冊七，卷二二四，頁 2395。

〔註115〕〔唐〕杜甫：〈奉和嚴中丞西城晚眺十韻〉，〔清〕聖祖御定：《全唐詩》，冊七，卷二二七，頁 2450。

〔註116〕謝資娅：〈齊己詩論尚「清」說初探〉，《中國文學研究》第 3 期，2004年，頁 43。

〔註117〕蔣寅：《古典詩學的現代詮釋》（北京：中華書局，2009 年 4 月），頁 73。

〔註118〕〔清〕謝章鋌：《賭棋山莊詞話・續編》，唐圭璋主編：《詞話叢編》，冊四，卷三，頁 3530。

〔註119〕〔清〕焦袁熹：《此木軒論詩彙編》，卷一。

「神韻說」，其內涵是以沖淡清遠為尚的審美意識。有人問及「不著一字，盡得風流」之說，王士禛引用李白〈夜泊牛渚懷古〉與孟浩然〈晚泊潯陽望香爐峰〉二詩後指出：「詩至此，色相俱空，政如羚羊挂角，無跡可求，畫家所謂逸品是也。」〔註120〕所謂「逸品」，是在繪畫上追求的「蕭條淡泊之意，閑和嚴靜之心」〔註121〕的超脫絕俗的藝術珍品。王士禛認為，詩歌藝術也象繪畫藝術一樣，當以沖淡、清遠、天然、超詣為其藝術的極至，「古淡閑遠」、「清空玄虛」、「不即不離，不沾不脫」，如「蘭田日暖，良玉生煙」，似「羚羊掛角，無跡可求」，朦朧空靈，瑩徹玲瓏，神韻攸然，色相具空。〔註122〕細察焦袁熹美學取向的客觀原因，當與清初復興晚唐風韻而妙解詩意活法的詩文化氛圍相關。〔註123〕《此木軒論詩彙編》卷一云：

> 乾坤有清氣，散入詩人脾，唐人詩雖高下不同，皆是清氣
> 所發，然真能得之者，亦千百之一也，乃若明七子之徒，
> 恐于所未清氣者，不復存矣。〔註124〕

焦袁熹論詞以「清」作為最高標準，是「以詩論詞」之表現，是傳統詩學向詞學之影響與滲透。盛唐詩「意象玄渾」之「清」，自然借鑒引用於詞學批評實踐之範疇，同時也強調聲律清濁之參究。眾所周知，詞至明代素被稱為中衰之期，最根本之問題在於詞創作存在淺俗、浮豔、不諧聲律之弊端。明人陳霆《渚山堂詞話》分析明詞中衰

〔註120〕〔清〕王士禛著，張宗柟纂集，戴鴻森校點：《帶經堂詩話》，郭紹虞主編：《中國古典文學理論批評專著選輯》（北京：人民文學出版社，1998 年 2 月），上冊，卷三，頁 71。

〔註121〕〔清〕方薰：《山靜居畫論》引歐陽脩語，《叢書集成初編》，冊一六四四，卷上，頁 2。

〔註122〕蔡鎮楚：《中國詩話史》（長沙：湖南文藝出版社，1994 年 10 月），頁 239～240。

〔註123〕〔清〕吳偉業〈宋直方林屋詩草序〉曰：「（清初）天下言詩者輒首雲間。」雲間派首開清詩之特色，繼承七子衣缽，宣導秦漢文章、盛唐詩歌，揭開了清代詩史宗唐的序幕。〔清〕吳偉業：《梅村家藏稿》，《四部叢刊初編》（臺北：臺灣商務印書館，1967 年），卷二十八，頁 132。

〔註124〕〔清〕焦袁熹：《此木軒論詩彙編》，卷一。

之表現：「我朝文人才士，鮮工南詞。間有作者，病其賦情遣思，殊乏圓妙。甚則音律失諧，又甚則語句塵俗。求所謂清楚流麗，綺靡醞藉，不多見也。」〔註 125〕在此時代背景下，焦袁熹反思明詞之失，認爲聲分陰陽、濁清，論詞極重視其音律，與胡應麟著眼於境界的旨趣不同，焦袁熹對「清」之把握尤其落實在語音聲律的層面上，從另一角度切入清的內核。〔註 126〕焦氏分析清在詩中的具體表現即在聲律方面的人工營造性質，在此不惜筆墨，移錄全文如下：

> 且清非可以口授而指畫得之者，必其迥然特出乎埃壒之表，知者辨之，不知者不辨也。曰事清，曰境清，曰聲清，曰色清，而聲清爲要矣。字者公家之物，無清無不清者，連屬成句，而境象聲色具焉。其清者必其人苦心選擇以致然，非偶然而合也。字音陰爲清，陽爲濁，陰陽又各二。然善連屬者非醇用陰也，反是者非必太半用陽也；而清濁分焉者，由所以選擇而使之有精與粗故也。一婦獨處，寂然而已；及二人三人共語窗牖間，或喃喃如燕，或嚶嚶若鶯，或詁誶勃谿，不可暫聽。夫屬辭之善不善，何以異是乎？〔註 127〕

又認爲才氣對聲律清濁有決定關係：

> 聲之清濁，氣之類也，聲氣在人，似有天分。得之清者，所謂天才也，事半而功倍矣。以近世驗之，夏考功不逮，陳黃門、王玠石又遠不逮焉。非關學問，由降才異也。然使其人能深辨乎此，加意研煉，未必不可變濁而爲清也。惟其天分有限於此，無所用其力，故其所成就僅若是而已爾。〔註 128〕

〔註 125〕〔明〕陳霆：《渚山堂詞話》，唐圭璋主編：《詞話叢編》，冊一，卷三，頁 378。

〔註 126〕蔣寅：《古典詩學的現代詮釋》（北京：中華書局，2009 年 4 月），頁 73。

〔註 127〕〔清〕焦袁熹：〈答鈞灘書〉，見《此木軒論詩彙編·總論》，卷一，未編頁碼。

〔註 128〕〔清〕焦袁熹：〈答鈞灘書〉，見《此木軒論詩彙編·總論》，卷一，

最後提出聲律運用視內容而定，並不以清爲唯一的追求，同時清也不限於淒寒肅殺之聲，那種超絕塵俗之聲方是清之極致：

> 且聲之善，非讀聲而已矣，心之哀樂以是傳焉，所謂言之
> 不盡，聲能盡也。必待言語文義而後達其意者，非能詩者
> 也；必觀言與文義以視彼之情者，非知詩者也。讀杜子美
> 憶弟妹詩，不問何語，聽其聲豈可施之他處乎？此子美所
> 以爲詩之聖。蓋非有意爲之，猶所謂聖德之至，動容周旋
> 自中乎禮爾。反此用聲之效，各惟其宜，似若不專於清之
> 一言者，則所以謂清者，非必若澗谷檜柏淒寒肅殺之聲而
> 乃得題之曰清也。鳳凰鳴矣，于彼高岡，清之極也，何有
> 於淒寒肅殺哉？〔註129〕

「若格不清則凡，調不清則冗，思不清則俗」（《詩藪》），清之極者，當爲超凡絕俗之謂，爲詩歌審美範疇之最上者。唐五代、北宋時，詞主要應歌而作，目的是尊前侑觴，以娛樂功能爲目的；詞以口頭傳播爲主，詞創作之中心，詞人作詞的對象、傳播的媒介甚至目的就直接指向唱詞的人，所以其傳播形式之娛樂性、即時性和隨意性必然造成詞在濫觴期重聲不重辭。之後南宋至清朝，詞從口頭演唱爲主要傳播方式轉變爲以書面傳播爲主，作爲豔科之詞逐漸從僅僅以資娛樂的功用上升至言士大夫之身世、家國感慨以及文人之間的酬唱應和，傳播媒介除了歌者，更大程度是依賴紙質媒體的書面傳播〔註130〕，因此相對於南宋精工字句，刻意嚴審音律，焦袁熹推崇南唐、北宋爲詞學高峰，除了「抒情」、「自然」等特質外，更是因爲詞之音樂性仍存在，其詞合音諧律，自然而無鑿刻之痕。

清代沈祥龍《論詞隨筆》：「詞不尚鋪敘，而事理自明，不尚議論，而情理自見，其間全賴一清字。骨理清，體格清，辭意清，更出以風

　　未編頁碼。
〔註129〕〔清〕焦袁熹：〈答釣灘書〉，見《此木軒論詩彙編・總論》，卷一，
　　　　未編頁碼。
〔註130〕楊雨：〈婉約之「約」與詞體本色〉，《中山大學學報》（社會科學版）
　　　　第 5 期，2010 年，頁 38。

流蘊藉之筆，則善矣。」〔註131〕「清絕」之詞乃歐陽炯及花間詞人
的審美趣尚，歐氏稱譽花間詞「不無清絕之詞，用助嬌嬈之態」，所
謂「清絕」是極清之意，《說文》：「清，朗也，澂水之見。」〔註132〕
人們以水的平靜清澈爲經驗基礎，從而崇尚清淡的審美理想。《花間
集序》顯示了花間詞「清絕」的創作傾向，追求清詞麗句即爲其一。
〔註133〕「清詞麗句」作爲一種文學概念是源自於杜甫〈戲爲六絕句〉：
「不薄今人愛古人，清詞麗句必爲鄰。竊攀屈宋宜方駕，恐與齊梁做
後塵。」〔註134〕韋莊追求「清詞麗句」，其詞「清豔絕綸，初日芙蓉
春月柳，使人想見風度」，語言上清新明麗，詞境極清麗疏朗，歷代
評論家評價韋莊詞時多用「清」字，正是眞摯而深沉的情感內容，使
詞人出之清疏、淡雅之筆，從而予人以清麗之美感；而接下來的南唐
詞派雖遣句亦以清麗爲本，但清麗不在於語言作爲符號所表示的自然
色彩，而在於塑造形象過程中所顯現的感情色彩。〔註135〕焦氏謂和
凝「唱出清新」，韋莊本以「清豔絕綸」著稱，馮延巳「思深辭麗，
韻律調新，眞清奇飄逸之才也」，焦袁熹於「論詞長短句」中，對於
具有「清」特質之三人評價極高，拈出焦袁熹審視詞之標準，「一言
以蔽之，其惟清乎」！

　　此外，焦氏不僅用「清」爲標準批評唐宋詞人，更喜於創作用「清」
字：

〔註131〕〔清〕沈祥龍：《論詞隨筆》，唐圭璋主編：《詞話叢編》，冊五，頁
　　　　4054。
〔註132〕〔南唐〕徐鍇：《說文繫傳》，文懷沙主編：《四部文明·秦漢文明卷
　　　　三·說文彙纂一》（西安：陝西人民出版社，2007年9月），頁362。
〔註133〕「《花間集序》顯示了花間詞「清絕」的創作傾向，一是『鏤玉雕瓊』，
　　　　追求綺麗香豔；一是『裁花剪葉』，追求清詞麗句。」徐安琪：《唐
　　　　五代北宋詞學思想史略》（北京：人民文學出版社，2007年11月），
　　　　頁61。
〔註134〕〔唐〕杜甫：〈戲爲六絕句〉，〔清〕聖祖御定：《全唐詩》，冊七，卷
　　　　二二七，頁2453。
〔註135〕余傳棚：《唐宋詞流派研究》（武漢：武漢大學出版社，2004年6月），
　　　　頁47。

	詞　牌	詞　題	詞　句
1	漁歌子	集字	蓮渚依微弄碧煙。涼催楓岸艇初還。清嘯發，直鉤閒。悠悠不識洞中仙。
2	憶君王	微雪	非煙非霧更非霜。拂面侵衣來去忙。可是天公欲放狂。忒清涼。何似三春飛絮香。
3	生查子	西園詠梅，呈珠岩	苔枝覆碧流，皎皎如新沐。睡覺識芳魂，不離仙家屋。　岩磴遲親知，移艇閒依宿。涼影在樓南，宜把清尊屬。
4	浣溪沙	集字詠梅	梅樹依微映渚灣。蘚岩苔磴競臨觀。芳魂睡重也知還。　約鬢乍疑涼影在，凭樓渾覺繡茵閒。清尊碧袖且尋歡。
5	浣溪沙	題青浦陸容三小照	婉變崑陰興不孤。夜光積玉重名都。風流文采世間無。　碧蘚蒼苔忘歲月，清泉白石任朝晡。一襟真意古為徒。
6	采桑子		生生死死塵緣在，長短離亭。歡會飄零。人到中年百事經。　今來古往情何堪，一例惺惺。夜雨淋鈴。清唱哀弦字裏聽。
7	清平樂	見蠟梅著花感賦	小春初過，漏泄些兒箇。認取枝頭三四朵。可是蠟丸分破。　蝶魂飛近南樓。燈花相伴清愁。休問夕陽宮額，三生塵夢悠悠。
8	琴調相思引	蘭	蝴蝶眠香夢未知。蜜蜂駝去一些兒。墜紅啼眼，清且苦相思。上巳游來成國俗，庚寅降後背時宜。幾多幽恨，可要吐芳辭。
9	南柯子	蘭答菊	寶襪驚衣艷。金鈴訝鬢妍。部頭小字憶當年。底事道家冠樣，學神仙。　瘦影昏燈伴，殊香夕照前。同心人在阿誰邊。憐取紅芳清露，冷娟娟。
10	鵲橋仙	自題直寄詞其一	陽春白雪，哀弦清脆，敢望南唐北宋。鶯兒燕子語惺忪。也只是、舌頭學弄。　亡來朱十，不知年月，覓了瓣香惶恐。尋常言語總難工。又那得、許多骨董。

11	鵲橋仙	爲潘蔚臣題畫菊，潘母近九十故云	黃冠道帔，古香逸韵，一種東籬風氣。幽人日夕侍餐英，似別有、眞珠露洗。　　重陽令節，杯浮三雅，鄮縣清泉堪擬。安仁正奉板輿歡。好添入、閑居賦裡。
12	漁家傲	寄呈指松上人其一	碧綠青黃無近遠。山光到處堪遊玩。清淨法身如是觀。慵擡眼。道人只是騰騰慣。　　法要心宗渾不管。難難易易由他換。開口怕成擔板漢。饑腸唤。春來且做桃花飯。
13	漁家傲	寄呈指松上人其四	亂墜天花空繚繞。清溪說法無分曉。一事稀奇非草草。知音少。無絃彈出相思調。　　綺語債多償不了。泥犁墮去休煩惱。天下老僧饒舌報。同坑好。此時恰會拈花笑。
14	魚游春水		清愁今番最。減盡香腰寬盡帶。墙頭窺宋，淺笑恐呈含貝。凭損雕欄墜露中，望斷芳草斜陽外。魂逐去帆，心搖懸斾。　　一霎花陰密會。夢做蝶兒迷香靄。屏山依約燈殘，虛窗響籟。鳳幬閑煞鴛鴦錦，玉骨稜稜勞他蓋。相思病成，這般毒害。
15	燭影搖紅	荷燈	蕭鼓聲中，早春已覺薰風拂。華筵紅錦夜香圍，看取凌波襪。似恁亭亭嫋嫋。細端相、空迷醉纈。霏煙吐燄，越豔吳娃，居然羅列。　　却使姮娥，妬他三五無圓缺。坐中年少發清謳，對影憐奇絕。可有絲兒難殺。撿啼痕、高燒絳蠟。並頭種子，的的煎熬，十分心熱。
16	醉蓬萊	萬壽節恭賦	正遲遲淑景，翠暖紅香，清和時候。六字同春，向康衢馳驟。電繞虹流，欣逢茲日，亘古今稀覯。旭日中天，祥雲五彩，萬人瞻就。　　運值昇平，世登三五，稚齒耆年，上蒼均佑。是處華封，祝吾皇多壽。鳳管聲繁，鵲爐烟裊，甚能酬高厚。唯有年年，長瞻紫極，同斟堯酒。

17	西子妝	秋海棠	人立小庭，粉墻濕處，曉日瞳矓羞避。嫩紅嬌白本天然，傍窗紗、幾多幽意。風光細膩。帶重露、一番梳洗。好涼天，問弱魂何似，東風沉醉。　休濃睡。夢冷華清，一霎塵埋地。斷腸遺恨悄無言，倩吟蛩、說些心事。商量此際。把紈扇、輕描纔是。細端相、點點傷心粉淚。
18	聲聲慢	詠閨人聲，用蔣勝欲體	深深媚靨，小小夭脣，天然出落嬌聲。笑語花間，輕風攪入鶯聲。尋常共人酬對，勝他家、清脆歌聲。鎖蛾綠，被些兒懊惱，引出啼聲。　暗憶當年歡會，有深遮燈影，一向低聲。月底星前，知他幾許愁聲。商量甚時重見，小窗中、唧唧儂聲。相見也，又嗔人、偏不做聲。
19	百家令	贈趙潤川	俊才今見，似士衡妙解、早傳文賦。搖筆驚看騰墨彩，一洗人間塵蠹。擲地摩空，等閒清夢，不信鈞天愕。一時勛績，丹黃堪笑窮揩。　何處長笛飛聲，倚樓聽倦，怨句杯前付。莫惜娉婷今未嫁，好景良辰虛度。寶運方新，重重結網，海底珊瑚露。連城光價，酬君應也如數。
20	水龍吟	同衢尊、虞皋、夢園、禹功過西園即事，集詩牌字分賦，呈珠巖	名園得得頻頻來，縈紆洞壑迷人處。釣船並傍。柳，苔衣上砌，花梢鳴雨。浪細鳧猜，池翻鷗剩，雲籠樹古。正掩關坐久，蘋洲眼冷，遲去聲嵐月，蒼霞暮。　敢是論心爭赴。伴清吟、不慳支許。狂搜勝境，愛題筠綠。書巢畫圃。金谷羞談，知君雅志，雲泉為主。漸低斜碧漢，添斟斗酒，任鶴更曙。
21	賀新郎	剪刀	燈火窗紗靜。象牀邊、鈿尺初量，玉纖嫌冷。秋水明瞳頻注處，一幅吳淞瑩淨。恰指下、裂繒聲應。憑仗并州十分快，似斜斜、燕尾輕難定。雙劍動，隔鄰聽。　工良豈止風斥郢。便春來、二月枝頭，未輸神聖。要鬪隋宮花爛發，遮莫清宵漏永。更金斗、一番重整。裙蝶紛飛渾不怕，怕中間、拆了鴛鴦頸。腸寸結，暗思省。

22	大酺		望宿雲開，天容嫩，波暖芳塘吹縠。蒲芽抽短碧，想文禽多思，睡醒頻俗。袖冐枝柔，裙拖草軟，蝶板鶯簧相逐。東風輕狂甚，早飛花一片，暗傷心目。聽盡日□譸，杏梁雙燕，話愁難足。　看朱還似綠。最無賴、飛驟韶光速。念舊日、踏青心緒，詠絮才情，縱銷磨、鏡中紅玉。忍把長眉畫，爭掃得、別愁千斛。更休唱、相思曲。鴛錦裁罷，清泪空陪殘燭。恁時寸腸怎續。
23	雨霖鈴	別	清秋時節。黯然魂斷，與子之別。蘭橈欲動還住，叮嚀幾句，幾回嗚咽。無限珠香玉煖，怎教人輕撇。背人處、忍淚偷彈，紅袖垂垂覺愁絕。　蠅頭蝸角成何業。把良辰、好景都磨滅。重題舊恨如許，須臾頃恐難停歇。送出門前，咫尺天涯，凝望空闊。應積得、萬種無憀，留待歸來說。
24	哨遍	點爾何如一節	點爾何如，鼓瑟漸希，遺韻猶鏗爾。曲將終，君子問更端，合舍瑟斂容而起。憶先生，曾許某爲狂士，即今請以狂言對。看三子云云，兵農禮樂，未肯隨行逐隊。論人生有志試言之，便異耳何妨勿更疑，乃依舊嘐嘐，對景擴懷，揚眉吐氣。　四序日推移，韶光九十今餘幾。檢取春衫，不怕微寒侵曉袂。約一十餘人，或童或冠，提攜傴僂相遊戲。向沂水潺湲，舞雩深秀，暖日和風明媚。就溫泉浴罷，披衿當此，縱清暉娛我憺忘歸。只寓意何曾留意。歌曰歸去來兮，胸次差無累。賤子具陳，吾師靜聽，梗概如斯而已。尼山同調是狂生，視三賢、大逕庭矣。
25	壺中天	朱天標、陳咸京招同沈友聖、吳崙仙、張漢颺飲懷古堂賦	霜風漸緊，看幾行雁字，書天難整。一點幽香梅蕊破，肯負夜深清景。喚酒疏狂，徵歌慷慨（時崙仙度曲。），不覺鸘裘冷。爲君起舞，十年心事重省。　漫道青鬢依然，消磨如許，憐我應同病。況是休文腰更瘦，怕見燈前瘦影。南浦

			煙深，西窗燭短，蕩跡嗟萍梗。不辭盡 醉，五更寒雨愁聽。
26	水龍吟	雪意	重陰到自龍沙，凍雲一色江天暮。數聲 欸乃，漁郎小駐，驚鴻時度。遠岸衰楊， 斷絲零葉，模糊如許。似東風二月，人 家簾幕。待吹起、枝頭絮。　　底事寒 威頻做。問飛瓊、步虛果否。瑤臺月暗， 藍田煙冷，玉人先妒。可惜梅花，一枝 清瘦，獨醒誰語。向黃昏籬落，微微點 綴，是春來處。
27	探春慢		短日迎寒，愁雲催凍，小春消息何許。 一室清幽，故人離索，牆角梅花暗吐。 誰覺東陽瘦，似未怕、少年儔侶。開尊 謾鬥疏狂，燭花頻剪休訴。　　猶記玉 京舊事，對北海高風，等閒茵污。青眼 蒼茫，素交零落，贏得詩腸無數。坐上 相逢客，又還帶、悲秋情緒。酩酊忘歸， 來日鬢添霜縷。
28	瑣窗寒	春柳	略略輕風，疏疏晚雨，淡黃愁凝。荒灣 遠岸，一抹微茫雲影。向樓頭、舞低月 痕，瘦腰又怯黃昏近。最憐他雙槳，匆 匆暫駐，嫩煙吹瞑。　　重省。江南景。 算幾番嬉遊，眼青難認。春騘嘶過，分 付墜鞭吟穩。待藏鴉、千縷翠陰，困迷 似夢渾未醒。記誰家、門巷悟悟，絮飛 清晝永。
29	東風第一枝	早梅	砌冷沾霜，籬疏約月，南枝暗解春意。 犯寒稍覺心狂，照水自憐影碎。偎他翠 筱，似林下、美人風致。伴夜深、瘦骨 橫斜，一片冷魂遊戲。　　江國遠、乍 逢驛使。官舍靜、又添詩思。莫教胡調 吹殘，看取闌干共倚。眉峰飄到，那便 許、曉妝輕綴。算一番、風信初來，怕 墮酸心清淚。
30	齊天樂	美人照鏡	娟娟一片行雲影，窗前曉光留住。似扇 偏明，如波不動，藏得清愁無數。輕灰 拭處。訝對面分紅，定誰生妒。兩點春

			山，幾多心事自相許。　　懷人鉛淚暗瀉，怕雙鸞不見，羞向人舞。舊夢惺忪，新盟冷落，曾被溫家相誤。團圓正午。便飛上天邊，轉添離緒。好伴姮娥，一生應更苦。
31	一萼紅	看梅憶趙介柳	伴芳樽。有三枝兩蕋，清瘦與誰論。寒沁冰肌，香生玉骨，幽意難近朱門。短籬外、含情自許，護片影、無語又黃昏。紙帳高眠，膽瓶閑對，何限溫存。　　曾共美人攀折，想驚心歲序，惱亂詩魂。野寺煙鐘，前溪雪笠，吟袖空染香痕。笑多事、春風嫁早，孤山后、佳耦更逢君。玉笛吹時，不堪涼月紛紛。

排除六首是因為節令需要所用「清明」二字〔註136〕，其餘都用

〔註136〕此六首分別為〈清平樂〉：「榆錢亂打。做了清明也。亞字欄西紅日下。燕子歸來情話。　　玉鞭金勒塵驕。舞裙歌扇香消。如此好天良月，不應忒煞無憀。」〈永遇樂·用陳君衡體〉：「試上樓看，舊家雙燕，乍觸簾旌。仔細聽來，話愁難了，纔只三四聲。香車油壁，西池南陌，幾番做弄陰晴。東風裡、紅羞綠慘，教人有甚心情。　　垂楊無數，飛花無數，雲時寒食清明，驕馬空嘶，裙腰一道，不語心暗驚。誰家姊妹，年時三五，瑣窗低喚卿卿。傷心也、三春過却，半妝未成。」〈多麗·桃花〉：「水光融。晴霞暖日相烘。近清明、一番烟景，年年笑倚東風。乍窺墻、全身欲露，恰當戶、半面先逢。幾許溫磨，無窮豔冶，惱人氣味不言中。暗觸著、衣香漠漠，我輩本情鍾。應憐取、粉腮羞暈，偷嫁臨邛。　　問根株、舊家姊妹，愁他換了芳穠。燕周遮、秦天夢老，蝶留戀、潘縣春空。屐印苔痕，裙拖草色，看朱成碧最惺忪。畫橋外、五湖催送。去鶗苦匆匆。空遺恨、胭脂飛雨，鎮鎮簾櫳。」〈惜殘紅·落花〉：「細數十分春，眼見今無九。狂煞是東風，吹過清明後。花傷憔悴顏，綠暗枝頭瘦。萬點亂紅飛，端的愁時候。　　東隨水面流。還住人間否。那得更重鮮，恨不長相守。遠別長于死，獨自支殘晝。漫天擘晴雲，又接濛濛柳。」〈聲聲慢·桃花〉：「香隨驕馬，暖觸單衣，枝枝燒過春城。亞字牆低，去年人面堪驚。無言似含濃笑，笑春風、濫付柔情。爭拾取、看洗頭天氣，恰近清明。　　何處鱗鱗錦浪，喚輕盈小字，雙槳逢迎。歌扇開時，酣顋還帶餘酲。胭脂淚痕千點，恨重來、已隔蓬瀛。吹盡也，錯教伊、凝恨五更。」〈臺城路·桃花〉：「東風吹破群芳夢，天斜短籬初見。柳弱全遮，杏嬌半倚，盡日無人深院。牆陰窺徧，恰宿雨含啼，曉妝凝怨。解語多情，息嬀愁絕楚宮晚。

到「清」字，共有三十一處，足證焦袁熹對於「清」字之喜愛。焦袁
熹尚「清」說之提出，無疑是揭示了自《詩經》以來從事詩歌創作和
詩歌鑒賞的一條帶有普遍性的藝術規律。

二、指謫浙派　悖離清空

首將「清」引入詞學領域者爲南宋張炎，且將「清」與禪宗之「空」
結合，標榜「清空」反對「質實」。〔註137〕何謂「清空」？此爲風格
論之重要範疇，首見於張炎《詞源》一書：

> 詞要清空，不要實質。清空則古雅峭拔，質實則凝澀晦昧。
> 姜白石詞如野雲孤飛，去留無迹。吳夢窗詞如七寶樓台，
> 眩人眼目，碎拆下來，不成片段。〔註138〕

此處張炎並未「清空」一語下精確之定義，亦無理論闡釋，但是以比
喻之形象語言和具體詞例說明，透過「清空」和「質實」對舉，所指
乃是一種與穠摯綿密「夢窗詞格」相反的清新空靈的審美趨向，褒貶
態度十分明顯。「清空」即空靈神韻〔註139〕，謂攝取事物的神理而遺
其外貌，是張炎所標舉「詞」的審美境界；要言之，即「潔而不膩，
不著色相，顯得官止神行，虛靈無滓」〔註140〕，也同時蘊涵對於人

　　　清明又逢上巳。憶他朱戶裡，偷暎人面。眼底傾城，人間薄命，
　　惆悵風流雨散。亂飄萬點。似流水仙源，夕陽空觀。斷送蔫紅，暗
　　隨春去遠。」
〔註137〕據段煉《詩學的蘊意結構──南宋詞論的跨文化研究》：「張炎之前
　　有二人在詩學的意義上使用過『清空』。一爲南宋趙汝回（生卒年不
　　詳）……另一位使用『清空』一語的是南宋詩人周密。……趙汝回
　　和周密之使用『清空』，都是爲了討論詩歌。對他們而言，清空乃批
　　評的話語。無論他們是否對張炎發生了影響，他們的話語同張炎《詞
　　源》的話語，都具有互文性的關係。」（臺北：秀威資訊科技公司，
　　2009 年 11 月），頁 78～80。
〔註138〕〔宋〕張炎：《詞源》，唐圭璋編：《詞話叢編》冊一，卷下，頁 259。
〔註139〕劉大杰《中國文學發展史》第十九章：「清空是張炎提出來的詞的最
　　高境界……他所說的清空就是空靈神韻，同嚴羽論詩的意見相同。」
　　（臺北：華正書局，2004 年 8 月），中冊，頁 733。
〔註140〕方智範等：《中國文學批評史》（北京：中國社會科學出版社，1994
　　年），頁 98。

格之界定與評價。清沈祥龍《論詞隨筆》云：「清者不染塵埃之謂，空者不著色相之謂。清則麗，空則靈」〔註 141〕，意謂「清」即不沾染塵俗，面向紛擾紅塵表現出一種孤傲且悖離之人生態度。「空」也不僅是「虛靈」之謂，還意味著對於繁雜世相的漠視，以致完全不在意下。〔註 142〕姜夔詞即以其「神觀飛越」之特徵，得以超越形式之層次，作爲張炎特闢「清空」一境之代表。

　　兩宋詞學理論主張和批評範疇在清代詞學中都有反映，清代詞學流派主導詞壇之發展，幾乎每一個詞派都從宋代吸收借鑒了詞學理論之營養。清代中期，浙西詞派借鑒張炎之「清空說」，由崇尙「婉麗綺豔」漸趨「清雅俊逸」，由雅俗共賞到崇雅黜俗，由傳統之婉約、豪放二分，到婉約、豪放、清空三派林立，可見明末清初詞風所向。朱彝尊《詞綜》更高舉「醇雅」、「清空」之大旗，以南宋姜夔、張炎爲詞之正宗，造成「家白石而戶玉田」之盛況，明顯由明代崇北宋而薄南宋，轉變爲以南宋爲重心，多集中於對張炎「清空」詞論的倡導。直至清代後期對於「清空」一語才見諸於文字，晚清鄭文焯《鶴道人論詞書》：「詞之難工，以屬事遣詞，純以清空出之，務爲典博，則傷質實，多著才語，又近昌狂。……所貴清空者，曰骨氣而已。」〔註 143〕是知清代詞壇均借鑒宋代詞學核心理論再進行闡釋，建立詞派理論體系。

　　焦袁熹學詞不專主一家，可見其轉益多師之現象。初效姜、張是當時詞人出入詞壇之門徑，因此焦袁熹曾廣泛學習姜夔、張炎之詞，對於「清空」之範疇當有所接受，「清空雖然也會有一些詩學、佛學的思想元素，但它還是由詞學領域產生，首先運用於詞學批評實踐的

〔註 141〕〔清〕沈祥龍：《論詞隨筆》，唐圭璋主編：《詞話叢編》，冊五，頁4054。

〔註 142〕馬大勇：〈並不「清空」的沉鬱悲憤之篇〉，《文史知識》第 3 期，2003年，頁 64。

〔註 143〕鄭文焯撰，龍沐勛輯：《大鶴山人詞話附錄・鄭大鶴先生論詞手簡》，唐圭璋主編：《詞話叢編》，冊五，頁 4330〜4331。

範疇，因而它更具有詞體特性，更能傳達詞體的內在氣質」〔註144〕。
又由於先習詩而後填詞之歷程，故焦氏論詞以「清」為美學取向，主
要就其立意與藝術表現而言，當與時代詩文化氛圍及自身作詩填詞之
經驗相關。然而，焦袁熹所言「清」並非但指一種風格，而是與各種
風格相輔而成之範疇。因此用「清」字作為評論詞人之標準，如評和
凝、晏殊、晏幾道等人，都以「清」構成之複合觀念「清新」稱之。
如論五代詞人〈采桑子・和凝〉一闋：

> 花天月地仙郎姓。唱出清新。富貴長春。俊似癡頑老子身。
>
> 　　相公曲子風流話，輕薄休論。手握絲綸。更把香奩嫁
> 別人。（《全清詞・順康卷》，冊十八，頁 10579）

和凝語言清新爽朗，不見濃豔晦澀之筆，故云。而焦氏評論晏殊、晏
幾道父子，不僅將二人詞風歸於「清」之審美範疇，更認為小山之長
短句略勝一籌，其論斷之標準，亦是由「清」字交代。〈采桑子・晏
殊〉詞云：

> 昇平宰相神仙客，歌舞華茵。玉貌朱唇。花月樽前現在身。
>
> 　　九天欸唾成珠玉，白雪陽春。賭鬥清新。不是三家村
> 裡人。（《全清詞・順康卷》，冊十八，頁 10579）

〈采桑子・晏幾道〉詞云：

> 小山更覺篇篇好，歌酒當場。斷盡迴腸。雛鳳清於老鳳皇。
>
> 　　一般氣味千般俊，言語尋常。金管淒鏘。露咽三危九
> 竅香。（《全清詞・順康卷》，冊十八，頁 10579）

焦袁熹曾言：「鳳皇鳴矣，于彼高岡，清之極也，何有於淒寒肅殺哉？」
〔註145〕足見焦氏給予二晏詞給予極高評價，認為其詞為「清之極」！
當論唐、北宋詞人，對於其詞雖有高下之比較，但仍著眼其「清」之
特質，給予純粹的肯定、讚賞。然而，當焦氏論及姜夔、張炎、張輯
等南宋詞人，雖都具有「清」之詞格，但卻分別體現出「貧」、「柔」、

〔註144〕孫克強：《清代詞學範疇論》（上海：上海古籍出版社，2008 年 11
　　　　 月），頁 187。
〔註145〕〔清〕焦袁熹：〈答釣灘書〉，見《此木軒論詩彙編・總論》，卷一。

「圓」等特點，焦氏之評論明顯有其現實批評之指向。尤其在評論浙西詞派推崇之姜夔、張炎時尤為清楚：

> 范家一隊當先出，白石粼粼。未免清貧。製得新詞果絕倫。
> 　　誠知此事由天縱，一片閒雲。野逸天真。寄語諸公莫效顰。（《全清詞‧順康卷》，冊十八，頁 10582）

焦袁熹認為所謂「清」為一種「研煉之極」的表現，是詩美所必備的品質之一，但是並非淺薄者僥倖能得，必須就其「天分」論之：

> 聲之清濁，氣之類也。聲氣在人，似有天分，得之清者，所謂天才也，事半而功倍矣。以近世驗之，夏考功不逮，陳黃門、王玠石又遠不逮焉。非關學問，由降才異也。然使其人能深辨乎此，加意研練，未必不可變濁而為清也。唯其天分有限于此，無所用其力，故其所成就僅若是而已爾。〔註146〕

由此觀點細察焦氏論姜夔詞，「誠知此事由天縱」是指姜夔詞中之「清」確乎出於天分，而步武者若無天分，則難以刻苦學成，「如閒雲野鶴，超然物外，未易學步」〔註 147〕，因此勸諸公不應效顰，其矛頭直指浙西詞派。焦氏在評價張炎即指出：

> 秦川公子傷飄泊，小令長謳。分付歌喉。玉照梅花夢裡愁。
> 　　白雲何處堪持贈，寄語詩流。閒淡清柔。到得伊家滿意不。（《全清詞‧順康卷》，冊十八，頁 10584）

浙西詞派標舉南宋「清空」詞風，倡導「醇雅」之格調，於盛行的康、雍、乾三朝，視南宋姜夔、張炎為求其詞格醇雅、清空之途徑。姜、張字琢句煉，講究聲律詞藻，若過份推崇姜張，片面追求技巧，勢必捨本逐末，導致意旨枯寂，瑣屑餖飣，學之者流為寒乞。焦詞末句「到得伊家滿意不」，此句在四卷本中作「到得伊家也合休」，前者係焦袁

〔註146〕〔清〕焦袁熹：《此木軒論詩彙編》，卷一。
〔註147〕〔清〕陳廷焯：《白雨齋詞話》，唐圭璋主編：《詞話叢編》，冊四，卷八，頁 3963。

熹反問張炎「清空詞風」發展至如此僵化,流於空疏,是否令你滿意?語氣較為婉轉;後者則直指此詞風他人無從學起,因天分使然,不全關心力也。學之者不應一味追求「清」,空徒模擬其樣貌而未得其神韻:

> 天分既優,加之廣學多聞,內外相襲,幾非在我。必左右逢其源者,當其感物造端,興與意會,天動神解,乃至一對屬,一叶句之間,亦若有物焉陰相之者,彼自來而我因得取之,不全關心力也。不臻斯境,則雖篇章句字,種種悉如古人,而精神氣韻,終墮今人窟穴中。昔賢所嘆,欲換凡骨無金丹,良以此也。〔註148〕

「雖篇章句字,種種悉如古人,而精神氣韻,終墮今人窟穴中」,批評意味濃厚,鋒芒畢露。白石詞「未免清貧」,張炎詞則偏「閒淡清柔」,因為學姜、張者只是翕然宗之,而無其天才,自然只能向「清圓」的方向發展。〈采桑子・張東澤〉詞云:

> 亦知綺語真清絕,白石傳衣。分付紅兒。多恐清圓不似伊。
>
> 　　老仙自解修簫譜,只合曹隨。朱碧看迷。多事新題換舊題。(《全清詞・順康卷》,冊十八,頁10584)

然而「清圓」卻已經悖離原「清空」之審美境界了。如謝章鋌《賭棋山莊詞話》檢討當時詞壇之風氣云:「至今日襲浙西之遺製,鼓秀水之餘波,既鮮深情,又乏高格,蓋自樊榭而外,率多檜無譏,而竹垞又不免供人指摘矣。蓋嗣法不精,能累初祖者率如此。」〔註149〕常州詞人譚獻《復堂詞話》亦言:「浙派為人詬病,由其以姜、張為止境,而又不能如白石之澀,玉田之潤。」〔註150〕而焦袁熹更以詞體作論,揭示浙派末流效顰姜、張詞,早已悖離清空之病,可謂得其先機。焦袁熹論詞獨到,洞察入微,受浙派改革者所重。如吳錫麒(1746～1818,字聖徵,號谷人),天資超邁,詩文兼擅,繼朱彝尊、查慎

〔註148〕〔清〕焦袁熹:《此木軒論詩彙編》,卷一。

〔註149〕〔清〕謝章鋌:《賭棋山莊詞話》,唐圭璋主編:《詞話叢編》,冊四,卷九,頁3433。

〔註150〕〔清〕譚獻:《復堂詞話》,唐圭璋主編:《詞話叢編》,冊四,頁4008。

行、杭世駿、厲鶚之後，成爲浙派殿軍〔註151〕，對於浙派後期一味講求「醇雅」、「清空」之弊端提出理論修正，與焦袁熹批評浙派末流之病同調；此外，吳錫麒爲焦袁熹《此木軒詩鈔》〔註152〕作序，其中多有讚賞、服膺焦袁熹學問之語。是知浙西詞派對於焦氏採開放與肯定之姿態，而焦氏對於清代詞壇之影響力亦由此得見。

〔註151〕羅洛主編：《詩學大辭典·清代詩人作家》（合肥：安徽文藝出版社，1995 年 10 月），頁 265。
〔註152〕〔清〕焦袁熹：《此木軒詩鈔》，藏於中國國家圖書館古籍室。

第四章　焦袁熹「論詞長短句」論唐五代詞人

　　受西方接受美學理論啓示，讀者地位漸受關注，其接受方式及面向，必須透過資料加以佐證。欲具體掌握詞人的研究材料，據王師偉勇歸納，可自十方面著手：「一曰他人和韻之作，二曰他人仿擬之作，三曰詩話，四曰筆記，五曰詞籍（集）序跋，六曰詞話，七曰論詞長短句，八曰論詞絕句，九曰評點資料，十曰詞選。」〔註1〕其中「論詞絕句」、「論詞長短句」，是清代詞學批評的形式之一，清人借鑒杜甫以來論詩絕句的傳統，以組詩、組詞的形式論詞，深抉詞心而又雋諧可喜，往往能將豐富的詞學宗旨濃縮於極小的篇幅之中，頗具批評價值和史料價值。從評論詞人褒貶到賞析詞句，從敘說本事到論述詞體特性與創作技法，並評析詞人與後世間的承繼關係，以確立詞人在詞壇的地位。

　　清初詞人焦袁熹在康熙末年，便已經以大型「論詞長短句」的形式表達自己的詞體觀念和詞史觀念，可稱以清代長短句論詞之第一

〔註1〕王師偉勇：〈清代論詞絕句之整理、研究及其詞學價值〉，收於《第二屆兩岸韻文學學術研討會—韻文學的欣賞與研究論文集》（臺北：世新大學中國文學系主辦），頁269；後又收入王師偉勇主編：《清代論詞絕句初編》（臺北：里仁書局，2010年9月），頁1。而王師於該書「序」中，又將「論詞絕句」改爲「論詞詩」，以擴充其指涉。

人。焦氏《采桑子‧編纂〈樂府妙聲〉竟作》之「論詞長短句」五十五闋，根據《焦南浦先生年譜》所載，《樂府妙聲》選定時間爲康熙五十五年（1716）〔註2〕，可由此確定此組詞創作於焦氏五十六歲。其中八首表述焦袁熹對於詞體特徵的具體認識，另外四十七首則分論歷時唐、五代至南宋之詞人共四十五位〔註3〕，或一人而繫詞數首，或一詞合論多人，對於詞人之接受，可透過其論詞長短句所蘊藏的詞論觀點予以分析；另有〈鵲橋仙‧自題直寄詞二首〉、〈解佩令‧題江湖載酒集後〉等詞相互印證發明，故本文擬就其「論詞長短句」中論及唐、五代詞人之詞作闡發幽微，以窺焦袁熹對唐、五代詞作之接受態度以及詞學宗尙，並總結其主要觀點於後。

第一節　論唐代詞人

焦袁熹所論唐代詞人唯有李白一人，並視其〈憶秦娥〉爲詞之濫觴。李白，字太白，號青蓮居士，生於唐武后長安元年（701），卒於唐代宗廣德元年（763），祖籍隴西成紀（今甘肅秦安），家居四川綿州（今四川省綿陽縣西南），《宋史》稱：「天才奇特，少益以學，可

〔註2〕〔清〕焦以敬、焦以恕編：《焦南浦先生年譜》於「康熙五十五年丙申」條下載：「是年選定《樂府妙聲》，平日論詞推周美成，選竟以柳耆卿爲第一，猶詩中有摩詰，曲中有馬東籬也元明曲本亦閱之遍，著方言凡鄉俗語多有自來，隨見書之始於是年。」收錄於北京圖書館編：《北京圖書館藏珍本年譜叢刊》（北京：北京圖書館出版社，1999 年 4 月，清光緒二十三年木活字本），冊八，頁 363。

〔註3〕分論詞人如下：李白、李煜、和凝、韋莊、馮延巳、陶穀、趙佶、范仲淹、晏殊、晏幾道、宋祁、歐陽脩、張先、柳永、蘇軾、黃庭堅、秦觀、賀鑄、周邦彥、万俟詠、向子諲、張元幹、岳飛、康與之、辛棄疾、劉過、劉克莊、姜夔、陸游、戴復古、史達祖、張榘、吳文英、蔣捷、周密、王沂孫、張炎、盧祖皋、高觀國、張輯、李清照、朱淑眞、朱敦儒、朱希眞、蕭觀音等四十五位。其中論李煜、趙佶、黃庭堅、岳飛、康與之、史達祖、蕭觀音等七首見於南開大學圖書館題爲《此木軒全集》所收《此木軒直寄詞》（三卷附舊作一卷本），未見於《全清詞‧順康卷》（據清乾隆間李枝桂所刻二卷本），所缺諸詞逕於論述中揭示，不另作附錄。

比相如」〔註4〕，以詩名著稱於後世。本闋詞係寫李白仕途，並讚揚
其文采和開詞學一派之先功。詞云：

> 蛾眉捧硯飛香雨，不奈猖狂。之楚之秦。身是天涯放逐臣。
> 　秦娥夢落秦樓月，感嘆千春。袍爛如銀。畢竟風流第
> 一人。（《全清詞・順康卷》，冊十八，頁 10578）

李白個性率眞豪放，嗜酒好遊。玄宗時曾爲翰林供奉，備受皇帝寵愛，
後因得罪權貴，遭排擠而離開京城。本闋詞上片便著重於李白受寵
愛，後遭受毀謗而成爲「天涯放逐臣」的官途曲折。《新唐書・文藝
列傳・李白》：「天寶初，……往見賀知章，知章見其文，歎曰：『子，
謫仙人也！』言於玄宗。召見金鑾殿，論當世事，奏頌一篇。帝賜食，
親爲調羹，有詔供奉翰林。白猶與飲徒醉於市。帝坐沉香亭子，意有
所感，欲得白爲樂章，召入，而白已醉。左右以水頮面，稍解，援筆
成文，婉麗精切，無留思。帝愛其才，數宴見。白嘗侍帝，醉，使高
力士脫靴。」〔註5〕李白命爲待詔翰林，常被召入宮中爲皇帝草擬文
告和樂章，因爲身受寵待，一些文士慕名追隨左右，這時李白意得志
滿，盛極一時。元・辛文房《唐才子傳》卷二也曾記載：「白浮遊四
方，欲登華山，乘醉跨驢經縣治，宰不知，怒，引至庭下曰：『汝何
人？敢無禮。』白供狀不書姓名曰：『曾令龍巾拭吐，御手調羹，貴
妃捧硯，力士脫靴。天子門前，尚容走馬，華陽縣裡，不得騎驢？』
宰驚愧，拜謝曰：『不知翰林至此。』白長笑而去。」〔註6〕李白個性
桀驁不馴，曾讓高力士爲其脫靴，楊貴妃捧硯侍立，焦氏認爲此舉並
非挾怨報復，而是「貴其無心」。《此木軒雜著》「陶淵明李太白」條
云：

〔註4〕 〔宋〕歐陽修等撰，〔宋〕吳縝糾繆，〔清〕錢大昕考異：《唐書》，《二
　　　十五史》（臺北：新文豐出版公司，1975 年 4 月），冊二七，卷二百
　　　二，頁 2268。

〔註5〕 〔宋〕歐陽修等撰，〔宋〕吳縝糾繆，〔清〕錢大昕考異：《唐書》，《二
　　　十五史》，冊二七，卷二百二，頁 2268。

〔註6〕 〔元〕辛文房：《唐才子傳》（臺北：廣文書局，1969 年 1 月），上冊，
　　　卷二，頁 12。

李太白醉使高力士脫靴，世皆盛稱之，太白誠氣蓋一世，
然亦正以其無心，故可貴爾。此等事若有心為之，其胸懷
卑鄙與脅肩諂笑吮癰舐痔者，何以異哉？〔註7〕

焦袁熹亟盛讚李白，曾曰：「李白杯酒作神仙，浩氣一種塞天地」，又
曰：「太白全不識羞，真天人也。」〔註8〕其「論詞絕句」〈讀唐詩二
首〉之二亦云：

李白清狂劇可哀，釣鰲海上久徘徊。
清平一曲君王笑，博得蛾眉捧硯來。〔註9〕

此詩可同其論詞長短句並觀，此處以「蛾眉捧硯飛香雨」，表現出李
白不畏強權，受聖上垂愛之得意時期，然卻也是李白仕途波瀾之開
端。

李白官途得意之日短，失意之日長，他曾讓高力士脫靴，「力士
素貴，恥之，摘其詩以激楊貴妃，帝欲官白，妃輒沮止。白自知不
為親近所容，益鶩放不自脩。……懇求還山，帝賜金放還，白浮游
四方。」〔註10〕焦氏此處筆鋒一轉，「不奈猖猖」，指李白無端遭人
讒毀，自請還山，離開長安，以排遣懷才不遇的幽憤。「猖猖」原為
犬吠聲，出於《楚辭·宋玉·九辯》：「猛犬猖猖而迎吠兮，關梁閉
而不通。」〔註11〕在此闋詞中引申為議論中傷之聲喧嚷，暗喻小人之
讒言；「不奈猖猖」指李白受到小人的毀謗，只得「之楚之秦」，南北
漂泊，流浪江湖。杜甫〈寄李十二白二十韻〉：「稻粱求未足，薏苡謗
何頻。五嶺炎蒸地，三危放逐臣。」（《全唐詩》，冊四，頁 2430）詩

〔註7〕〔清〕焦袁熹：《此木軒雜著》，《清代學術筆記叢刊》（北京：學苑
出版社，2005年），卷一，頁21。

〔註8〕〔清〕焦袁熹：《此木軒論詩彙編》，《焦袁熹全書》藏書於上海圖書
館古籍善本室，卷二、卷三，未編版次、頁碼。

〔註9〕王師偉勇：《清代論詞絕句初編》（臺北：里仁書局，2010年9月），
頁88。

〔註10〕〔宋〕歐陽修等撰，〔宋〕吳縝糾繆，〔清〕錢大昕考異：《唐書》，《二
十五史》，冊二七，卷二百二，頁2268。

〔註11〕洪興祖：《楚辭補註》（臺北：藝文印書館，2000年10月），頁308
～309。

中暗指李白遭人誣陷參與永王璘謀反之事，詩中描述李白在五嶺這個流放區溽暑蒸烤，在敦煌三危成了被放逐的臣子。此五嶺和三危皆暗喻夜郎一地，李白長期被流放於此，確乎「身是天涯放逐臣」！

下片闋第一句化用自李白〈憶秦娥〉：

　　簫聲咽。秦娥夢斷秦樓月。秦樓月。年年柳色，灞陵傷別。

　　　　樂遊原上清秋節。咸陽古道音塵絕。音塵絕。西風殘

照，漢家陵闕。〔註12〕

明・顧起綸《花庵詞選・跋》：「唐人作長短句，乃古樂府之濫觴也。李太白首倡〈憶秦娥〉，淒惋流麗，頗臻其妙，爲千載詞家之祖。」〔註13〕清・劉熙載《詞概》言：「太白菩薩蠻、憶秦娥兩闋，足抵少陵秋興八首，想其情境，殆作於明皇西幸後乎。」〔註14〕王國維《人間詞話》也云：「太白純以氣象勝，西風殘照，漢家陵闕，寥寥八字，遂關千古登臨之口。」〔註15〕又清・黃蘇《蓼園詞評》也十分讚賞此闋詞：「花庵詞客云：『太白此詞及〈菩薩蠻〉二詞，爲百代詞曲之祖』按此乃太白於君臣之際，難以顯言，因託興以抒幽思耳。言至今簫聲之咽，無非秦地女郎夢想從前秦樓之月耳。夫秦樓乃簫史與弄玉夫婦和諧，吹簫引鳳，升仙之所。至今誰不慕之。豈知今日秦樓之月，乃是灞陵傷別之月耳。第二闋，漢之樂遊原，極爲繁盛。今際清秋古道之音塵已絕，惟見淡風斜日，映照陵闕而已。嘆古道之不復，或亦爲天寶之亂而言乎。然思深而託興遠矣。」〔註16〕其中花庵詞客爲南宋人黃昇，他更將〈憶秦娥〉一闋推爲「百代詞曲之祖」。

〔註12〕曾昭岷、曹濟平、王兆鵬、劉尊明：《全唐五代詞》（北京：中華書局，1999 年 12 月），上冊，頁 16。

〔註13〕〔明〕顧起綸：《花庵詞選・跋》，楊訥、李曉明編：《文淵閣四庫全書補遺》（北京：北京圖書館出版社，1997 年 7 月），冊十五，頁 649。

〔註14〕〔清〕劉熙載：《詞概》，見收於唐圭璋：《詞話叢編》（北京：中華書局，2005 年 10 月），冊四，頁 3688。

〔註15〕〔清〕王國維：《人間詞話》，見收於唐圭璋：《詞話叢編》，冊五，頁 4241。

〔註16〕〔清〕黃蘇：《蓼園詞評》，見唐圭璋：《詞話叢編》，冊四，頁 3033。

　　但自明代以後，歷代文人對「李白詞」的爭議就從未停息，尤其〈菩薩蠻〉、〈憶秦娥〉兩闋詞之真偽以及詞壇初祖之論辨，歷來眾說紛紜，莫衷一是。明・胡應麟《少室山房筆叢・正集》卷二十五所載蓋為肇端，茲詳錄如次：

> 今詩餘名〈望江南〉外，〈菩薩蠻〉、〈憶秦娥〉稱最古。以《草堂》二詞出太白也。近世文人學士或以為實。然余謂太白在當時直以風雅自任，即近體盛行七言律，鄙不肯為，寧屑事此。且二詞雖工麗，而氣衰颯，於太白超然之致，不啻穹壤，藉令真出青蓮，必不作如是語。詳其意調，絕類溫方城筆，蓋晚唐人詞嫁名太白，若懷素草書，李赤姑熟耳。原二詞嫁名太白有故，《草堂詞》，宋末人編；青蓮詩，亦稱《草堂集》，後世以二詞出唐人，而無名氏故偽題太白，以冠斯編也。楊用修《詞品》又有〈清平樂〉詞二闋，尤淺俚，俱贗作也。〔註17〕

雖胡應麟多持質疑和否定態度，但清吳衡照《蓮子居詞話》卷一則主張，〈菩薩蠻〉、〈憶秦娥〉二闋出自李白之手：

> 唐詞〈菩薩蠻〉、〈憶秦娥〉二闋，花菴以後，咸以為出自太白。……如「暝色入高樓，有人樓上愁」、「西風殘照，漢家陵闕」等語，神理高絕，卻非《金荃》手筆所能。〔註18〕

疑之者力辨其偽，信之者力主其真，至今難臻一致，但觀今託名李白的傳世之作，亦可覽其遺風。李白詞代表了詞學的一個輝煌的開端，代表了詞學的一個不可逾越的高峰，就其開創意義及藝術成就而言，「李白詞」在詞史上享有極為崇高的地位，堪稱詞壇第一人。

　　在此焦袁熹化用「秦娥夢斷秦樓月」一句，將「斷」字改為「落」，「秦娥夢落秦樓月」實指李白亦無美夢，此以「美人香草」手法表現李白不受玄宗重視之處境。後接著「感嘆千春」一句，同樣描述了感

〔註17〕〔明〕胡應麟《少室山房筆叢・正集》，《景印文淵閣四庫全書》（臺北：臺灣商務印書館，1983 年 6 月），冊八八六，卷 25，頁 438。

〔註18〕〔清〕吳衡照《蓮子居詞話》，唐圭璋主編：《詞話叢編》，冊三，卷一，頁 2400。

時序而驚變之慨。天寶十四年（755），安史之亂爆發；天寶十五年（756）六月，潼關失守，長安淪陷，唐王朝瀕臨滅國。李白〈憶秦娥〉一闋當作於此時期，藉閨思抒發懷念長安、哀悼故國之情。「袍爛如銀」一句，可上溯至民間歌謠〈白紵舞〉，此歌謠於三國時代流行於吳地，為民間的吳舞吳歌，由於舞者穿著用白紵縫製的舞衣而得名。《樂府古題要解》卷上解〈白紵歌〉云：「古詞盛稱舞者之美，宜及芳時為樂，其譽白苧曰：『質如輕雲色如銀，制以為袍餘作巾。袍以光軀巾拂塵。』」〔註19〕〈白紵歌〉原是與〈白紵舞〉相輔相成的民間歌曲，不僅讚譽白袍如銀，也讚賞身著白紵的舞者之曼妙舞姿，此民間歌曲後由文人雅士譜為優美的文句。李白也有〈白紵辭〉三首，云：「吳刀剪綵縫舞衣。明妝麗服奪春輝。揚眉轉袖若雪飛。傾城獨立世所稀」（《全唐詩》，冊三，頁 1696）同樣也是讚嘆舞者亮麗的白袍和美妙的舞姿，最後更稱其「傾城獨立世所稀」。由此可知，李白認為如銀的白袍搭配飛揚的白紵舞為世上稀有之寶。李白的個性桀驁不馴、狂放自傲、裘馬逸風、詩酒豪縱，世人稱其為風流才子，更於〈流夜郎贈辛判官〉云：「氣岸遙凌豪士前，風流肯落他人後。」（《全唐詩》，冊三，頁 1751）焦袁熹在此借用〈白紵歌〉和李白〈白紵辭〉之典，以「袍爛如銀」形容李白的文采燦爛和舉世無雙，此外，李白在詞壇上的開山祖地位，遂成為詞學家之共識，故焦氏以「畢竟風流第一人」稱之！

第二節　論五代詞人

　　五代十國時期，倚聲填詞蔚為風氣，而西蜀（前蜀 907～925、後蜀 934～965）與南唐（937～975）二地，遠離北方征戰不斷之烽火，繁華富庶，君臣宴樂，文人唱和，生活尤為安定、風雅，故而成為詞人薈萃之處。焦氏以「長短句」形式所論五代詞人則有五人，後

〔註19〕〔唐〕吳兢：《樂府古題要解》，《四庫全書存目叢書》（臺南：莊嚴文化，1997 年 6 月），頁 5。

晉和凝、南唐李煜、馮延巳、前蜀韋莊及後周陶穀,除了陶穀外,所論詞人主要集中於「花間詞人」與「南唐詞人」。故筆者以花間詞人、南唐詞人、後周詞人三類進行論述,以分析焦氏對地域、詞派之整體評價。

一、花間詞人

　　西蜀一隅產生一批詞家,其詞多作於廣政三年(940),因後蜀趙崇祚所編選《花間集》加以選錄而得以流傳,共計十八家凡五百首,即所謂「花間詞人」。焦袁熹所論和凝為中原後晉詞人,韋莊為流寓仕蜀之詞人,皆在此列,可見其人其詞之繼承與超逸。

(一)和凝

　　和凝(898～955),字成績。鄆州須昌(今山東東平)人。幼時穎敏好學,姿容秀拔,讀書一遍即能通曉其大義。十七歲舉明經,梁貞明二年(916年)十九歲登進士第,義成軍節度使賀瓌聘其入幕,又以女嫁之,由是聲望益隆。歷任梁,唐,晉,漢,周五朝,為五朝元老,與馮道同事,長期居於高位,入後漢,封魯國公。凝性好修整,自釋褐至登臺輔,車服僕從,必加華楚,進退容止偉如也。平生為文章,長於短歌豔曲,有豔詞一編,名《香奩集》。凝後貴,乃嫁其名為韓偓。今世傳韓偓香奩集,乃凝所為也。〔註20〕焦袁熹此闋〈采桑子·和魯公〉主要論及和凝長於短歌豔曲,尤好聲譽,並以豔詞嫁名韓偓一事,詞云:

　　　　花天月地仙郎姓,唱出清新。富貴長春。俊似癡頑老子身。
　　　　　　相公曲子風流話,輕薄休論。手握絲綸。更把香奩嫁
　　別人。(《全清詞·順康卷》,冊十八,頁10578)
和凝自稱「仙郎」,由其作品〈楊柳枝〉三首中可以窺得:
　　　　軟碧搖煙似送人。映花時把翠娥顰。

〔註20〕〔宋〕薛居正:《舊五代史》,《二十五史》,冊二九,卷一二七,頁840～841。

> 青青自是風流主，慢颭金絲待洛神。
>
> 瑟瑟羅裙金縷腰。黛眉偎破未重描。
>
> 醉來咬損新花子，拽住仙郎盡放嬌。
>
> 鵲橋初就咽銀河。今夜仙郎自姓和。
>
> 不是昔年攀桂樹，豈能月裡索姮娥。〔註21〕

由「今夜仙郎本姓和」一句，可以得知豔詞內容為和凝自身之經驗，焦氏化用和凝該詞句，以「花天月地仙郎姓」點出和凝好作豔詞之詞壇評價，與明·胡應麟《詩藪》稱和凝《香奩集》「其句多浮豔」〔註22〕可並而觀之。和凝詞多載於《花間詞》，江尚質曰：「《花間》詞狀物描情，每多意態，直如身履其地，眼見其人。和凝之『幾度試香纖手暖，幾回嘗酒絳唇光』……是也。」〔註23〕可知和凝作品狀物描情，每多意態。然而，除了語詞濃烈鮮豔的宮廷豔詞外，和凝也有語帶清新的作品，李冰若《栩莊漫記》：「和成績詞自是《花間》一大家。其詞有清秀處，有富豔處，蓋介乎溫韋之間也。」〔註24〕如〈漁父〉一闋：

> 白芷汀寒立鷺鷥。蘋風輕剪浪花時。烟羃羃，日遲遲，
>
> 香引芙蓉惹釣絲。〔註25〕

此詞專賦本題，寫水天景色，語言清新爽朗，不見濃豔晦澀之筆，故清·陳廷焯《雲韶集》卷一：「較子同作自遠不逮，而遣詞琢句，精秀絕倫，亦佳構也。」又《詞則·別調集》卷一評：「竟體清朗」〔註26〕，洵非虛語。其中〈菩薩蠻〉詞：

〔註21〕曾昭岷、曹濟平、王兆鵬、劉尊明：《全唐五代詞》（北京：中華書局，1999年12月），上冊，頁476～477。

〔註22〕〔明〕胡應麟：《詩藪·雜編四·閏餘上·五代》，《續修四庫全書》（上海：上海古籍出版社，2002年3月），冊一六九六，頁214。

〔註23〕〔清〕沈雄撰，〔清〕江尚質增輯：《古今詞話·詞評》，見唐圭璋主編：《詞話叢編》，冊一，下卷，頁852。

〔註24〕李冰若：《栩莊漫記》，見楊家駱主編：《宋紹興本花間集附校注》（臺北：鼎文書局，1974年10月），頁147。

〔註25〕曾昭岷、曹濟平、王兆鵬、劉尊明：《全唐五代詞》，上冊，頁477。

〔註26〕〔清〕陳廷焯：《雲韶集》、《詞則·別調集》，另見史雙元：《唐五代

越梅半拆清寒裏。冰清澹薄籠藍水。暖覺杏梢紅。遊絲狂惹風。　閑階莎徑碧。遠夢猶堪惜。離恨又迎春。相思難重陳。〔註27〕

〈望梅花〉：

春草全無消息。臘雪全無蹤跡。越嶺寒枝香自拆。

冷豔奇芳堪惜。何事壽陽無處見。吹入誰家橫笛。〔註28〕

晚清況周頤認為此二闋詞近於「清言玉屑」〔註29〕，更評其〈江城子〉〔註30〕五闋介於清與豔之間，言：「余喜其『婭姹含情不語，纖玉手，撫郎衣。』清中含豔，愈豔愈清。」〔註31〕而焦袁熹早以「唱出清新」拈出和凝詞之主要風格，實有見地。論詞風外，焦氏也談及和凝之仕途順遂，和凝仕五朝，到了後晉甚至貴為宰相，聲譽漸隆，官運亨通，就如同馮道一般，長期居於高位，故其詞多富貴之象，而少淒苦之音。馮道曾自稱是「無才無德癡頑老子」，《新五代史・馮道傳》載：

道相明宗十餘年，明宗崩，相湣帝。潞王反於鳳翔，湣帝出奔衛州，道率百官迎潞王入，是為廢帝，遂相之。……契丹滅晉，道又事契丹，朝耶律德光於京師。德光責道事晉無狀，道不能對。又問曰：「何以來朝？」對曰：「無城

詞紀事彙評》（合肥：黃山書社，1995 年 12 月），上冊，頁 549。

〔註27〕曾昭岷、曹濟平、王兆鵬、劉尊明：《全唐五代詞》，上冊，頁 470。

〔註28〕曾昭岷、曹濟平、王兆鵬、劉尊明：《全唐五代詞》，上冊，頁 473。

〔註29〕引自李冰若：《花間集評注》，見楊家駱主編：《宋紹興本花間集附校注》（臺北：鼎文書局，1974 年 10 月），頁 150。

〔註30〕和凝〈江城子〉五闋：「初夜含嬌入洞房。理殘妝。柳眉長。翡翠屏中、親蕊玉爐香。整頓金鈿呼小玉，排紅燭，待潘郎」；「竹裏風生月上門。理秦箏。對雲屏。輕撥朱絃，恐亂馬嘶聲。含恨含嬌獨自語，今夜月，太遲生」；「斗轉星移玉漏頻。已三更。對棲鶯。歷歷花間、似有馬蹄聲。含笑整衣開繡戶，斜斂手，下階迎」；「迎得郎來入繡闈。語相思。連理枝。鬢亂釵垂、梳墮印山眉。婭姹含情嬌不語，纖玉手，撫郎衣」；「帳裡鴛鴦交頸情。恨雞鳴。天已明。愁見街前、還是說歸程。臨上馬時期後會，待梅綻，月初生。」見曾昭岷、曹濟平、王兆鵬、劉尊明：《全唐五代詞》，上冊，頁 477～478。

〔註31〕李冰若：《栩莊漫記》，見楊家駱主編：《宋紹興本花間集附校注》（臺北：鼎文書局，1974 年 10 月），頁 147。

　　無兵，安敢不來。」德光誚之曰：「爾是何等老子？」對曰：
　　「無才無德癡頑老子。」德光喜，以道爲太傅。……道少
　　能矯行以取稱於世，及爲大臣，尤務持重以鎮物，事四姓
　　十君，益以舊德自處。然當世之士無賢愚者，皆仰道爲元
　　老。〔註32〕

焦袁熹則闡述馮道非無德頑鈍，而是抱持以德養身的玄詣：

　　馮道有詩云：「但教方寸無諸惡，狼虎叢中也立身」，此老
　　可謂不愧其言也。處道之地，行道之事，其所以能然者，
　　亦自有本原、有學術，非徒一頑鈍無恥足以盡之。不然，
　　小人而無恥者眾矣，何以不能爲道也。道又有句云：「已落
　　地花方遣掃，未經霜草莫教鋤。」興寄甚遠，與《擊壤集》
　　何異乎？以其出於道也，而糞土視之，噫！亦過矣。〔註33〕

然而和凝心胸狹窄又性急如風〔註34〕，其爲人雖不無可議之處，但是
卻是五代時期著名詞人，故焦氏在此「富貴長春，俊似癡頑老子身」
一句，則無論二人德行，逕論和凝、馮道仕途之相似，及其詞中顯露
的富貴之氣。

　　詞體發展之初，以娛賓遣興爲主要目的，創作不脫「鏤玉雕瓊，
擬化工而迴巧；裁花剪葉，奪春艷以爭纖」〔註35〕的風格，使得詞體
囿於妖嬈之態、豔科小道，文人塡詞，往往受到興論非議。荊南・孫
光憲《北夢瑣言》記：

　　晉相和凝，少年時好爲曲子詞，布於汴、洛，洎入相，專

〔註32〕〔宋〕歐陽脩：《新五代史・馮道傳》，《二十五史》，冊二八，卷五
　　　　四，頁758。
〔註33〕〔清〕焦袁熹：《此木軒雜著》，《清代學術筆記叢刊》（北京：學苑
　　　　出版社，2005年），卷一，頁11。
〔註34〕和凝性急之記載，可見〔宋〕歐陽脩《歸田錄》：「馮相道、和相凝
　　　　同在中書。一日，和問馮曰：『公靴新買，其直幾何？』馮舉左足示
　　　　和云：『九百。』和性褊急，遽回顧小吏云：『吾靴何得用一千八百？』
　　　　因詬責久之。馮徐舉其右足曰：『此亦九百。』於是哄堂大笑。」《文
　　　　淵閣四庫全書》，冊一〇三六，卷下，頁534。
〔註35〕〔後蜀〕趙崇祚編、李一泯校、李冰若注：《宋紹興本花間集附校注》
　　　　（臺北：鼎文書局，1974年，10月），歐陽炯〈花間集序〉，頁1。

托人收拾焚毀不暇。然相國厚重有德，終為豔詞玷之。契
丹入夷門，號為**曲子相公**。所謂好事不出門，惡事傳千里，
士君子得不戒之乎？〔註36〕

五代，詞仍屬豔詞之窠臼，甚至斥之為「惡事」，和凝乃厚重有德之
宰相身分，卻好作曲子詞，世人不解，以為豔詞玷之，譏和凝為「曲
子相公」。和凝曲子詞，整體特色未出晚唐五代「綺麗靡軟」之時代
風格，內容多為閨情離愁、綺羅香澤，詞藻豔絕，冶淫謳歌，焦袁熹
於清初提倡「雅正」詞風背景之下，以「清」、「雅」標準論斷，便認
為其豔詞輕薄、落俗，休能入雅正之列。

　　和凝自身亦擔心寫作豔曲與自己政治地位並不相稱，故托人收拾
焚毀，更有將詞集嫁名韓偓一說。《歷代詞話》云：「和成績豔詞每嫁
名於韓偓，因在政府諱之也。又欲使人知之，乃作〈游藝集序〉曰：
『予有香奩、籯金，不傳於世。』」〔註37〕宋・沈括在《夢溪筆談・
藝文三》中記載：「和魯公凝有豔詞一編，名《香奩集》。凝後貴，乃
嫁其名為韓偓，今世傳韓偓《香奩集》，乃凝所為也。」〔註38〕然而，
對於和凝嫁名韓偓之論辨，亦有斥為無稽者，如《苕溪漁隱叢話》載：

《遁齋閑覽》云：「《筆談》謂《香奩集》乃和凝所為，後
人嫁其名於韓偓，誤矣。唐吳融詩集中有《和韓致堯侍郎
無題》二首，與《香奩集》中無題韻正同，偓《敘》中亦
具載其事。……然凝之《香奩集》，乃浮豔小詞，所謂不
行於世，欲自掩耳，安得便以今《香奩集》為凝作也？」

〔註39〕

〔註36〕〔五代〕孫光憲：《北夢瑣言》（北京：中華書局，1984 年）卷六，
　　　　頁51。

〔註37〕〔清〕王奕清：《歷代詞話》，唐圭璋主編：《詞話叢編》，冊二，卷
　　　　三，頁1129。

〔註38〕〔宋〕沈括：《夢溪筆談》（臺北：臺灣商務印書館，1983 年 6 月），
　　　　卷十六，頁105。

〔註39〕〔宋〕胡仔：《苕溪漁隱叢話》，《叢書集成初編》（北京：中華書局，
　　　　1985 年），頁241。

清代諸公頗關注此議題，清・沈雄：「全芳備祖曰：韓冬郎浣溪紗，絕非和魯公之嫁名者，亦以香奩名詞。」〔註40〕清・何文煥〈歷代詩話考索〉：「韓偓《香奩集》，傳是和凝之作。蓋因和魯公亦有集名《香奩》，不知曲子相公之集，亦屬詞曲，前人辨之詳矣。《全唐詩話》尙沿沈氏《筆談》之誤。」〔註41〕而焦袁熹〈采桑子・和魯公〉一詞，以「手握絲綸，更把香奩嫁別人」一句結尾，便是敘述和凝顯貴之後，便將《香奩集》嫁名韓偓一事，且對此詞壇公案之論辨，提出肯定主張。

（二）韋莊

　　韋莊（836～910），字端己，唐末京兆杜陵（今西安市東南）人。黃巢破長安，莊後流居洛陽，旋又流寓江南。唐昭宗乾寧元年（894）進士及第，爲校書郎。五代時，莊爲蜀宰相。工詩能詞，其詩作多近體，傷亂感時，懷鄉憶舊；其詞則清疏淡遠，直抒胸臆，韋莊以其清麗淡雅之詞作而成爲花間別調。顧憲融《詞論》云：「韋詞清艷絕倫，如初日芙蓉，曉風楊柳。其〈菩薩蠻〉諸作，惓惓故國之思，尤耐尋味。蓋唐末中原鼎沸，韋以避亂入蜀，欲歸不得，言愁始愁，⋯⋯陳亦峰謂其似眞而紆，似達而鬱，洵然。」〔註42〕焦袁熹〈采桑子・詠韋端己事〉即以「獨木橋體」言韋莊之愁：

　　　　人間天上同心事，爭得無愁。說盡離愁。金谷珠娘一樣愁。
　　　　　　侯門一入深如海，海水添愁。厚地埋愁。不及盧家有
　　莫愁。（《全清詞・順康卷》，冊十八，頁10579）

此闋詞以「獨木橋體」之形式完成，王兆鵬、劉尊明《宋詞大辭典》言：「所謂獨木橋體，意謂此體用同字押韻或以用字韻相間使用，其奇險如走獨木橋也。」〔註43〕由於韋莊身仕蜀地，返鄉不得，其思鄉

〔註40〕〔清〕沈雄：《古今詞話・詞評》，唐圭璋主編：《詞話叢編》，頁969。

〔註41〕〔清〕何文煥：《歷代詩話・歷代詩話考索》（北京：中華書局，2006年6月）頁811～812。

〔註42〕顧憲融：《詞論》，此則錄於史雙元：《唐五代詞紀事彙評》，卷三，頁728。

〔註43〕王兆鵬、劉尊明主編：《宋詞大辭典》（南京：鳳凰出版社，2003年

懷歸之情，亦融入離情別恨中，焦氏便以「愁」字押韻，表現韋莊思歸之愁意。此闋首句「人間天上同心事」係化用韋莊〈思帝鄉〉詞句：

> 雲髻墜，鳳釵垂。髻墜釵垂無力，枕函欹。翡翠屏深月落，漏依依。說盡人間天上，兩心知。〔註44〕

清·陳廷焯《詞則·別調集》卷一云：「端己詞時露故君之思，讀者當意於言外。」〔註45〕俞陛雲《唐五代兩宋詞選釋》：「調倚〈思帝鄉〉，當是思唐之作，而託為綺詞。身既相蜀，焉能求諒於故君，結句言此心終不忘唐，猶李陵降胡，未能忘漢也。」〔註46〕韋莊身逢晚唐亂世，懷濟世之志而不遇於時，一生大半時光流離漂泛於江南各地，後以才名入蜀之後，遂被羈留，欲退不可，故其詞作飽含複雜而矛盾之情感，有個人一己之傷，亦有故唐難返之意，故末句「人間天上」即抒發「故君不在而我獨存」之苦衷，可以悲其志矣！此外，俞陛雲於《唐五代兩宋詞選釋》另有一說：「端己相蜀後，愛妾生離，故鄉難返，所作詞本此兩意為多。」〔註47〕此處若是以「愛妾生離」的角度視之，亦可通解。

　　相傳韋莊曾有一愛妾，長於詞翰，被王建強行奪去，因此寫了〈小重山〉（一閉昭陽春又春）、〈荷葉杯〉（記得那年花下）等詞作，宋·楊湜《古今詞話》：「（莊）以才名寓蜀，蜀主建羈留之。莊有寵人，資質豔麗，兼善詞翰。建聞之，托以教內人為詞，強莊奪之。莊追念悒怏，作〈小重山〉及〈空相憶〉。情義淒怨，人相傳播，盛行於時。姬後傳聞之，遂不食而卒。」〔註48〕清·沈雄《古今詞話》：「韋莊留蜀，蜀主奪其姬之善詞翰者入宮。韋莊念之，因作〈小重山〉宮詞，

　　9月），頁45。

〔註44〕曾昭岷、曹濟平、王兆鵬、劉尊明：《全唐五代詞》，上冊，頁167。

〔註45〕〔清〕陳廷焯：《詞則·別調集》卷一，此則錄於史雙元：《唐五代詞紀事彙評》，頁731。

〔註46〕俞陛雲：《唐五代兩宋詞選釋》（臺北：文史哲出版社，1988年7月），頁49。

〔註47〕俞陛雲：《唐五代兩宋詞選釋》，頁53。

〔註48〕〔宋〕楊湜：《古今詞話》，唐圭璋主編《詞話叢編》，頁20。

流傳入宮。姬聞之不食死。」〔註49〕其〈浣溪沙〉詞云：

　　夜夜相思更漏殘。傷心明月憑闌干。想君思我錦衾寒。

　　　　咫尺畫堂深似海，憶來唯把舊書看。幾時攜手入長安。

〔註50〕

劉瑞潞《唐五代詞鈔小箋》：「此詞亦為姬作也，末致思歸之意。」
〔註51〕焦袁熹〈采桑子・詠韋端己事〉即是以此作為基礎發展，不論是綺詞或有所託，「天上人間同心事」指涉韋莊與愛妾兩心相思，妾在宮中（天上），韋在宮外（人間），人雖分離但心思卻同。韋莊的〈小重山〉、〈荷葉杯〉等作品，情意纏綿，語調婉轉，陳廷焯曰：「韋端己詞，似直而紆，似達而鬱，最為詞中勝境。」〔註52〕王國維：「端己詞，情深語秀。」〔註53〕詞中訴盡男女相思別離之愁怨，故曰「說盡離愁」。但說盡離愁又如何？焦袁熹接著以「金谷綠珠一樣愁」一語，用石崇與綠珠情事〔註54〕，比擬韋莊與其寵姬終不得相守到老，

〔註49〕〔宋〕楊湜：《古今詞話・詞辨》，唐圭璋主編《詞話叢編》，頁923。

〔註50〕曾昭岷、曹濟平、王兆鵬、劉尊明：《全唐五代詞》，上冊，頁152。

〔註51〕劉瑞潞：《唐五代詞鈔小箋》（長沙：岳麓書社，1983年12月），另見史雙元：《唐五代詞紀事彙評》，頁738。

〔註52〕〔清〕陳廷焯：《白雨齋詞話》，見唐圭璋主編：《詞話叢編》，冊四，頁3779。

〔註53〕〔清〕王國維：《人間詞話・附錄一》，見唐圭璋主編：《詞話叢編》，冊五，頁4269。

〔註54〕〔唐〕房玄齡等奉敕撰，〔清〕吳士鑑、劉承幹同注：《晉書斠注・石苞列傳・石崇》：「崇有妓曰綠珠，美而豔，善吹笛。孫秀使人求之。崇時在金穀別館，方登涼臺，臨清流，婦人侍側。使者以告。崇盡出其婢妾數十人以示之，皆蘊蘭麝，被羅縠，曰：『在所擇。』使者曰：『君侯服禦麗則麗矣，然本受命指索綠珠，不識孰是？』崇勃然曰：『綠珠吾所愛，不可得也。』使者曰：『君侯博古通今，察遠照邇，願加三思。』崇曰：『不然。』使者出而又反，崇竟不許。秀怒，乃勸倫誅崇、建。崇、建亦潛知其計，乃與黃門郎潘嶽陰勸淮南王允、齊王囧以圖倫、秀。秀覺之，遂矯詔收崇及潘嶽、歐陽建等。崇正宴於樓上，介士到門。崇謂綠珠曰：『我今為爾得罪。』綠珠泣曰：『當效死於官前。』因自投於樓下而死。崇曰：『吾不過流徙交、廣耳。』及車載詣東市，崇乃歎曰：『奴輩利吾家財。』收者答曰：『知財致害，何不早散之？』崇不能答。崇母兄妻子無少長

滿懷離愁，空留遺恨。

　　〈采桑子‧詠韋端己事〉下闋首句「侯門一入深如海」，用《雲
谿友議‧襄陽傑》中崔郊事，「侯門一入深如海，從此蕭郎是路人」
〔註55〕，言伊人所居，雖近而不得見面，與上闋「金谷珠娘一樣愁」
皆喻「有情人不得相守」之意。本詞用「海水添愁」強調仇怨之深，
即使「厚地埋愁」，想要將愁怨深藏，仍無法解脫。如韋莊〈憶昔〉
詩，談及盧家莫愁之悲傷〔註56〕云：

> 昔年曾向五陵遊，子夜歌清月滿樓。銀燭樹前長似晝，露
> 桃華裏不知秋。　　西園公子名無忌，南國佳人號莫愁。
> 今日亂離俱是夢，夕陽唯見水東流。〔註57〕

焦氏以「不及盧家有莫愁」作結，以莫愁女被迫與情人分離，舉身奔
赴投漢江勉強勸慰，然而韋莊卻依靠被奪之寵姬而得到富貴，更顯出
內心之複雜與矛盾。

皆被害，死者十五人。崇時年五十二。」《二十五史》，冊八，卷三
三，頁706。

〔註55〕〔唐〕范攄：《雲谿友議‧襄陽傑》：「又有崔郊秀才者，寓居於漢上，
蘊積文藝，而物產磬懸。無何，與姑婢通，每有阮咸之従。其婢端麗，
饒彼音律之能，漢南之最也。姑貧，鬻婢於連帥。連帥愛之，以類無
雙，給錢四十萬，寵眄彌深。郊思慕無已，即強親府署，願一見焉。
其婢因寒食來從事家，值郊立於柳陰，馬上連泣，誓若山河。崔生贈
之以詩曰：『公子王孫逐後塵，綠珠垂淚滴羅巾。侯門一入深如海，從
此蕭郎是路人。』或有嫉郊者，寫詩於於座，公覩詩，令召崔生，左
右莫之測也。郊則憂悔而已，無處潛遁也。及見郊，握手曰：『侯門一
入深如海，從此蕭郎是路人。』便是公製作也。四百千，小哉！何靳
一書，不早相示！』遂命婢同歸，至於幃幌奩匣，悉為增飾之，小阜
崔生矣。」（臺北：臺灣商務印書館，1966年），頁7～8。

〔註56〕逯欽立輯校：《先秦漢魏晉南北朝詩‧梁詩》〈蕭衍‧樂府‧河中之
水歌〉：「河中之水向東流，洛陽女兒名莫愁。莫愁十三能織綺，十
四采桑南陌頭。十五嫁為盧家婦，十六生兒字阿侯。盧家蘭室桂為
梁，中有鬱金蘇合香。頭上金釵十二行，足下絲履五文章。珊瑚掛
鏡爛生光，平頭奴子擎履箱。人生富貴何所望，恨不早嫁東家王。」
（北京：中華書局，1998年5月），中冊　卷一　，頁1520～1521。

〔註57〕〔清〕聖祖御定：《全唐詩》（北京：中華書局，1996年1月），冊二
十，卷六九六，頁8007。

　　焦袁熹詞中所稱「追憶寵姬」之事，真偽實有疑問。雖證之史書記載，前蜀高祖王建（847～918）奪姬掠美之事，非只一樁〔註58〕，楊湜所記或許有其因憑。然根據夏承燾《韋端己年譜》，韋莊於唐昭宗乾寧元年（894）中進士，此時已年近六十歲；昭宗天復元年（901），始入蜀依王建，為掌書記，後並任宰相，年已七十左右，則楊湜所云，殆不足信也。據《新五代史》記載，王建「為人多智詐，善待士，故其僭號，所用皆唐名臣世族：莊，見素之孫；格，濬之子也。……故建待格等恩禮尤異，其餘宋玭等百餘人，並見信用。」〔註59〕《唐才子傳》：「建開偽蜀，莊託在腹心，首預謀畫，其郊廟之禮，冊書赦令，皆出莊手。以功臣授吏部侍郎同平章事。」〔註60〕由此觀之，韋莊赴蜀為王建效力時，已年過六旬；且昭宣帝天佑四年（907），王建稱帝，一切開國制度多出莊手，此時正值籠絡人心之時，卻強搶臣子愛妾，實不合理；另外，此本事據楊湜《古今詞話》所載，楊湜係宋人記宋事，且多錯忤，倘若韋莊確有寵姬被蜀主王建所奪，作追念寵姬詞一事，於有宋一代又有記載或傳說，與楊湜同一時代之人當不會遺棄，此本事有穿鑿附會之疑，故有學者認為其言不足為憑。夏承燾則認為韋莊〈小重山〉及〈空相憶〉詞若解為悼亡姬詞則更信實。韋莊有〈悼亡姬〉詩一首：「鳳去鸞歸不可尋，十洲仙路彩雲深。若無少女花應老，為有姮娥月易沉。　　竹葉豈能消積恨，丁香空解結同心。湘江水闊蒼梧遠，何處相思弄舜琴。」〔註61〕悼亡詩〈悔恨〉亦云：「六

〔註58〕〔清〕吳任臣撰，徐敏霞、周瑩點校：《十國春秋》「潘炕傳」所載：「炕有妾解愁者，負殊色，善為新聲。高祖（王建）常至炕第見之，謂曰：『朕宮無此人』，意固屬之。炕輒對曰：『此臣下賤人，不敢以塵至尊。』」（北京：中華書局，1983年12月），冊二，卷四一，頁610。

〔註59〕〔宋〕歐陽脩：《新五代史・前蜀世家第三・王建》（臺北：鼎文書局，1985年），卷六三，頁787。

〔註60〕〔元〕辛文房：《唐才子傳》（臺北：廣文書局，1969年1月），下冊，卷十，頁3。

〔註61〕〔清〕聖祖御定：《全唐詩》（北京：中華書局，1996年1月），冊二十，卷七00，頁8045。

七年來春又秋，也同歡笑也同愁。纔聞及第心先喜，試說求婚淚便流。」
〔註62〕可見此姬與韋莊甘苦共嘗，死在韋莊及第之前，未曾隨莊入
蜀，仍頗增添韋莊詞憂怨之深情。

「花間別調」首先由西蜀文壇領袖韋莊所領唱，雖其詞不脫「豔
情」範疇，但長期漂泊浪跡江南，且有半生蹉跎不遇之坎坷遭遇，「舉
目有山河之異，故於流離漂泛，寓目緣情，子期懷舊之辭，王粲傷時
之製，或離羣軫慮，或反袂興悲，四愁九怨之文，一詠一觴之作，俱
能感動人也」〔註63〕，韋詞多情眞意切，且能以清新疏朗之詞風取勝。
由韋莊詞中多塑造思婦幽深之形象，同時不可否認有作者自身之政治
寄託，或有主張韋莊作實暗喻鄉國之思，以「相思求女」意指企慕故
君，「戀土懷鄉」則是故國難辭，以爲韋莊雖流蜀，然懷鄉望闕之情
未減，遂寄情於「思鄉懷人」之主題。端已相蜀後，愛妾生離，故鄉
難返，所作詞本此兩意爲多，故焦袁熹該詞內容並不因對這些詞是實
寫男女情愛或虛寫家國之思的理解而有影響，因其黍離之悲、故國之
思，已隱然於情詞之下。

二、南唐詞人

南唐爲割據長江下游的江南小國，所流傳之詞作多爲中主李璟、
後主李煜，以及中主朝宰相馮延巳所作，昭明可見南唐詞以宮廷爲中
心、以君臣爲主體的創作背景和創作特徵。焦袁熹論及二主一相憑藉
其高雅之修養與情趣，及獨特之秉賦與體驗，確立其結束花間、開啓
北宋，承上啓下之詞史地位。

（一）李煜

題爲「南唐後主」一闋，焦袁熹《采桑子・編纂〈樂府妙聲〉竟
作》刻本未收，據天津南開大學館藏清抄本，詞云：

〔註62〕〔清〕聖祖御定：《全唐詩》，冊二十，卷七00，頁8046。
〔註63〕〔元〕辛文房：《唐才子傳》（臺北：廣文書局，1969年1月），下冊，
　　　　卷十，頁3。

小樓昨夜東風動，杜宇啼春。哀苦難聞。怎奈官家未了身。

陳家叔寶劉家禪，狐兔荊榛。懵懂因循。傲煞玲瓏七竅人。
〔註64〕

宋太祖開寶八年（975），宋兵攻陷金陵，李煜（937～978）被俘，成爲階下囚〔註65〕，此後詞篇往往寄寓亡國哀思，令人不勝欷歔。而與前期陶醉在宮廷與大小周后之間，極爲天真爛漫之作品相比，後期「以血書者」〔註66〕之作，反教人更加傳誦。此闋詞首句「小樓昨夜東風動」即化用李煜〈虞美人〉詞句，詞云：

春花秋月何時了。往事知多少。小樓昨夜又東風。故國不堪回首月明中。雕闌玉砌依然在。只是朱顏改。問君都有幾多愁。恰似一江春水向東流。〔註67〕

李煜牽機之禍，誠然因詞而起。李煜降宋北歸後，**鬱鬱寡歡**，王銍《默記》載：「李國主歸朝後與金陵舊宮人書云：『此中日夕，只以眼淚洗面。』」〔註68〕春花與秋月本爲世間美好景色，然亡國之君見此徒存傷情，對月移花落之反覆無止，不以審美眼光待之，而甚感厭倦，盼有終結之日，藉由物是人非之對比，凸顯今日之淒涼；以春水之無情東流，譬喻愁恨綿延不盡，確乎教人動容。亦如俞陛雲

〔註64〕〔清〕焦袁熹：《此木軒全集・此木軒直寄詞》，天津南開大學館藏清抄本（三卷附舊作一卷），未編冊卷、頁碼。

〔註65〕〔宋〕馬令：《南唐書》載：「八年……金陵受圍歲經歲，城中斗米萬錢，死者如枕籍……百姓疫死，士卒乏食。謠曰：『大軍決以十有一月乙未破城。』國主議遣其子清源公仲寓出通降款，左右以謂堅壘如此，天象無變，豈可記日取降。是日，城果陷……大將軍曹彬，整軍成列，至其宮門。門開，國主跪拜，納降……九年，春，浮至京師，封違命侯。」見《中國野史集成》，冊五，卷五，頁 22～23。

〔註66〕王國維：《人間詞話》云：「尼采謂：『一切文學，余愛以血書者。』後主之詞，真所謂以血書者也。」見唐圭璋主編：《詞話叢編》，冊五，頁 4243。

〔註67〕曾昭岷、曹濟平、王兆鵬、劉尊明：《全唐五代詞》（北京：中華書局，1999 年 12 月），上冊，頁 741。「雕闌玉砌依然在」一作「雕闌玉砌應猶在」。

〔註68〕〔宋〕王銍撰，朱傑人點校：《默記》（北京：中華書局，1997 年 12 月），卷下，頁 44。

所言：「以水喻愁，詞家意所易到，屢見載籍，未必相互沿用。而詞而論，李、劉、秦諸家之以水喻愁，不若後主之「春江」九字，眞傷心人語也。」〔註69〕王國維：《人間詞話》云：「尼采謂：『一切文學，余愛以血書者。』後主之詞，眞所謂以血書者也。」〔註70〕李煜後期詞作尤其如此，如杜宇至春而啼，聞者淒惻，故焦氏「杜宇啼春，哀苦難聞」一句，即以周末蜀王杜宇，失國而死，其魄化爲杜鵑，日夜悲啼，淚盡繼以血，哀鳴而終，比喻李煜淪爲亡國帝王之哀傷至極。

李煜才情絕代，歷來已有多人評論，如明胡應麟《詩藪》雜編卷四云：「後主一目重瞳子，樂府爲宋人一代開山祖。蓋溫、韋雖藻麗，而氣頗傷促，意不勝辭，至此君方是當行作家，清便宛轉，詞家王、孟。」〔註71〕清沈謙《塡詞雜說》：「李後主拙於治國，在詞中猶不失爲南面王。」〔註72〕又清譚獻《譚評詞辨》卷二：「後主之詞，足當太白詩篇，高奇無匹。」〔註73〕從本質上而言，李煜是才氣縱橫的詞人，並無勵精圖治之豪氣和一統天下之壯志，富有文才而無裨於治國，雖成末世君主，卻成就了詞宗的美名，誠如明·沈際飛《草堂詩餘別集》卷二云：「後主、煬帝輩，除卻天子不爲，使之作文士蕩子，前無古，後無今。」〔註74〕李煜擅長塡詞，也迷戀於笙歌宴舞，嘗自稱是「淺斟低唱、偎紅倚翠大師，鴛鴦寺主」〔註75〕，可見其文人風

〔註69〕俞陛雲：《五代詞選釋》（臺北：文史哲出版社，1988 年 7 月），頁117。

〔註70〕王國維：《人間詞話》，唐圭璋主編：《詞話叢編》，冊五，頁4243。

〔註71〕〔明〕胡應麟：《詩藪》，冊一六九六，頁212～213。

〔註72〕〔清〕沈謙：《塡詞雜說》，唐圭璋主編：《詞話叢編》，冊一，頁632～633。

〔註73〕〔清〕譚獻：《譚評詞辨》，唐圭璋主編：《詞話叢編》，冊四，頁3993。

〔註74〕〔明〕沈際飛：《草堂詩餘別集》，另見史雙元：《唐五代詞紀事彙評》，頁653。

〔註75〕〔唐〕陶穀《清異錄·偎紅倚翠大師》：「李煜在國，微行娼家，遇一僧張席，煜遂爲不速之客。僧酒令、謳吟、吹彈莫不高了。……煜乘醉大書右壁曰：淺斟低唱偎紅倚翠大師鴛鴦寺主，傳持風流教

流。然而，「南朝天子多無福，不作詞臣做帝王」，李煜非人主才卻生於帝王之家，對於皇位繼承亦無推託之詞，故焦袁熹此以「怎奈官家未了身」收束上片，同情李煜本無稱帝之心，卻誤作人主之無奈。

　　李煜具為帝王詞人之身分，因之後人每好舉身分相當，又善為文之帝王，與之相提並論，焦袁熹即將李煜與陳叔寶（553～604）、劉禪（207～271）並論。李煜〈臨江仙〉（櫻桃落盡春歸去）作後多有本事，如陳鵠《西塘集耆舊續聞》卷三云：

> 蔡絛作《西清詩話》載江南李後主〈臨江仙〉，云：「圍城中書，其尾不全。」以余考之，殆不然。余家藏李後主《七佛戒經》又雜書二本，皆作梵葉，中有〈臨江仙〉，塗注數字，未嘗不全。其後則書李太白詩數章，似平日學書也。本江南中書舍人王克正家物，後歸陳魏公之孫世功君懋。余，陳氏婿也。其詞云：「櫻桃落盡春歸去，蝶翻輕粉雙飛。子規啼月小樓西。玉鉤羅幕，惆悵暮煙垂。　　別巷寂寥人散後，望殘煙草低迷。爐香閒裊鳳凰兒。空持羅帶，回首恨依依。」後有蘇子由題云：「淒涼怨慕，真亡國之聲也。」〔註76〕

明胡震亨《唐音癸籤》注云：「南唐後主翻舊曲為〈念家山破〉，其音焦殺，名尤不祥，識者以為亡徵。」〔註77〕 蓋謂南唐亡國之前，已先

法。」《景印文淵閣四庫全書》，冊一〇四七，卷上，頁854。

〔註76〕〔宋〕陳鵠：《西塘集耆舊續聞》，此則收錄於鄧子勉編：《宋金元詞話全編》，中冊，頁1363。
　　　唐圭璋：《南唐二主詞彙箋》作「櫻桃落盡春歸去，蝶翻金粉雙飛。子規啼月小樓西。畫簾珠箔，惆悵卷金泥。　　門巷寂寥人去後，望殘煙草低迷。」（臺北：正中書局，1970年5月），頁8。

〔註77〕〔明〕胡震亨：《唐音癸籤》卷十三〈唐曲〉載：「『〈念家山〉、〈念家山破〉、〈邀醉舞破〉、〈恨來遲破〉。』注云：『南唐後主翻舊曲為〈念家山破〉，其音焦殺，名尤不祥，識者以為亡徵。』」收錄於周維德集校：《全明詩話》（濟南：齊魯書社，2005年6月），冊五，頁3685。又見〔清〕吳任臣撰，徐敏霞、周瑩點校：《十國春秋》卷十七：「後主常造〈念江山破〉及〈振金鈴曲〉，其聲嘔殺，辭多不祥。」（北京：中華書局，1983年12月），頁257～258。

傳亡國之音，一如陳叔寶之情況。陳叔寶即陳後主，南朝陳皇帝，在位期間生活奢靡，大建宮室，日與妃嬪、文臣遊宴，製作豔詞。陳後主所作〈玉樹後庭花〉爲典型亡國之音，據《隋書‧樂志》載：「（陳後主）於清樂中造〈黃驪留〉及〈玉樹後庭花〉、〈金釵兩臂垂〉等曲，與幸臣等製其歌詞，綺豔相高，極於輕薄；男女唱和，其音甚哀。」〔註78〕邵思《雁門野說》即言：「亡國之音，信然不止〈玉樹後庭花〉也。南唐後主精於音律，凡變曲莫非奇絕。開寶中因將除，自撰〈念家山〉一曲，既而廣爲〈念家山破〉，其識可知也。宮中、民間日夜奏之，未及兩月，傳滿江南。」〔註79〕斯可見兩位末代君王人生遭遇相近，創作亦多雷同。如《十國春秋‧南唐後主本紀》所云：「後主恂恂大雅，美秀多文，鄉使國事無虞，中懷兢業，抑亦守邦之主也。乃運丁百六，晏然自侈，譜曲度僧，畧無虛日，遂至京都淪喪，出涕嗟若，斯爲長城之〈玉樹後庭〉、賣身佛寺以亡國者，何其前後一轍邪？悲夫！」〔註80〕強化「亡國之音哀以思」〔註81〕之況味。此外，蜀漢後主劉禪亦是溺於享樂而滅國之帝王，後期更是耽緬於酒色，以致朝綱不振，渾然不知禍患將至。陳壽評曰：「後主任賢相則爲循理之君，惑閹豎則爲昏闇之后。」〔註82〕《三國演義》：「後主在成都，聽信宦官黃皓之言，又溺於酒色，不理朝政。……然一時官僚，以後主荒淫，多有疑怨者，於是賢人漸退，小人日進。」〔註83〕蜀主劉禪溺於酒色，信用黃皓，大臣皆有避禍之心。李密評曰：「齊桓得管仲

〔註78〕〔唐〕魏徵等撰：《隋書》，《二十五史》，冊十八，卷十三，頁170。

〔註79〕〔宋〕邵思：《野說》，此則收錄於鄧子勉編：《宋金元詞話全編》，上冊，頁44。

〔註80〕〔清〕吳任臣撰，徐敏霞、周瑩點校：《十國春秋》，頁259。

〔註81〕〔宋〕黃昇選編：《花庵詞選》評〈烏夜啼〉（無言獨上西樓）闋即云：「此詞最淒惋，所謂亡國之音哀以思。」（上海：上海古籍出版社，2007年9月），頁23。

〔註82〕〔晉〕陳壽：《三國志集解》，冊七，卷三三，頁780。

〔註83〕〔明〕羅貫中：《三國演義》（成都：巴蜀書社，1995年10月），頁682。

而霸，用豎刁而蠱流。安樂公得諸葛亮而抗魏，任黃皓而喪國，是知成敗一也。」〔註84〕當魏軍入川，蜀後主投降後被送至洛陽，雖然「樂不思蜀」之表現，終得以善全其身，但其才能平庸，非帝王之質，仍導致蜀漢之滅亡，故焦氏以「陳家叔寶劉家禪」一語，將李煜、陳叔寶與劉禪三人並論，襯托李煜做爲帝王卻「懵懂因循」、治國無方！

李煜無稱帝之心，早期多寫宴樂歌舞景象，如〈浣溪沙〉（紅日已高三丈透）〔註85〕敍寫其宮廷奢靡豪華、縱情聲色之享樂生活；並由紅色錦緞地毯隨著舞步之起皺，帶引出宮中美女酣歌醉舞之形象。唐圭璋《唐宋詞簡釋》評曰：

> 此首寫江南盛時宮中歌舞情況。起言紅日已高，點外景。次言金爐添香，　地衣舞皺，皆宮中事。換頭承上，極寫宴樂。金釵舞溜，其舞之盛可知；　花蕊頻嗅，其醉之甚可知。末句，映帶別殿簫鼓，寫足處處繁華景象。〔註86〕

過往繁華景象處處可見，卻造成滅國之實，而今唯存荒煙衰草，荊榛狐兔相伴。「舊日王侯園圃，今日荊榛狐兔」（劉克莊〈昭君怨〉），描繪了國破家亡後中州的慘象，表明了詞人的憂國之心，離黍之哀。「煜性驕侈，好聲色，高談不恤政事。六年內，史舍人潘佑上書極諫，煜收下獄，佑自縊死」〔註87〕，爲躲避「鴉啼亂影月將暮」王朝末世之苦惱，李煜其人遭遇與陳後主、劉後主頗有相似之處，或貪圖享樂，或不思進取，或遠賢臣近奸臣。甚至殺害進諫的潘佑、李平等當朝忠賢之臣。〔註88〕李煜糊塗不白事理，悠閒散漫之狀，如同商紂王淫亂

〔註84〕〔唐〕房玄齡等奉敕撰，〔清〕吳士鑑、劉承幹同注：《晉書斠注・李密傳》，《二十五史》，冊八，卷八八，頁2275～2276。

〔註85〕李煜〈浣溪沙〉：「紅日已高三丈透。金爐次第添香獸。紅錦地衣隨步皺。　佳人舞點金釵溜。酒惡時拈花蕊嗅。別殿遙聞簫鼓奏。」見曾昭岷、曹濟平、王兆鵬、劉尊明：《全唐五代詞》，上冊，頁753。

〔註86〕唐圭璋：《唐宋詞簡釋》（臺北：木鐸出版社，1982年3月），頁31。

〔註87〕〔宋〕歐陽脩等撰，徐無黨原注，吳縝誤，〔清〕彭元瑞注，錢大昕考異：《五代史記註》，見《二十五史》，冊二八，卷六二下之上，頁1021～1024。

〔註88〕《十國春秋》〈南唐三・後主本紀〉，卷十七，頁254、256。

不止，比干強諫紂，紂怒而剖比干，觀其七竅玲瓏心〔註89〕，故焦氏以「懵懂因循，傲煞玲瓏七竅人」概括之。

（二）馮延巳

　　在南唐詞人中，馮延巳（903～960）年歲最長，其父馮令頵追隨南唐烈祖李昇，馮延巳則與其長子李璟遊處甚善，李璟繼立後，擢任馮延巳為宰相。焦袁熹〈采桑子・馮相〉一闋，言元宗與有馮延巳君主相戲之事，並以馮延巳與他人文集互見之情況論馮延巳之詞壇地位，詞云：

> 一池春水風吹皺，甚事干卿。主聖臣英。白雪陽春和得成。
>
> 　篇章訛亂君休訝，好似門生。歐晏齊名。異代推公作
>
> 主盟。（《全清詞・順康卷》，冊十八，頁 10579）

焦袁熹截元宗語戲馮延巳一事，據宋・馬令《南唐書・卷二十一》載：「元宗樂府詞云：『小樓吹徹玉笙寒。』延巳有：『風乍起，吹皺一池春水』之句，皆為警策。元宗嘗戲延巳曰：『吹皺一池春水，干卿何事。』延巳曰：『未如陛下小樓吹徹玉笙寒。』元宗悅。」〔註90〕馮延巳〈謁金門〉一闋膾炙人口：「風乍起。吹皺一池春水。閑引鴛鴦香徑裏。手挼紅杏蕊。　　鬥鴨闌干獨倚。碧玉搔頭斜墜。終日望君君不至。舉頭聞鵲喜。」〔註91〕元宗以「干卿何事」一句，語戲馮延巳，延巳亦舉元宗〈浣溪沙〉：「菡萏香銷翠葉殘。西風愁起綠波間。還與韶光共憔悴，不堪看。　　細雨夢回雞塞遠。小樓吹徹玉笙寒。多少淚珠無限恨，倚闌干。」〔註92〕寫女子綺思清愁之作巧妙回應，

〔註89〕〔漢〕司馬遷：《史記・殷本紀》：「紂愈淫亂不止，微子數諫，乃與太師、少師謀，遂去。比干曰：『為人臣者，不得不以死爭。』迺強諫紂。紂怒曰：『吾聞聖人心有七竅。』剖比干觀其心。」《二十五史》，冊一，卷三，頁 108。

〔註90〕〔宋〕馬令：《南唐書》，《中國野史集成》（成都：巴蜀書社，1993年 11 月），冊五，卷二十一，頁 73。

〔註91〕曾昭岷、曹濟平、王兆鵬、劉尊明：《全唐五代詞》，上冊，頁 676。

〔註92〕曾昭岷、曹濟平、王兆鵬、劉尊明：《全唐五代詞》，上冊，頁 726。《唐宋諸賢絕妙詞選》作〈山花子〉，《四部叢刊初編》，卷一，頁 15。

見君臣相謔之雅趣；此外，李清照《詞論》亦載：「五代干戈，四海瓜分豆剖，斯文道熄。獨江南李氏君臣尚文雅，故有『小樓吹徹玉笙寒』、『吹皺一池春水』之詞，語雖奇甚，所謂亡國之音哀以思也。」〔註93〕則將此舉視為亡國之哀音；另有一說，此事係二人之言針鋒相對，非戲謔也〔註94〕，然焦袁熹下句「主聖臣英，白雪陽春和得成」，足見焦氏非採「針鋒相對」之意，亦未論亡國之音，而係稱誦君臣善詞，以詞相戲的風流才情。張惠言《詞選・序》：

> 五代之際，孟氏、李氏君臣為謔，競作新調，詞之雜流，由此起矣。至其工者，往往絕倫。亦如齊梁五言，依託魏晉，近古然也。〔註95〕

於焦袁熹之後，張惠言亦寫李氏君臣雅好文學，相互唱和的知音情感，與焦氏採取相同態度。馮延巳為人品行，後世公私史傳多有疵議，然鑑於南唐黨派攻訐激烈，若依憑兩黨攻訐之言辭，或夾雜作者私人感情因素之記載，而對馮延巳人品指摘責難，亦不算公允。或許馮延巳人品固有不足稱道之處，然其「學問淵博，文章穎發，辯說縱橫，如懸河暴雨」（《釣磯立談》），於學問才華方面卻是上乘，焦袁熹以「主聖臣英」一句，稱頌馮延巳能與李璟相互唱和之文學修養，不因其人

〔註93〕〔宋〕李清照：《詞論》，陳良運：《中國歷代詞學論著選》（南昌：百花洲文藝出版社，1998 年 8 月），頁 71。

〔註94〕〔宋〕胡仔《苕溪漁隱叢話後集》卷三十九引《古今詩話》：「江南成文幼為大理卿，詞曲妙絕，嘗作《謁金門》云：『風乍起，吹皺一池春水。』中主聞之，因案獄稽滯，召詰之，且謂曰：『卿職在典刑，一池春水，又何干于卿？』文幼頓首。」《叢書集成初編》（北京：中華書局，1985 年），冊十二，卷三九，頁 729。劉永濟：《唐五代兩宋詞簡析》認為此事隱有諷意：「此事昔人以為南唐君臣以詞相戲，不知實乃中主疑馮詞首句譏諷其政務措施，紛紜不安，故責問與之何干。馮詞首句，無端以風吹池皺引起，本有諷意，因中主已覺，故引中主所作閨情詞中佳句，而自稱不如，以為掩飾。意謂我意做閨情詞，但不及陛下所作之佳耳。二人之言，針鋒相對，非戲謔也。」（臺北：龍田出版社，1982 年 1 月），頁 24。

〔註95〕〔清〕張惠言：《詞選・序》（臺北：廣文書局，1979 年 6 月），頁 6～7。

品之瑕疵而減損。

　　馮延巳《陽春集》堪稱一流之作，況周頤云：「陽春一集爲臨川、珠玉所宗，愈璝麗愈醇樸。南渡名家，霑丐膏馥，輒臻上乘。」〔註96〕「陽春白雪和得成」用陽春白雪、曲高和寡之典〔註97〕，巧鎔延巳《陽春集》名稱，頌美詩詞佳作，並寫兩人雅好文學，相互唱和之情誼。張德瀛《詞徵》稱：「趙立之所編陽春白雪八卷，外集一卷，皆兩宋人長短句。明以前是書初不甚著，欽定四庫總目亦未採入。至秦敦復采輯原書，糾正其誤，書始傳播。惟卷數與陳直齋書錄解題不合，或後人多所更易歟。」〔註98〕此處「陽春白雪」即指元宗與延巳在詞篇創作上的相競相成。元宗「天性雅好古道，被服樸素，宛同儒者。時時作爲歌詩，皆出入風騷，士子傳以爲玩，服其新麗。」〔註99〕馮延巳「思深辭麗，韻律調新，眞清奇飄逸之才也。」〔註100〕〈陽春集序〉載：「詞雖導源李唐，然太白、樂天興到之作，非其顓詣。逮及季葉，茲事始鬯，溫、韋崛興，專精令體。南唐起於江左，祖尚聲律。二主倡於上，翁（延巳）和於下，遂爲詞家淵叢。」〔註101〕焦袁熹「陽春白雪和得成」一語，據此盛讚君臣文采，南唐二主雅好文學，其下又有馮延巳與之唱和，廣開詞壇風氣。

〔註96〕〔清〕況周頤：《歷代詞人考略》，《中國公共圖書館古籍文獻珍本匯刊‧集部》（北京：全國圖書館文獻縮微複製中心，2003 年 5 月），上冊，卷四，頁 204。

〔註97〕宋玉：〈對楚王問〉：「客有歌於郢中者。其始曰下里巴人。國中屬而和者數千人。其爲陽阿薤露。國中屬而和者數百人。其爲陽春白雪。國中屬而和者不過數十人。引商刻羽。雜以流徵。國中屬而和者。不過數人而已。是其曲彌高。其和彌寡。」見《文選》（臺北：五南圖書出版有限公司，1991 年 10 月），下冊，頁 1123。

〔註98〕〔清〕張德瀛：《詞徵》，見唐圭璋主編：《詞話叢編》，冊五，頁 4094。

〔註99〕〔宋〕史盧白：《釣磯立談》，見《叢書集成初編》（北京：中華書局，1985 年 3 月），頁 12。

〔註100〕〔宋〕陳世脩：〈陽春集序〉，金啓華等編：《唐宋詞集序跋匯編》（南京：江蘇教育出版社，1990 年 5 月），頁 8。

〔註101〕〔清〕馮煦：〈陽春集序〉，見〔清〕王鵬運刊刻：《陽春集》（上海：上海古籍出版社，2002 年 3 月，「四印齋」本），頁 277。

　　下片首句論《陽春集》篇章訛亂。《陽春集》一書，非延巳自編，而是由後人編輯而成，其中摻雜他人作品，早在宋代即已發現此問題，陳振孫《直齋書錄解題》：「陽春錄一卷，南唐馮延巳撰。高郵崔公度伯易題其後，稱其家所藏為最詳確，而《尊前》、《花間》諸集，往往謬其姓氏。近傳歐陽永叔詞亦多有之，皆失其眞也，世言風乍起為延巳所作，或云成幼文也，今此無有，當是幼文作。長沙本以實此集中，殆非也。」〔註102〕陳說〈謁金門〉為成幼文作雖未必眞〔註103〕，但《陽春集》間雜誤入他人作品乃是事實，此亦引起後世學者辨僞爭論。〔註104〕《陽春集》詞篇和他人作品互見清單如下〔註105〕：

〔註102〕〔宋〕陳振孫：《直齋書錄解題》，《景印文淵閣四庫全書》，冊六七四，卷二十一，頁886。

〔註103〕陳秋帆《陽春集箋》：「按此闋或誤作成幼文。成江南人，仕南唐，官大理卿。《直齋書錄解題》不據長沙本，以別本《陽春集》不載此詞，遂斷為幼文作。舊本《古今詞話》云：『江南成幼文詞曲妙絕，嘗作〈謁金門〉：「風乍起，吹皺一池春水。」中主聞之，因按獄稽滯，召詰之，且曰：「卿職在典刑，一池春水，又何干卿？」曰：「爲若陛下小樓吹徹玉笙寒」』《本事曲》云：『南唐主嘗責其臣曰：「吹皺一池春水，干卿何事？」曰：「爲若陛下小樓吹徹玉笙寒。」』宋胡仔《苕溪漁隱詩話》兩引其說，未專屬幼文。朱竹垞《詞綜》，過信直齋，定爲成作，遂滋後人疑實。不知《南唐書》、《十國春秋》等均謂延巳有「風乍起，吹皺一池春水」警句，並載元宗以「吹皺一池春水，干卿何事？」語戲延巳事。及延巳「安得如陛下『小樓吹徹玉笙寒』，特高妙也。」之對。所言當必有據，則此詞自屬之延巳。且考古今詞家選籍，如《尊前集》、《花庵詞選》、《草堂詩餘》、《花草粹編》、《歷代詩餘》、《全唐詩》、《唐五代詞選》、《詞林紀事》等，均作馮詞，尤爲可證。

〔註104〕如夏承燾在馮正中年譜昇元四年庚子（940）三十八歲譜云：「花間集中，互見於正中陽春集者，有韋莊〈酒泉子〉（楚女不歸）一闋、〈清平樂〉（春愁南陌）一闋、〈應天長〉（綠槐陰裡黃鶯語）一闋。牛希濟〈謁金門〉（秋已暮）一闋。溫庭筠〈歸國謠〉（香玉。翠鳳寶釵垂簏簌）一闋、〈更漏子〉（玉爐煙。紅燭淚）一闋。孫光憲〈浣溪沙〉（桃李相逢簾幕閑）一闋。顧敻〈浣溪沙〉（春色迷人恨正賒）一闋。薛昭蘊〈相見歡〉（羅幃繡袂香紅）一闋。張泌〈江城子〉（曲闌幹外小中庭）、〈碧羅衫子鬱金裙〉二闋。都十闋，以君說推之，當皆非正中詞。」又唐圭璋〈宋詞互見考〉亦云：「陽春集編於嘉祐，

詞　牌	歌詞首句	互見書名
酒泉子	楚女不歸	
歸國謠	香玉。翠鳳寶釵垂㯫簌	
更漏子	玉爐煙。紅燭淚	以上三闋花間集並題溫庭筠作。
菩薩蠻	人人說盡江南好	
清平樂	春愁南陌	
應天長	綠懷陰裏黃鶯語	以上三闋花間集並題韋莊作。
江城子	曲闌干外小中庭	
	碧羅衫子鬱金裙	
浣溪沙	醉憶春山獨倚樓	以上三闋花間集並題張泌作。
謁金門	秋已暮。重疊關山岐路	花間集題牛希濟作。
浣溪沙	桃李相逢簾幕閑	花間集題孫光憲作。
	春色迷人恨正賒	花間集題顧夐作。
相見歡	羅幃繡袂香紅	花間集題薛昭蘊作。
抛球樂	盡日登高興未殘	別作和凝
鶴冲天	曉月墜。宿雲披	尊前集題和凝作。
醉桃源	東風吹水日銜山	南唐後主詞、六一詞並載此闋。
應天長	一鉤新月臨鸞鏡	南唐中主詞、六一詞並載此闋。
鵲踏枝	誰道閒情抛擲久	
	幾日行雲何處去	
	庭院深深深幾許	
	六曲闌干偎碧樹	
歸自謠	何處笛	

既去南唐不遠，且編者陳世修，與馮為戚屬，所錄自可依據，元豐中，崔公度跋陽春錄，謂皆延巳親筆，愈可信矣。至李易安亦引歐公庭院深深之詞，蓋就歐集引用，不知乃陽春誤入之詞也，詞綜錄蝶戀花四首，亦歸之馮延巳，又六曲闌幹一闋，毛本珠玉詞收錄南園春半一闋，或刻晏同叔詞，並誤。」引自林文寶：《馮延巳研究》（臺北：嘉新水泥公司文化基金會，1974年11月），頁56～58。

〔註105〕林文寶：《馮延巳研究》，頁54～56。

	寒山碧	
	春艷艷	
芳草渡	梧桐落。蓼華秋	
更漏子	風帶寒。秋正好	
醉桃源	南園春早踏青時	
	角聲吹斷隴梅枝	
清平樂	雨晴煙晚。綠水新池滿	
應天長	石城山下桃花綻	
玉樓春	雪雲乍變春雲簇	以上十四闋並見六一詞。 玉樓春《尊前集》題作馮詞。
虞美人	畫堂新霽情蕭索	
	碧波簾幕垂朱戶	以上兩闋並見彊村本子野詞。
鵲踏枝	籬落繁枝千萬片	見杜安世壽域詞。
思越人	酒醒情懷惡	見晁補之琴趣外篇。

　　《陽春集》並見他人集中作品共有卅五闋，考其相混情形有兩種：一是和前人相混，主要集子是《花間集》；另一種是和後人相混，主要對象是《六一詞》。其中與《六一詞》相混部分尤為難辨，無論在用字、意境、押韻等方面，兩人都很相似。南宋·羅泌跋歐陽脩《近體樂府》云：

　　　　元豐中崔公度跋馮延巳《陽春錄》，謂皆延巳親筆，其間有
　　　　誤入《六一詞》者，《桐汭志》、《新安志》亦記其事。〔註106〕
劉邠《中山詩話》提及同樣作為宰臣的晏殊受馮氏影響尤深：「晏元獻尤喜江南馮延巳歌詞，其所自作，亦不減延巳。」〔註107〕由於南唐與北宋前後相繼，且馮延巳曾一度遭貶至江西撫州任官，對於北宋初期江西籍詞人歐陽脩及晏殊影響尤為深刻。誠如陳廷焯《雲韶

〔註106〕〔宋〕羅泌〈近體樂府跋〉，施蟄存：《詞籍序跋萃編》（北京：中國社會科學出版社，1994 年 12 月），頁 54。
〔註107〕〔宋〕劉攽：《中山詩話》，《歷代詩話》（北京：中華書局，2006 年6 月），頁 292。

集》稱：「正中詞如摩詰之詩，字字和雅，晏、歐之祖也。」〔註108〕
劉熙載〈詞概〉：「馮延巳詞，晏同叔得其俊，歐陽永叔得其深。」
〔註109〕晏同叔詞具有俊朗風神；而歐陽脩詞則以深婉意致取勝，
兩者皆由馮詞所出。焦袁熹論《陽春集》篇章訛亂之因，採取詞風
相承、相近以致錯亂的態度，歐詞既自《陽春》出，故曰「好似門
生」。

　　焦袁熹末兩句論馮延巳在詞史上的地位及對後世的影響。陳廷焯
《詞壇叢話》：

> 詞至五代，譬之於詩，兩宋猶三唐，五代猶六朝也。後主
> 小令，冠絕一時。韋端己亦不在其下。終五代之際，當以
> 馮正中爲巨擘。〔註110〕

清·馮煦在〈陽春集序〉中稱：「吾家正中翁，鼓吹南唐，上翼二主，
下啓歐、晏，實正變之樞紐，短長之流別。」〔註111〕馮煦繼承張惠
言、周濟常州詞派之主張，認爲詞當具有沉摯之思，並以馮延巳後裔
爲榮，其《蒿庵論詞》亦云：

> 詞至南唐，二主作於上，正中和於下，詣微造極，得未曾
> 有。宋初諸家，靡不祖述二主，憲章正中，譬之歐、虞、
> 褚、薛之書，皆出逸少。晏同叔去五代未遠，馨烈所扇，
> 得之最先，故左宮右微，和婉而明麗，爲北宋倚聲家初祖。
> 劉攽《中山詩話》謂「元獻喜馮延巳歌詞，其所自作，亦
> 不減延巳」，信然。〔註112〕

此評價雖帶有情感色情，卻客觀地指出馮延巳於詞史上之成就與地
位。王國維《人間詞話》載：「馮正中詞，雖不失五代風格，而堂廡

〔註108〕〔清〕陳廷焯：《雲韶集》，另見史雙元：《唐五代詞紀事彙評》，頁
　　　　582。
〔註109〕〔清〕劉熙載：《藝概·詞概》，見《詞話叢編》，冊四，頁3269。
〔註110〕〔清〕陳廷焯：《詞壇叢話》，唐圭璋：《詞話叢編》，冊四，頁3719
　　　　～3720。
〔註111〕〔清〕馮煦：〈陽春集序〉，見〔清〕王鵬運刊刻：《陽春集》（上海：
　　　　上海古籍出版社，2002年3月，「四印齋」本），頁277。
〔註112〕〔清〕馮煦：《蒿庵論詞》，唐圭璋：《詞話叢編》，冊四，頁3585。

特大，開北宋一代風氣。」〔註113〕湯若士《玉茗堂集》曰：「實則五代之詞，僅西蜀南唐為著，餘不足數。……推本言之，當時詞人，求其風格高軼，含蓄蘊藉，堂廡特大，為宋人楷模者，應推延巳。」〔註114〕所謂「堂廡特大」，指意境的開展，情感的深邃，而「開北宋一代風氣」，則指他啓後的地位，焦氏遂以「歐晏齊名，異代推公作主盟」稱之，足見馮延巳對晏、歐及詞壇後世影響甚鉅。

三、後周詞人

（一）陶穀

陶穀（903～970），字秀實，邠州新平（今陝西彬縣）人。本姓唐，唐末詩人唐彥謙之孫，後晉時避石敬瑭諱改。世以陶穀文雅清致之士，多稱賞之，然諸書所載穢德頗眾，略舉一二，已見大節，初因李崧得位，後乃巧詆以排之，此負恩也，袖中禪詔，不忠孰甚，《宋史》對於陶穀評價不高，其傳文中多有褒貶。〔註115〕陶穀有〈風光好〉一詞，云：「好因緣。惡因緣。只得郵亭一夜眠。別神仙。　　琵琶撥盡相思調。知音少。待得鸞膠續斷弦。是何年。」〔註116〕焦袁熹此闋〈采桑子・詠陶穀事〉針對陶穀贈驛卒女〈風光好〉詞一事而發，其詞云：

> 郵亭一枕陽臺夢，疑是神仙。重會何年。腸斷江南雲雨天。
> 　　蓮絲藕線真成錯，是好因緣。是惡因緣。說著因緣總
> 可憐。（《全清詞・順康卷》，冊十八，頁 10579）

歷代文人對於陶穀作〈風光好〉一詞之因議論甚繁，其本事多認為出自北宋・鄭文寶之《南唐近事》與釋文瑩之《玉壺清話》。《南唐近事》載：

〔註113〕〔清〕王國維：《人間詞話》，見《詞話叢編》，冊五，頁 4232。
〔註114〕〔明〕湯顯祖：《玉茗堂集》，見史雙元：《唐五代詞紀事彙評》，頁 583。
〔註115〕〔元〕脫脫等撰：《宋史》，冊三三，卷二六九，頁 3503～3504。
〔註116〕曾昭岷、曹濟平、王兆鵬、劉尊明：《全唐五代詞》，上冊，頁 716。

陶穀學士奉使。恃上國勢，下視江左。辭色毅然不可犯。
韓熙載命妓秦弱蘭詐爲驛卒女，每日弊衣持帚掃地。陶悅
之，與狎。因贈一詞，名〈風光好〉云（詞略）。明日，後
主設宴，陶辭色如前，乃命弱蘭歌此詞勸酒。陶大沮，即
日北歸。〔註117〕

釋文瑩《玉壺清話》：

李丞相穀與韓熙載少同硯席，分攜結約於河梁曰：「各以才
命選其主」，廣順中，穀仕周爲中書侍郎、平章事；熙載事
江南李先主爲光政殿學士承旨。二公書問不絕，熙載戲貽
穀書曰：「江南果相我，長驅以定中原。」穀答熙載云：「中
原苟相我，下江南如探囊中物爾。」後果作相，親征江南，
韓熙載卒已數歲。先是，朝廷遣陶穀使江南，以假書爲名，
實使覘之。李相密遺熙載書曰：「吾之名從五柳公，驕而喜
奉，宜善待之。」至，果爾容色凜然，崖岸高峻，燕席談
笑，未嘗啓齒。熙載謂所親曰：「吾輩綿歷久矣，豈煩至是
耶？觀秀實公非端介正人，其守可隳，諸君請觀。」因令
宿留，俟寫《六朝書》畢。館泊半年，熙載遣歌人秦弱蘭
者，詐爲驛卒之女以中之。弊衣竹釵，旦暮擁帚灑掃驛庭。
蘭之容止，宮掖殆無。五柳乘隙因詢其跡，蘭曰：「妾不幸
夫亡無歸，托身父母，即守驛翁嫗是也。」情既瀆，失慎
獨之戒。將行翌日，又以一闋贈之。後數日，宴於澄心堂，
李中主命玻璃巨鍾滿酌之，穀毅然不顧，威不少霽。出蘭
於席，歌前闋以侑之，穀慚笑捧腹，簮珥幾委，不敢不釂。
釂罷復灌，幾類漏卮，倒載吐茵，尚未許罷。後大爲主禮
所薄，還朝日，止遣數小吏攜壺漿薄餞於郊。迨歸京，鶯
膠之曲之喧，陶因是竟不大用。其詞〈風光好〉云（詞略）。
〔註118〕

上引兩條材料雖或略或詳，但主要人物與情節卻是一致，可見其一

〔註117〕〔宋〕鄭文寶：《南唐近事》，見《中國野史集成》（成都：巴蜀書
　　　社，1993 年 11 月），冊四，頁 600。
〔註118〕〔宋〕釋文瑩：《玉壺清話》（北京：中華書局，1991 年），頁 35～36。

脈相承之迹。此故事在北宋前期相當流行，且呈現多種版本並存之局面。〔註119〕《苕溪漁隱叢話》載：「小說紀事，率多舛誤，豈復可信；雖事之小者，如一詩一詞，蓋亦是爾。……小詞〈風光好〉『待得鸞膠續斷弦，是何年。』之句，《江南野錄》謂是曹翰使江南贈娼妓詞，《本事曲》謂是陶穀使錢塘贈驛女詞，《冷齋夜話》謂是陶穀使江南贈韓熙載歌姬詞，是一詞而有三說也。其他類此者甚眾，殆不可遍舉。」〔註120〕《藝苑巵言》：「陶穀尚書使說江南，通秦弱蘭，作〈風光好〉詞，見宋人小說。或有以爲曹翰者。翰能作老將詩，其才固有之，終非武人本色。沈叡達《雲巢編》謂陶使吳越，惑倡女任秋娘，因作此詞。任大得陶貲，後用以創仁王院，落髮爲尼。李唐吳越，未審孰是，要之近陶所爲耳。」〔註121〕由上段文字看來，贈詞之事共有「陶穀贈驛女秦弱蘭」、「陶穀爲任秋娘所作」、「陶穀贈韓熙載歌姬」與「曹翰贈娼妓」四說，四種版本都是以美人記和〈風光好〉詞作爲構成故事之基本元素，其異處則是人物及其性格之不確定，於此焦袁熹採「陶穀使錢塘贈驛女」之說論其詞。

　　陶穀出使南唐說降，韓熙載令名妓秦弱蘭假扮驛官嬬妻，色誘陶穀，陶穀中計，不僅以〈風光好〉詞相贈，並允諾將來娶之爲妻。事後李中主設宴款待陶穀，令秦弱蘭歌舞並唱〈風光好〉詞，使陶穀羞愧難當，頓失前日簡倨之容。陶穀形象爲何，是歷來論者爭論不休之議題，多認爲陶穀表面爲道貌岸然之君子，實則爲好色之徒，性格主線是虛僞，將民間對文人的劣根性賦予其身。明代諸公針對此本事題詩詞，明初唐肅有〈題陶穀郵亭圖〉云：「紫鳳檀槽綠髮娼，玉堂見慣可尋常。作歌未必腸能斷，明日聽歌更斷腸。」

〔註119〕北宋時期記載這一故事，尚有龍袞《江南野史》、沈遼《任社娘傳》、彭乘《續墨客揮犀》和張邦幾《侍兒小名錄拾遺》等。
〔註120〕〔宋〕胡仔：《苕溪漁隱叢話前集》，《叢書集成初編》（北京：中華書局，1985年），冊二，卷二十四，頁168。
〔註121〕〔明〕王世貞：《藝苑巵言》，見《詞話叢編》，冊一，頁391～392。

〔註122〕明朝才子唐寅據此本事畫了一幅〈陶穀贈詞圖〉，右上有唐寅題詩：「一宿姻緣逆旅中，短詞聊以識泥鴻。當時我作陶承旨，何必尊前面發紅。」〔註123〕以幽默辛辣圖畫，嘲笑了如陶穀此類虛僞之達官顯貴。孫惟和有題〈秦若蘭〉一首云：「莫笑郵亭一夜春，此身原已落風塵。韓家亦有如花女，枕畔衣裳著向人。」〔註124〕此詩足以爲陶學士解嘲。

清焦袁熹則傾向以「情」之角度論述，陶穀對於秦弱蘭之執著與癡情，雖不免有文人之清狂，卻也坦率磊落，至情至性，並將〈風光好〉一詞視爲細膩傳情之作，故〈采桑子‧詠陶穀事〉化用陶詞「好因緣」、「惡因緣」句，以昔日陽臺好夢對比今朝宴席受辱，頗有可憐陶穀一往情深卻遭叛離之意味，爲陶穀中計之事深感惋惜。

第三節　小　結

綜觀焦袁熹論唐、五代詞人，多著重源流，蓋是時乃文人詞之開端，既能反映此其詞風，亦可流露作者鑑賞之旨趣。所論唐、五代詞人之特色與價值有三，茲臚列如下：

其一，肯定李白乃文人詞之開端：詞至宋由涓涓細流而匯爲江河奔騰之勢，關於宋詞之起源問題，歷來眾說紛紜，迄今未有定論。文人詞之創作約大始於盛唐，或認爲李白詞爲文人詞之開端，或否定此說，而焦袁熹所論唐代詞人唯有李白一人，並視其〈憶秦娥〉爲詞之濫觴，不僅讚揚李白之文采，並肯定其開創意義與藝術成就。

其二，稱頌南唐詞人之眞情文雅：南唐文化中崇尚「雅正」傳統，

〔註122〕〔清〕褚人獲：《堅瓠補集》，中國古籍整理研究會：《明清筆記史料叢刊‧清》（北京：中國書店，2000 年），冊一九七，卷五，頁 150。

〔註123〕〔明〕唐寅：〈陶穀贈詞圖〉，收入國立故宮博物院編輯委員會編：《故宮書畫圖錄》（臺北：國立故宮博物院，1990 年 2 月），冊七，頁 15～16。

〔註124〕〔清〕褚人獲：《堅瓠補集》，中國古籍整理研究會：《明清筆記史料叢刊‧清》，冊一九七，卷五，頁 150。

君臣爲人多好文雅，又有眾多飽學之士染指詞章，文雅風流，於斯爲盛。而且動盪的時局與悲劇性的人生際遇，促使南唐君臣詞轉爲抒寫情性，表現出重抒情的創作傾向。焦氏論及李後主亡國後的詞篇所寄寓之淒惻情懷，更論中主李璟及中主朝宰相馮延巳以文相戲之風雅，足見焦袁熹對於南唐詞之總體評價，一是「文雅」，一是「抒情」，對於焦氏之詞學崇尚，自可揣知。

　　其三，究明唐五代詞之遞承關係：自晚唐至北宋，相繼出現花間、南唐、婉約三大詞派。焦袁熹主要通過和凝、韋莊和李煜、馮延巳在詞人群之中地位與所起之作用而論，針對花間詞派、南唐詞派與北宋婉約詞派的詞學走向予以評斷。和凝所著《香奩集》，韋莊對於佳人之思，所產生處「則有綺筵公子，繡幌佳人。遞葉葉之花箋，文抽麗錦；舉纖纖之玉指，拍按香壇」〔註125〕，無非謂花間詞多以男女情事爲題；然而，焦袁熹認爲花間詞中不乏語言清新樸實之作，如韋莊詞不僅可以實寫男女情愛，更可以虛寫家國之思理解，表現故鄉難返之樸素情緒。而花間詞派與其後起之南唐詞派，更遠承傳統士大夫儒雅之風，近襲韋莊清麗之創作風格，發展取向不同，品貌各異。而焦袁熹於〈采桑子‧論馮相〉一詞指出，南唐詞派與嗣後婉約詞派之傳承關係，主要以馮延巳爲五代一大家，影響北宋諸家者甚巨，尤以體現於馮延巳與晏殊、歐陽脩間詞集之風格相近或混淆重出。馮延巳詞洞開宋初歐、晏諸家風氣，清深婉麗，時有感愴淒鬱之音，晏詞承馮詞之清俊而自辟其超曠，歐詞承馮詞之深沈而抒之以豪邁。

　　惟需補充說明者，溫庭筠作爲晚唐著名詩人，詩詞俱佳，尤以詞著稱，焦袁熹「論詞長短句」卻對溫庭筠略而不論，實因其評價已由〈題飛卿集〉一詩展現：

　　　　應雲頗塵雜，天下一何奇。文章千古事，竟以側麗爲。

〔註125〕〔唐〕歐陽炯：〈花間集序〉，《四部叢刊初編集部‧花間集》（上海：上海商務印書館，1967年，杭州葉氏藏玄覽齋本），頁1。

鄭衛與紅紫，詎可得廢之。書生非無眼，不識真龍姿。
落魄無所遇，祿命固已而。八叉致猜防，一尉終喧卑。
有絲即便彈，有孔即便吹。富貴復何物，風流猶見思。
〔註 126〕

究其評論脈絡，概可分為側麗詞風與乖蹇仕途二端，略述如次：

其一，賞其側麗詞風：溫庭筠詞甚側麗浮豔，所謂「文章千古事，
竟以側麗為」，便言文章具有長遠存在之價值，溫詞竟以穠麗綿密為
風，而獨絕千古，誠如清・陳廷焯《白雨齋詞話》：「飛卿詞全祖離騷，
所以獨絕千古」〔註 127〕；後以「鄭衛」與「紅紫」作比，認為溫氏
「能逐絃吹之音，為側艷之詞」〔註 128〕，雖其詞未能符合傳統儒家
之「雅正」思想，但仍不可輕廢。「鄭、衛」，指春秋戰國時，鄭國與
衛國之並稱，古稱鄭衛之詩樂輕靡淫逸〔註 129〕，因以借指浮華淫靡
之風格；「紅、紫」，紅色與紫色。古代以青、赤、白、黑、黃為正色，
紅紫則是正色以外的間色。〔註 130〕焦詞所謂「鄭衛與紅紫，詎可得
廢之」，即指溫庭筠詞雖非「雅樂正聲」，然細繹其詞，則以精妙絕人，
韻格清拔為特色，豈可拋卻輕廢？

〔註 126〕〔清〕焦袁熹：《此木軒詩鈔》，藏於中國國家圖書館善本室，卷四，
頁 18。

〔註 127〕〔清〕陳廷焯《白雨齋詞話》，唐圭璋主編：《詞話叢編》，冊四，卷
一，頁 2777。

〔註 128〕〔後晉〕劉昫撰，〔清〕錢大昕考異，岑建功逸文：《舊唐書・文苑
傳下・溫庭筠》，《二十五史》，冊二十四，卷一九〇下，頁 2532。

〔註 129〕〔周〕屈原等原著，黃壽祺、梅桐生譯注：《楚辭・招魂》：「鄭衛妖
玩，來雜陳些。」（臺北：臺灣商務印書館，2007 年，卷九，頁 281。）
〔唐〕李延壽撰，〔清〕錢大昕考異《南史・蕭惠基傳》：「自宋大明
以來，聲伎所尚，多鄭衛，而雅樂正聲鮮有好者。」（《二十五史》，
冊十九，卷十八，頁 235。）

〔註 130〕〔魏〕何晏等注，〔宋〕邢昺疏，〔清〕阮元注疏：《十三經注疏・論
語》：「紅紫不以為褻服」，朱熹集注：「紅紫，間色不正，且近於婦
人女子之服也。褻服，私居服也。」（卷十，頁 89。）〔梁〕劉勰撰：
《文心雕龍・情采》：「正采耀乎朱藍，間色屏於紅紫」，均以「紅紫」
指非正色之作。《景印文淵閣四庫全書》，卷七，頁 45～46。

　　其二，惜其乖蹇仕途：溫庭筠「初至京師，人士翕然推重。然士行塵雜，不修邊幅」〔註131〕，焦詞首句「應雲頗塵雜，天下一何奇」，即謂溫庭筠言行凡俗低下，然其文學造詣卻為天下之奇；此外，溫庭筠恃才傲物，蔑視權貴，「書生非無眼，不識真龍姿」，相傳溫庭筠曾遇到的微行宣宗，因不識龍顏，曾以傲詰之，得罪皇帝；又透露曾為令狐綯代作〈菩薩蠻〉詞進獻一事，並以「中書堂內坐將軍」，譏諷令狐綯無學，因此遭令狐綯嫉恨，奏溫氏有才無行，不宜與第。是知溫庭筠「屢年不第」，非其才學不高，殆因當權者所嫉，又受政治鬥爭所害也，故焦袁熹言「落魄無所遇，祿命固已而」。溫庭筠「工於小賦，每入試，押官韻作賦，凡八又手而八韻成」〔註132〕，經常替考進士之人捉刀代作，「犯擾科場」，貶隨州隨縣尉；又諷刺時政、觸怒權貴，故遭逐出京城，貶為方城尉，流落而死。「八又致猜防，一尉終喧卑」意謂溫庭筠才思敏捷招致猜疑防範，遭貶後終處於低下地位，甚至流落而死。

　　溫庭筠仕途失意，然而其才思敏捷，才情卓越，又精通音律，善鼓琴吹笛，具「有弦即彈，有孔即吹」之才華，使其詞獨樹一幟，成為開一代「側豔」詞風之「花間鼻祖」，故焦詞末尾遂言「富貴復何物，風流猶見思」，表勸慰之意，同時寄寓詞人之價值判斷與人生智慧。

〔註131〕〔後晉〕劉昫撰，〔清〕錢大昕考異，岑建功逸文：《舊唐書·文苑傳下·溫庭筠》，《二十五史》，冊二十四，卷一九〇下，頁2532。

〔註132〕〔宋〕孫光憲：《北夢瑣言》，《景印文淵閣四庫全書》，冊一〇三六，卷四，頁26。